SV

Lutz Seiler
Die Zeitwaage

Erzählungen

Suhrkamp Verlag

© Suhrkamp Verlag Frankfurt am Main 2009
Alle Rechte vorbehalten, insbesondere das der Übersetzung,
des öffentlichen Vortrags sowie der Übertragung
durch Rundfunk und Fernsehen, auch einzelner Teile.
Kein Teil des Werkes darf in irgendeiner Form
(durch Fotografie, Mikrofilm oder andere Verfahren)
ohne schriftliche Genehmigung des Verlages reproduziert
oder unter Verwendung elektronischer Systeme
verarbeitet, vervielfältigt oder verbreitet werden.
Satz: Hümmer GmbH, Waldbüttelbrunn
Druck: Freiburger Graphische Betriebe, Freiburg
Printed in Germany
Erste Auflage 2009
ISBN 978-3-518-42115-4

1 2 3 4 5 6 – 14 13 12 11 10 09

Die Zeitwaage

Für Charlotta

Frank

»Around, around, flew each sweet sound ...«
S. T. Coleridge

Ihr letzter Abend. Das Mädchen am Stehtisch vor dem
Eingang trug die blau-gelbe Uniform des Restaurants,
einen kurzen Faltenrock und eine Art Bluse mit Schul-
terstücken und goldenen Knöpfen. Wollte man warten,
war es üblich, ihr einen Vornamen zu nennen, den sie
aufrief, sobald ein Tisch frei wurde. Färber hatte in den
Wochen zuvor die Erfahrung gemacht, daß sein Vorname zu kompliziert war für die Türsteher der Restaurants; er hatte sich einen einfachen Namen zugelegt.
Unangenehm war, daß er ihn jetzt wiederholen mußte,
das Mädchen hatte *Hank* statt *Frank* verstanden. Ich
hätte es bei Hank belassen können, dachte er, aber er
hatte sich an Frank gewöhnt, Frank.
Ein Teil des frischen, von der Hitze aufgeweichten As-
phalts war zwischen die Ufersteine gekrochen. Oder
man hat ihn benutzt, um die Steine besser gegen den
Wellengang zu befestigen – er blieb an solchen sinnlosen
Fragen hängen.
Eine Weile standen Teresa und er an dem beleuchteten
Strand unterhalb des Restaurants. Der Sand blendete
im Halogenlicht, und die Gischt war strahlend weiß oder
phosphoreszierte. Ein paar übergewichtige Möwen taumelten ihnen entgegen und drehten mühsam wieder ab.
Färber hätte gern etwas gesagt, aber er mußte vorsich-

tig sein, er mußte sich konzentrieren, daß es, wie Teresa sich ausdrückte, nicht schon wieder etwas Negatives war, etwas, womit er, wie sie meinte, nur seine andauernde Unzufriedenheit abzustoßen versuchte.

Er wollte hinunter ans Wasser, aber Teresa setzte sich auf einen der Steine. Ihre Arme und Beine waren gebräunt, ihr schwarzes Haar lag in einem lose geflochtenen Zopf zwischen den Schulterblättern. Als Teresa bemerkte, daß Färber sie ansah, schob sie ihre Füße in den Sand. An ihrem zweitkleinsten Zeh trug sie einen neuen, silbernen Ring.

Der Parkplatz füllte sich, und immer mehr Gäste kamen die Einfahrt herauf. Färber verstand ihre Bewegungen nicht, die ausladenden Gesten, das Zeigen mit ausgestreckten Armen, mal in Richtung der Canyons, mal aufs Meer, dazu ihre ausgesprochen gerade, fast nach hinten gebogene Art zu gehen, während auf ihren Gesichtern ein Ausdruck unablässiger Vorfreude lag. Daß ich nichts Besonderes fühle, wenn ich den Pazifik sehe, ist das schlechteste Zeichen, dachte Färber.

Er wollte Teresa auf eine Möwe aufmerksam machen, die sich bei ihrem Beutezug in einer der *Adopt-a-beach*-Mülltonnen (alle Mülltonnen am Meer trugen diesen Schriftzug) verhakt haben mußte – ein Flügel ragte heraus und schlug auf den Tonnenrand, eine Art indianisches Getrommel, das gut zu hören war, wenn der Wind vom Wasser her stärker wurde und die Musik aus dem Restaurant über ihren Köpfen davonschwappte; für einen Moment sah Färber ein paar Obdachlose um die Tonne stampfen, rhythmisch stießen sie ihre Fäuste in die Luft.

Die ganze Zeit über hatte er Teresa *nicht angefaßt.* In
der Blockhütte auf dem Tiogra-Paß war er ihr sehr nah
gekommen; aber sie hatte tatsächlich geschlafen. Zuerst
war sie erschrocken und wütend gewesen, doch sie mußten leise sein, Luzie schlief auf einem Beistellbett an der
Wand gegenüber, ihr Kuschelkissen unter dem Arm.
»Faß mich nicht an!«
Später wurde ihm übel. Ein Sonnenstich – obwohl er
nur für ein paar Minuten außerhalb des Wagens gewesen
war. Warum setzt du auch nie etwas auf deinen Kopf –
manchmal hörte er seine Mutter, und Färber murmelte
etwas zur Antwort, ihm war schwindlig, und plötzlich
hatte er Tränen in den Augen: *Faß mich nicht! Laß
mich ... faß, faß!* Irgendwann mußte Teresa wieder eingeschlafen sein, die Bettdecke fest um ihre Schultern ge-
zurrt und die Füße in den Bettbezug gestemmt – so, wie
er sie kannte.
Sie hatten gemeinsam Ausflüge gemacht, normale Dinge, das, was alle Touristen taten, die Wüste, Sierra Neva-
da, San Francisco und zurück auf dem Highway Nr. 1,
die Küste entlang, Richtung Süden. Er wußte, daß die
Leute in ihrem Quartier über die Deutschen lachten,
weil sie immer ins Death Valley wollten, alle Schweizer
und alle Deutschen wollen in die Wüste, dort, wo sie am
heißesten ist, warum bloß, hatte ihn Randy gefragt und
gelacht. Randy war ihr Vermieter. Bei Luzie hatte er es
zu *Uncle Randy* gebracht, an diesem Abend war sie bei
ihm geblieben.

Anders als seine gefräßigen Artgenossen, die mit auf-
gerissenen Schnäbeln über dem Ufer kreisten und Kat-

zen- oder Babyschreie ausstießen, blieb der Vogel in der Tonne vollkommen stumm. Stumm hämmerte er seinen Flügel auf den Tonnenrand, wie eine Arbeit, die jetzt erledigt werden mußte.

Die Westküste war immer Teresas Traum gewesen. Erst unerfüllbar, dann schwierig, wegen Luzie. Zwei von Teresas Freundinnen führten in Los Angeles ein Restaurant mit thüringischen Spezialitäten. Dort, im *Holy Elizabeth*, hatten sie ihren besten Abend gehabt. Färber hatte Köstritzer getrunken und Krautrouladen gegessen. Die beiden Freundinnen erzählten von ihren berühmten Gästen, von *Clint* und *David* und *Betty*, auf deren Party sie gewesen waren, der gesamte Garten mit Teppichen bedeckt, kostbar wahrscheinlich, und eine Sammlung von vierhundert Lenin-Büsten, das halbe Haus voll – sie lachten, und auch Färber hatte gelacht, erleichtert, und einen Arm um Teresas Schulter gelegt. In den Augen der anderen waren Teresa und er noch immer ein beneidenswertes Paar, jedenfalls glaubte er das.

Unterwegs hatte Teresa ununterbrochen Fotos geschossen, vom Auto aus. Wenn sie nicht fotografierte, legte sie ein Bein auf das Armaturenbrett; sie stemmte den beringten Fuß gegen die Frontscheibe, und manchmal klickte der Ring ein wenig am Glas. Färber hatte nicht nach dem Ring gefragt. Schmuck stammte in der Regel von Teresas Vater, zu jedem Anlaß beschenkte er seine Tochter, kostbare Ketten und immer wieder feingliedrige, silberne Colliers – ein Schmuck, der für den besonderen Anlaß gemacht war, für Kleider mit großem Dekolleté. Vor Färber war ihr das meist etwas unangenehm, zugleich freute sie sich und sagte »Ist das nicht schön?« oder »Genau, was mir steht« und »Hat er nicht wirklich Geschmack in diesen Dingen?«.

Sie hatte ihren Sitz bis zum Anschlag zurückgeschoben, ihr Profil war aus seinem Blickfeld verschwunden. Der gebräunte Fuß, die leicht gespreizten Zehen, die hellen, fast quadratischen Fußnägel, dahinter die Landschaft... Der große Zeh war nicht wirklich der große, verglich man ihn mit dem folgenden, und auch der mittlere war noch ein Stück länger. Färber war fast dankbar für den Fuß. Zugleich stellte der Fuß eine Art Verhöhnung dar: ein fremdes, beringtes Tier, von dem er nichts Sicheres wußte.

Dabei hatte er es immer genossen, mit Teresa unterwegs zu sein. Ohne Teresas Begeisterung, ohne ihre Energie und Fröhlichkeit blieb das meiste blaß, wie im Nebel, es existierte kaum. Allein fehlte ihm oft der Bezug, eine Art Vermittlung, die er brauchte, um zu sehen und zu hören. Als Teresa ihm einmal etwas in diese Richtung vorgehalten hatte, war er verstummt; es gab keine gute Antwort. Er hatte sich Teresa und Luzie anvertraut, gewissermaßen lebten sie für ihn mit, aber so hätte er es nicht gesagt. Ihre Anwesenheit war wie ein Gewand, etwas, das ihm erlaubte, auf der Welt zu sein. Eine Art Tarnkappe, die ihn verbarg und beschützte.

Der Wind frischte auf, und das Klopfen von der Abfalltonne wurde stärker. Vielleicht ist es auch irgendein anderes, größeres Tier, dachte Färber, ein Seerabe oder ein Albatros. Er hatte beobachtet, daß die Wellen sich vor dem Ufer wie in sich selbst zurückzogen, einrollten und kurz vor dem Aufschlag noch eine zweite, kleinere Welle ausspuckten, die dann wie eine Zunge über das Ufer schlappte und einen feinen, farbig schillernden Schaumrand zurückließ.

Färber lachte und wollte etwas sagen, was ihm als Einleitung für eine Bemerkung dienen sollte, er fühlte sich wie nach einem langen Kampf. Während er sein leises, falsches Lachen ausklingen ließ, wußte er noch nicht, in welche Richtung seine Bemerkung eigentlich gehen konnte, und vorsichtshalber setzte er noch einmal mit dem Lachen an, verhalten, ohne Überzeugung. In diesem Moment wurden sie gerufen. Das Mädchen benutzte ein Megaphon: *Mister Frank please! Misses Teresa please! Two places please!* Seit zehn Jahren waren sie verheiratet. Für die Trauung hatten sie alle Elemente des Rituals abgewählt: keine Musik, kein Einmarsch, keine Rede. »Und was ist mit dem Kuß?« hatte er gefragt, als es schon fast vorbei gewesen war. »Na, Sie wollen doch gar nichts«, hatte die Standesbeamtin gesagt.

Das Mädchen dehnte das *a* in Frank so lange wie möglich. Sie zelebrierte die Namen der Gäste, als kündigte sie ihr Erscheinen in einer Show oder für einen Boxkampf an. Dauerte es etwas länger, bis die Gerufenen vom Strand heraufgekommen waren, bekam ihr Rufen etwas Fragendes, dann etwas Flehendes, Stöhnendes (sie wußte, daß ihre Gäste sich darüber amüsieren konnten), am Ende aber etwas sehr Bestimmtes, fast Befehlendes, eine Art Urteil, wie es Färber aus dem hohlen, metallischen Ton des Megaphons herauszuhören glaubte.

Fra-a-ank, please, Fra-a-a-ank! Frank!

Obwohl es Färber lächerlich vorkam, mußte er jetzt daran denken, daß an ihrem Hochzeitsmorgen das Auto nicht angesprungen war. Sie hatten das später öfter zum Besten gegeben, es war einfach zu gut, als Geschichte; wie Färber versucht hatte, ihren russischen Zweitürer anzuschieben, die Straße hinunter, wie er, schon vollkommen verschwitzt, losgezogen war, um einen der verhaßten Nachbarn um Hilfe zu bitten ... Fra-a-a-ank! Die Türsteherin stöhnte eine Weile auf seinem *a* herum. Sie kaute es wie einen zu großen, klebrigen Kaugummi. Und jetzt blies sie ihn auf, langsam: Fra-a-a-a-nk, please ... Färber dachte an das Achtzig-Euro-Mädchen, das am Ende immer noch im Bett liegen blieb, sich streckte, aufstützte und von ihm abwandte, während er bereits seine Schuhe zuband, mit pochenden Schläfen, seinen Rollkoffer nahm, schon halb auf der Treppe, auf dem Heimweg, der für ihn noch jedesmal das Wichtigste und Schönste war; er gab ihr hundert.

»Danke, mein Süßer. Was ist mit Dienstag?«

»Ja, vielleicht, ich ruf dich an.« Er kam noch einmal zu ihr zurück. Er berührte sie zwischen den Beinen, wie abwesend. Er trug Jeans, dazu Schuhe mit knöchelhohem Leder, die Teresa Stiefeletten nannte.

»Ja, aber spätestens Montag, Süßer, damit ich mich *freimachen* kann.« Sie führte seine Hand. Er mochte ihre kindische Art, ihre Brüste, das schmale Becken, nur ihre Stimme war ein Handicap.

Fra-a-a-a-ank!

Inzwischen hatten sie den Vorplatz zum Restaurant erreicht. Unter den Halogenscheinwerfern, dicht vor dem Pult mit der Türsteherin in ihrer blau-gelben Uniform warteten die Gäste. Noch einmal der dumpfe, metallische Ton des Megaphons, und für einen Augenblick ahnte Färber, warum all diese Leute hier auftauchten und sich einreihten mit ihren ausholenden Gesten und vorfreudigen Gesichtern, auf diesem frisch geteerten Platz, dessen scharfen, betäubenden Geruch sie alle gemeinsam bereitwillig einsogen. Damit wollen sie nur das Urteil des Megaphons beeinflussen, schoß es Färber durch den Kopf, aber es wird ihnen nichts nützen, und plötzlich spürte er seinen Haß.

Hinter der Türsteherin mit dem Lautsprecher vor dem Gesicht stand ein Junge, der ihre Hüfte locker umschlungen hielt, er trug ebenfalls die Uniform des Restaurants. Färber konnte sehen, daß die Ruferin den Jungen berührte; sie hatte begonnen, Franks *a* in ein gedehntes Auf und Ab zu ziehen, sie legte alles in den Namen. Sie weiß es, dachte Färber für einen wirren Moment, die ganze vertrackte Geschichte, und dann wieder: Sie weiß nichts, nicht einmal meinen Namen. Ihre Hand ruhte auf dem Oberschenkel des Jungen, als wollte sie dort etwas verdecken. Sie standen schon unmittelbar vor ihr, als sie noch einmal dazu ansetzte, Frank zu rufen. Färber konnte ihre Augen sehen. Aber es war nur in ihrer Stimme, nicht im Gesicht und nicht in der Stellung ihrer weich leuchtenden Lippen, die Frank in diesem Moment noch einmal aufgenommen hatten, Fra-a-a-nk!

Als die Ruferin ihn entdeckte, brach sie ohne weiteres ab. Sie lächelte, mechanisch, mit halb geschlossenem Mund, *please* ... Frank war noch dort, zwischen ihren Zähnen, Färber konnte es spüren, plötzlich, und er verkrampfte. Vor einem Jahr hatte er begonnen, sich seine

Honorare in bar auszahlen zu lassen, wegen der Steuer, hatte er zu Teresa gesagt.

Das Mädchen schob dem Jungen neben ihr die Liste mit den Namen hin und führte sie an ihren Tisch. Das Megaphon behielt sie in der Hand, beim Gehen schwenkte sie den Apparat, als wäre er auch jetzt noch von Bedeutung.

Färber war erschöpft. Er wäre dem wippenden Faltenrock gern noch eine Weile nachgegangen; er dachte an die kurzen Glockenröcke aus Wildleder, die die Mädchen in seiner Kindheit getragen hatten. Er beneidete den Jungen, er beneidete ihn sogar um seine blau-gelbe Restaurant-Uniform; er kam sich ausgehöhlt und verbraucht vor, als hätte das Leben gerade beschlossen, ihn langsam wieder abzustoßen.

»Faß mich nicht an.« Es hätte ihr Abend sein können; Teresa und er, sie hätten getrunken, geredet und sich am Ziel gefühlt. Sie hätten Lobster bestellt und sich an ihren ersten Lobster erinnert. Das Restaurant an der Straße, das nicht ausgesehen hatte wie ein Restaurant; die Tische, die viel zu eng beieinanderstanden; die matt glänzenden Zangen, mit denen sie nichts anzufangen wußten, ihre ganze Verlegenheit, verlegen vor Glück.

Färber dachte an den dicken Mann, Teresas erste Affäre. Er hatte ihn nie zu Gesicht bekommen. Einmal hatte Teresa erwähnt, daß der Mann *nicht gerade schlank* sei, daß er einiges auf die Waage brächte, wie sie sagte, seitdem hatte Färber ihn den dicken Mann genannt. Und daß sie ihn manchmal anspringen würde, hatte sie auch irgendwann gesagt, und daß der Mann dabei ganz fest stehen würde, wie ein Fels, daß er sie halten könne, *hal-*

ten ... Vielleicht erinnerte er sich falsch. Aber es war etwas, von dem er verstehen sollte, daß es *darauf* ankam, und eine Zeitlang hatte er Teresa beim Einschlafen fest an sich gedrückt. Der dicke Mann fuhr Teresa auf dem Nachhauseweg hinterher, mit dem eigenen Auto, aus der Stadt bis zu ihnen hinaus. Sie verabschiedeten sich um die Ecke, eine Straße vor ihrem Haus, und dann frühstückte der Mann in einer Autobahnraststätte; das alles hatte Färber erfahren, nach und nach.

Früher hätten sie den Platz grandios gefunden. Man hatte die Fenster herausgenommen, sie saßen direkt über dem Strand, den Wind im Gesicht. Unter ihnen, im Sand, war eine Tafel mit Gedecken und Windlichtern aufgebaut, die Tischdecken waren mit silbernen Spangen befestigt, einige Stühle schon halb im Wasser. Am Tresen gab es ein paar Leute, die tanzten. Als die Musik eine Pause machte, hörte Färber das Klopfen des Möwenflügels, jedenfalls glaubte er das. Sie sprachen über Luzie – die Schule, der Klavierunterricht, ihr Zimmer, nichts sollte sich verändern für sie. Sie waren sich einig, wie immer. Selbst jetzt tat es gut, mit Teresa zu reden.

Am Ende des Abends war Färber betrunken. Er hörte das Klopfen. Es kam aus ihm selbst. Oder von Teresa. Fast hatte er eine Hand auf ihre Brust gelegt. Alles gut.

Im Geräusch

Luzies Gesicht. Sie beobachtete ihn. Vielleicht ahnte sie etwas. Vielleicht hatte Teresa etwas gesagt – unmöglich, dachte Färber.

Er hatte noch immer das Schaben des verdorrten Palmwedels im Ohr, der abgeknickt und lose am Stamm herunterhing, über ihrem Bungalow. Zuerst war das Geräusch sehr nah gewesen, als flüstere jemand aus einer Ecke ihres Zimmers, jemand, der Angst hatte und unbedingt etwas loswerden wollte. Drehte Färber ein wenig den Kopf, kam es von viel weiter draußen, weiter oben, es verstummte plötzlich (mitten im Wort, obwohl einzelne Worte nicht zu unterscheiden waren in dem Gewisper), setzte unvermittelt wieder ein und verstummte und so weiter – ein endloses Sprechen aus der ergrauten Hitze über der Stadt, das ihn betäubt und zum Schlafen überredet hatte. Dann, seit dem Erwachen, gab es einfach zu wenig Luft vor seinem Mund, schon das Atmen war mühsam, und die Worte erstickten auf der Zunge, *Liebe Teresa* . . .

Er hatte es mit anderen Zeichen versucht. Zuerst eine lange Berührung: Teresas warmer, schlafender Arm. Umständlich hatte er für alle das Frühstück gemacht und das Tablett hinausbalanciert in den Garten mit den Hibiskusbüschen und den Kolibris, deren Anblick ihm noch immer Unbehagen bereitete. Wie es wäre, aufzustehen vom Tisch, nicht schnell, nicht langsam, nur so, als fehle die Milch oder das Salz, und sich den Abhang zum Nachbargrundstück hinunterzuwerfen – er hatte diese abstrusen Dinge gedacht und Luzie geholfen, ihren Rucksack zu packen. Er fand ein passendes Gefäß für die Muscheln mit dem Modergeruch, konzentriert stach er Luftlöcher in den Deckel der Büchse, eins nach dem anderen, das Klopfen in den Schläfen: Ich bin, ich bin, ich bin ... Es fiel ihm nicht ein. Er begriff nicht, wie er das Gespräch im *Gladstones* hatte zulassen können.

Ihr Flug ging am späteren Abend. Wie verabredet, hatten sie den Vormittag getrennt verbracht. Färber in einer Ausstellung – er konnte sich an keines der Bilder genauer erinnern; nur an die vollkommenen Ovale der Augen in den Frauen-Porträts, von denen es zahllose gab (die langen Hälse, die hochgesteckten Haare), und an die Totenmaske des Künstlers, die in einer Vitrine am Ausgang des Museums lag, neben den Postkartenständern. »Der Blick eines Toten ist immer ein wenig tadelnd.« Färber wußte nicht mehr, wo er diesen Satz gehört oder gelesen hatte, erstaunlich war, wie klein und verloren das Gesicht eines Menschen erschien, wenn man es ablöste vom Kopf. Die puppenhafte Stirn war wie glattgestrichen und glänzte stumpf, bis auf zwei feine, parallele Furchen über der Nasenwurzel, die Färber an eine alte, festgefahrene Schlittenspur erinnerten. Es fehlen die Ohren, dachte Färber, die Ohren sind wichtig, sie weiten ein Gesicht; ohne Ohren dagegen liegt es da wie gestutzt, als wollte es sagen:

Ich war nie auf dieser Welt. Färber verstand nicht, wieso ihn das beschäftigte, aber so war es oft. Und gedacht hatte er eigentlich nichts, es war nur eine Stimme in seinem Kopf gewesen, die gesagt hatte: »Es fehlen die Ohren.«

Die Maske schwebte auf dünnen, fast unsichtbaren Stäben aus Glas, und für einen Moment spürte Färber das Bedürfnis, in die Knie zu gehen, um einen Blick auf die hohle, verborgene Innenseite des Gesichts zu erhaschen. Statt dessen las er das Schild am Sockel der Vitrine: ein Mann aus Litauen namens Lipchitz hatte die Maske gemacht. Für Färber war das ebenso bedeutungslos wie der Name des Malers (Modigliani), aber der Klang, den die Litauen-Lipchitz-Verbindung abgab, zog noch Stunden später durch alles, was ihm begegnete; es war der Klang dieses Vormittags, etwas, das ihn umhüllte und eine Art Trost zusprach.

Teresa und Luzie waren nach Palm Springs ins *Heim für berühmte Tiere* gefahren. Schon vor Tagen hatte Luzie den Prospekt entdeckt, auf dem ein Affe abgebildet war, der einen spitzen Hut trug und Torte aß. »Cheeta – der Affe Tarzans« stand unter dem Bild. Unvorstellbar, daß dieses Tier noch am Leben sein soll, dachte Färber. Außerdem gab es Fotos mit einem Knäuel frisch geworfener Katzen, allesamt Nachkommen von Snowball, der Lieblingskatze Hemingways, wie behauptet wurde, und über die Rückseite des Prospekts kroch eine einzelne Schildkröte namens Fee, die in ihrem früheren Leben bei einer ganzen Reihe berühmter Schauspieler zu Hause gewesen war; zum Beweis hatte man die Köpfe der Künstler auf ihren zerkratzten Pan-

zer projiziert, kein einziger war Färber bekannt vorgekommen.

Draußen, im Park vor dem Ausstellungsgebäude, lag ein
von Baustellengittern umzäuntes Teerloch, an dem er
eine Weile gestanden hatte. Die Mittagssonne brannte.
Mit ihrem Licht drang etwas Dumpfes, Abstumpfendes
in ihn ein. Vorsichtig wiegte Färber den Kopf, bewegte
seine Zunge im Mund und spürte die Fessel. Wenn er
nur starrte, nichts dachte, ging es ihm besser. Der Teer
quoll direkt aus der Erde, eine Grube voller Pech. Färber
hatte nie zuvor etwas Ähnliches gesehen.

»Nicky, Francis, Robby, Paco, Molo, Jim, Liz, Jake ...«,
Luzie proklamierte die Namen der Katzen; Färber bewunderte ihr Gedächtnis. Wenn er zu ihr hinsah, schaute sie auf den Boden, auf die von der Sonne ausgedorrten
Holzbohlen oder auf die Klapptische der Händler am
Geländer des Piers; ihr Zopf pendelte von der Drehung
ihres Kopfes, ihre Plastiksandalen machten ein hartes,
fragendes Klopfen.

Die Neugeborenen wären nicht einmal besonders teuer
gewesen, aber irgendwie – das hätte der Mann aus dem
Tierheim ihnen erklärt – sei es nicht möglich, sie außer
Landes zu bringen. Tatsächlich sagte Luzie *außer Landes*, und Färber fiel es schwer, sie nicht in seine Arme
zu ziehen. Er räusperte sich und bot an, Eis zu kaufen,
zum Trost, für alle. Luzie stimmte zu, dabei nickte sie
nur ein wenig. Mir zuliebe, dachte Färber, und wieder
mußte er sich beherrschen. Von überall kam Musik
und übertönte das Strömen und Schwappen unter den
Planken.

Teresa beachtete ihn nicht. Zum Abschied hatten sie
Luzie den Rummel versprochen. Oben, vom Palisades
Park aus, hatte sie das Riesenrad am Ende des Piers entdeckt, dessen gelb leuchtende Gondeln über dem Wasser schwebten, stoppten, wieder anruckten und dann
über den Horizont stiegen. *Liebe Teresa ...* – sofort
wurden seine Worte gelöscht. Als gälte es eine Art Erste Hilfe zu leisten, summte in dem Rauschen, das üb-
rigblieb, ein Litauen-Lipchitz heran.

Mit übertriebenem Eifer bahnte Färber ihnen einen
Pfad durchs Gedränge, dabei war er zu schnell oder zu
langsam; immer wenn er sich umschaute, blickte er in
das Gesicht irgendeines Fremden. Ab und zu tönte ein
einzelner Ruf aus dem Stimmengewirr, klar umrissen,
ein Schrei wie aus den Freibädern der Kindheit, der
die Welt für eine Zehntelsekunde in Bernstein goß und
den Blick freigab in einen kühlen Raum voller Abwesenheit, in den einzutreten Färber sich augenblicklich
sehnte: weggehen, von allem. Aber hier sprang niemand
in die Wellen, niemand badete vom Pier aus oder auch
nur in seiner Nähe, es hieß, irgendein großes, unter Wasser verborgenes Abflußrohr reiche an dieser Stelle ins
Meer.

Luzie blieb stehen. Eine Auslage voller Poster und
T-Shirts, mit Steinen beschwert; daneben eine Kiste
Alpakabesteck und Küchengeräte, dahinter ein Klapp-
tisch mit braunglänzenden Unterarmen, die auf glatten
Stümpfen standen und ihre spitzen, leicht gespreizten
Finger unbewegt zum Himmel reckten, als vertrauten
sie darauf, daß ihnen von dort oben irgendwann etwas
heruntergereicht werden würde. Etwas Feines, Schma-

les müßte es sein, dachte Färber, ein Geldschein, eine Zigarette, eine Feder vielleicht, doch je länger er die hochgereckten Hände im Blick behielt, ihre ausgesprochen langen, wohlgeformten Finger, um so maßloser und unangenehmer empfand er das Fordernde dieser Geste: Er hatte ja nichts. Er hatte nichts und konnte auch nichts geben, am wenigsten ... Schaufensterhände, nur Schaufensterhände, dachte Färber, und er dachte an das gute alte *Wir*, an sich und Teresa und Luzie. Welche Verlorenheit ihn im Schlaf übermannt hatte – er konnte sich keinen Begriff davon machen; irgend etwas mußte er tun, etwas Entscheidendes, ausgesprochen Richtiges, aber es fiel ihm nicht ein. *Liebe Teresa, wir* ... Das mit Luzie war einfach unmöglich. *Liebe Teresa, ich, ich meine, ist es nicht falsch, nach all den Jahren* ...
Ein ferngesteuertes Spielzeug surrte Luzie zwischen die Beine, ein kleiner elektrischer Hund. Vom Strom der Besucher abgedrängt, kamen sie an eine lange Tafel mit Silberschmuck auf Samt – Reifen, Ringe, Ketten. Ein paar Meter weiter ein Mann im Schneidersitz; um ihn verstreut lagen Zeichnungen, die Santa Monica nach dem nächsten großen Erdbeben darstellen sollten, das Datum des Unglücks und die Zahl der Opfer waren mit Kreide auf eine Kinderschultafel geschrieben, die am Geländer des Piers hing. Luzie setzte ihre Füße jetzt vorsichtig, um nicht auf das elektrische Tier zu treten; sie warf Färber ein verlegenes Lächeln zu, er sah, daß darin eine Frage an ihn enthalten war, eine Bitte vielleicht.
Die Sonne brannte unvermindert, aber mehr noch als die Hitze war es das Licht; es schmerzte in den Augen,

es war *zu hell*, es war kein wirkliches Licht, nur böse, ätzende Gegenwart, die auf seine Augenlider drückte, so daß er sie lediglich halb geöffnet halten konnte und am liebsten vollständig geschlossen hätte, um im Dunkeln weiterzugehen. Er trug noch immer das leise Klingen im Ohr, Litauen-Lipchitz, auch wenn ihn hier alles verstieß: Litauen-Lipchitz. Sich ein wenig Erleichterung zu verschaffen wäre einfach gewesen, aber seine Abneigung gegen Basecaps und Sonnenbrillen hatte sich in den letzten Wochen zu einer Art Haß ausgewachsen.

Hinter der Kiste mit den elektrischen Tieren war ein Stand mit Osama-Bush-Laden-Plakaten aufgebaut, daneben irgendeine Liste, in die man sich eintragen sollte. »Don't look, it's shit, baby!« rief ein Mann, der einen Klapptisch weiter saß; bereitwillig streckte er Luzie seine glattrasierten Beine und Arme entgegen, die übersät waren mit blaugrauen Schatten – Jesus in verschiedenen Positionen, Maria mit dem Kind, dazwischen ein paar Engel; zärtlich strich er mit der Hand über seinen riesigen Oberschenkel, auf dem eine Auferstehung abgebildet war. »Only one!« rief er ihnen zu, aber Luzie stand bereits vor der Seifenblasenmaschine.

Der Mann an der Maschine war groß. Seine Wangen waren bemalt, ein Streifen weiß und ein Streifen rot. Nicht weit vor seinen Füßen stand eine Tonschale mit Münzen und Dollarscheinen. Ein Indio, Azteke oder Mexikaner oder alles zusammen, dachte Färber. Der Mann trug hellbraune Mokassins und eine weite Leinenhose, die ölig glänzte, darüber einen Umhang, eine Art Poncho aus Fell, in den goldene Schnüre eingefädelt waren. Das Hemd über seiner Brust spannte, es zeigte einen verwaschenen, kreisförmigen Aufdruck. Sein graues, strähniges Haar war am Hinterkopf mit einigen wirr, in alle Richtungen ausschießenden Federn zu einer Art Strauch gebunden; unter diesem Strauch, im Nacken, hing ein Panamahut.

Ununterbrochen winkte der Indio den Umstehenden und besonders denen zu, die sich vom Land her näherten, geradeso, als wären die Leute ihm lange bekannt, und jetzt freute es ihn, sie endlich einmal wiederzusehen; trotz seines Fells schien er nicht zu schwitzen. Färber war derart in Gedanken gewesen, daß er zurückgewunken hatte – jedenfalls war sein Arm auf halbe Höhe emporgezuckt, ein Reflex, der ihm sofort die ganze Aufmerksamkeit des großen Mannes eintrug.

»Hello father, hello!« rief der Indio erfreut. Erschrokken blickte Färber zu Boden und aufs Meer hinaus, fühlte sich bald aber verpflichtet, wieder zu dem Rufer hinzusehen. Niemals hat irgend jemand auf diesem Pier zurückgewunken, dachte Färber verärgert und versuchte ein möglichst festes, unbestimmtes Gesicht; dabei beschirmte er seine Augen mit der Hand, um zu zeigen, daß sein Winken eventuell kein Winken gewesen war, sondern nur ein erster, zunächst abgebrochener Versuch, im Schatten seiner Hand gegen die Sonne zu blikken. Feierlich, wie zum Zeichen irgendeines tieferen Einverständnisses, nickte der Indio ihm zu und schloß dabei die Augen.

»Hello father!«

Ein paar Kinder hatte der große Mann bereits um sich herum versammelt. In einem fort flogen Seifenblasen durch die Luft, die von der Maschine an verschiedenen Stellen abgeschnürt wurden, einige von außergewöhnlicher Größe.

Der Apparat summte leise, und Färber bemerkte, daß der Boden ringsum vibrierte, weshalb über den von der Lauge nassen und rutschigen Planken ganze Kohorten winziger Seifenblasen aufschäumten und, geführt von der Maserung des Holzes, zu glänzenden Geschwüren zusammenkrochen – Elektromotor, Batterie und Niedervoltspannung sinnierte Färber und war zugleich verstimmt, daß der Apparat ihn in derart nutzlose Überlegungen trieb. Tatsächlich fand er das Ganze lächerlich, wie alles, was sich auf diesem Pier zur Schau stellte.

Die Maschine bot einen verwirrenden Anblick; ein Aufbau, beinah so hoch wie der Indianer selbst: im oberen Teil mit einigen durchsichtigen Behältern, in denen Flüssigkeiten pulsierten, dazu Rohrleitungen, Ventile, Hebel, Trichter und Verstrebungen, die auf undurchsichtige Weise ineinandergriffen. Im unteren Teil eine Verkleidung aus abgeschabtem Aluminium, auf das mit einiger Sorgfalt ein Zeichen aufgepinselt war – dasselbe wie auf dem Hemd des Indios. Färber hielt es für eine zum Kreis oder zur Kugel gebogene Wortkombination, ein verziertes Gebilde aus Buchstaben jedenfalls, das man so oder so, aber wahrscheinlich nur von innen her lesen konnte ... *Hello father, hello!*

Noch nie war Färber auf diese Weise angerufen wor-

den, *Father-Vater*, in endlosen Echos umkreiste das Wort
sein verkrampftes Herz und flog zurück zu dem Indio ...
Wie gut, wie sorgsam der Mann mit seiner Maschine
umging, seine winkende Hand, mit der er ab und zu
wie begütigend das zitternde Aluminiumblech berührte.
Färber sah zu Teresa, ihr Haar glänzte dunkel, ihr Profil war unbewegt und farblos; sein mißratenes Winken
hatte sie nicht bemerkt.
Endlich begann der Indio zu sprechen. Dabei stand er
zunächst ganz ruhig, mit geschlossenen Füßen, in einer
Linie mit seiner Maschine. Nicht er, sondern sein Vater,
dessen Vater ein Medizinmann gewesen ... Färbers Englisch war lückenhaft, und die Sonne stach ihm durch die
Augen direkt ins Gehirn; er selbst, so der Indio, hätte
den Auftrag seines Volkes empfangen, dieses Erbe zu
erhalten und möglichst viele Fremde an ihrem Wunder,
wie er es nannte, teilhaben zu lassen. Damit deutete er
auf eine Reihe von grünen 5-Liter-Kanistern rund um
die Maschine und betonte, daß nicht eigentlich im Apparat, sondern vor allem *in der Essenz* das Geheimnis
läge, die Botschaft der Ahnen. In seiner Rede mischten sich Details der Apparatur mit einer Aufzählung
der heiligen Plätze, der heiligen Tiere und der heiligen
Dinge, »die schillernde Kiefernnadel, das funkelnde Wasser ...« – all jener Rohstoffe, die, wie Färber es verstand,
für die Rezeptur unerläßlich waren.
Während der Indio das alles auf jene feierliche und pe-
dantische Weise vorbrachte, wie sie großen Kriegern
eigen ist, begann sich sein Oberkörper ungeduldig hin
und her zu wiegen. Schließlich riß er ein knöchernes
Stäbchen aus seinem Gürtel, tauchte das ringförmige

Ende des Knöchels in einen Becher an der Maschine und führte es nah vor seinen unentwegt weitersalbadernden Mund – und sofort entwuchsen der Schlaufe große blau- und grauschimmernde Blasen, die vom Wind zum Publikum getrieben wurden. Die Kinder staunten und reckten die Köpfe.

Gereizt, fast boshaft (nein, er wehrte sich nur, die Hitze, der Rummel und der Seifenschamane, das alles war zuviel) hatte Färber die Hand gegen eine der Blasen erhoben, die schwerelos bebend über ihn hinglitt. »Es ist das Heilige, das wurzellos durchs Universum irrt ...« Sogleich stäubte ein feiner Schauer zersplitterter Luft auf Färbers Gesicht, angenehm, kühl, es war *die Essenz* – ein Geruch von altem Fleisch oder von Bettzeug, ungelüftet. Angewidert wischte sich Färber über die erhitzte Stirn; er roch die Schlafkammer seiner Großeltern, er roch, wie er als Kind zwischen ihnen gelegen hatte, eingepfercht, vor ihm das Massiv seiner Großmutter, und wie sein Großvater im Schlaf das Knie unter sein Gesäß gestemmt und angezogen hatte, Stück für Stück, so daß er im Laufe der Nacht unweigerlich immer weiter nach oben gedrückt, mit dem Kopf bis an den Giebel des riesigen Bettes gepreßt worden war. Noch einmal fuhr Färber sich über die Stirn – es war einfach zu heiß auf diesem Pier, zuviel Licht, zuviel Himmel, aus dem nichts kommen konnte, am wenigsten Liebe ... *Teresa, ich will ...*

Was?

Teresa hatte ihre Hände auf Luzies Schultern gelegt und übersetzte, halb zu dem Kind hinuntergebeugt, was der Seifenblasenmaschinist erzählte; Teresa, die geduldige

Neigung ihres Kopfes, Teresa und Luzie, sie bildeten eine schöne, zärtliche Einheit, ohne Färber.

»Manitu, el doro tota, tota Manitu . . .« Ab und zu wechselte der Indio in eine Art Beschwörungskauderwelsch, vielleicht die Sprache seines Stammes, aztekisch vielleicht, dachte Färber.

Lange Sätze ergaben größere Blasen, wobei Färber beobachtet hatte, daß der Indio sehr langsam, monoton und mit geschürzten Lippen sprechen mußte. Er nannte es: Zu-den-Ahnen-sprechen und In-die-Ahnen-sprechen; in jeder Blase werde sein eigener Atem und darin das Leuchten einer alten, verwandten Seele sichtbar, denn die Luft teile allem Leben, das sie enthält, ihren Geist mit – erster Hauch, letzter Seufzer und ähnliche Dinge. Keines der Kinder interessierte sich für die Geschichte der Maschine oder für die Essenz der Ahnen, alle starrten nur auf den gespitzten Mund des Indios und juchzten entzückt, wenn die Blase größer und größer wurde und jeden Moment zerplatzen mußte, dann aber doch nicht zerplatzte, sondern weiter wuchs, sich löste und abtrieb, Satz für Satz. Unter Beifall stiegen diese seltsam irisierenden Gebilde gegen die tieferstehende Sonne, blitzten auf und wurden unsichtbar. Dabei gab es Formen von Seifenblasen, wie sie Färber noch niemals zu Gesicht bekommen hatte. Manche taumelten über das Geländer des Piers aufs Meer hinaus und legten sich auf eine Welle – ohne zu zerplatzen. Wie Gesichter trieben sie dann auf dem Wasser landeinwärts, glatt und glänzend – Litauen-Lipchitz, dachte Färber, die alte Verbindung, und ahnte zugleich, daß es etwas in ihm geben mußte, dem er bisher zuwenig Beachtung geschenkt hatte. Niemand außer ihm verfolgte die schillernden Halbkugeln bis ans Ufer, wo sie unbeholfen wie riesige Quallen zu landen versuchten.

Der Indio verstummte. Sein letzter Satz war außerordentlich lang gewesen, die Blase fiel um einiges größer aus als alle bisherigen und hatte Mühe, sich in der Luft zu halten. Färber dachte daran, daß Glasbläser eher starben als andere Menschen, weil sie im Laufe ihres Lebens mehr Luft ausatmeten als einatmeten – jedenfalls hatte das seine Großmutter öfter zu ihm gesagt. Ein Leben lang war sie stolz gewesen auf eine kleine Kollektion mundgeblasener Gläser aus Lauscha, die sie über *Beziehungen* ergattert und wie Reliquien gehütet hatte; jedes Vorzeigen der Gläser war unweigerlich mit ihrem erneuten Polieren und jenem Vortrag über das kurze Leben der Glasbläser verbunden. Über die Jahre seiner Kindheit waren bei Färber allerhand Phantasien über das langsame, aber sichere Verkümmern der Männer in den Glashütten zusammengekommen – vom Blasen harte Münder zwischen blassen, aufgepumpten Wangen – am Ende mündeten all diese Bilder in die nie gestellte Frage, was das für Menschen waren, die ein solches Schicksal freiwillig, *sehenden Auges*, wie es seine Großmutter ausgedrückt hätte, auf sich nahmen. Der Indio machte eine halb bedauernde, halb zweifelnde Geste, aber schon im nächsten Moment stürzte er ins Knie, riß seinen Oberkörper mit ganzer Kraft nach vorn, eine zinnoberrot getünchte Scheitellinie blitzte auf, der Panamahut schnellte über den Federstrauch am Hinterkopf und landete auf seinem Schädel.

Beifall.

Wie versteinert verharrte der Mann in seiner Verbeugung, die Arme zirkushaft ausgebreitet, das Gesicht zum Publikum.

Sonst geschah nichts. Die Seifenblase waberte herum, entschloß sich dann aber, auf dem Panamahut zu landen. Sehr langsam und mit einem Gesicht, das bedenklich wirken sollte, erhob sich der Indio: Unverrückbar, wie ein zweiter riesiger, schimmernder Schädel saß ihm die Blase auf dem Hut.

Beifall und Jubel.

Färber war beinah erstarrt. Er mußte jetzt gehen. Mit einer um Frohklang bemühten Stimme sagte er etwas und deutete auf das Riesenrad am Ende des Piers, »Luzie, du wolltest doch, wollten wir nicht ...« Tatsächlich hatte er selbst ein paarmal in die Hände geschlagen, ungelenk, mit überspannten Handflächen, ankämpfend – wogegen eigentlich? Er fragte sich, ob das nicht der Moment war, die vielleicht allerletzte Gelegenheit vor dem Heimflug. *Liebe Teresa* ... Er spürte das Vibrieren der Maschine unter seinen Füßen, das schaumige Geschwür wisperte heran, es seifte die Sohlen seiner Sandalen, und der Father-Vater-Satellit kehrte zurück, *Hello father, hello!*

Der Indio verbeugte sich, diesmal sehr langsam, wie in Zeitlupe; ohne weiteres löste sich der auf Melonengröße angewachsene Schädel vom Hut und waberte zu Boden; er zerplatzte, direkt vor Luzie, die ihre Fußspitzen schnell noch ein wenig zurückgezogen hatte – gut, dachte Färber, gut. Der Indio blickte ohne besonderen Ausdruck in die Runde und streckte schließlich eine Hand in Luzies Richtung, während er mit der anderen auf einen kleinen, von Seifenwasser gläsernen Hocker zeigte.

Weder Luzie noch Teresa hatten zu Färber hingeschaut. Vielleicht hatten sie ihn nicht gehört; vielleicht hatte er auch gar nichts gesagt, nur gedacht, es zu tun, und seine Stimme war noch immer unhörbar. Oder er war bereits Luft für sie, nicht mehr maßgeblich, uninteressant, *ein früherer Mann* ...

Teresa übersetzte für Luzie.

Luzie nickte.

Färber lauschte: Das Father-Vater-Geräusch war zu einer langgezogenen Höhle geworden, an deren Wänden sich kunstvoll abzuzeichnen begann, was draußen im Leben geschah.

Als Luzie auf den Hocker stieg, hielt der Seifenmann mit einer steifen Geste ihre Hand. Als wäre Luzie jetzt sein Eigentum, nahm er dem Kind die Brille aus dem Gesicht und reichte sie, ohne sich genauer umzusehen (*Hello father, hello!*), zum Publikum hin. Färber machte einen schnellen Schritt an Teresa vorbei und riß das kleine metallene Gestell an sich. Unbewegten Gesichts griff der Indio in den Nacken des Mädchens und band ihre Zöpfe zu einem Knoten; ihr Kopf ruckte dabei mehrmals nach hinten, das Kinn nach oben, Färber traute seinen Augen nicht. Luzies umstandslose Bereitschaft traf ihn wie ein Stoß. Mit einigen geschickten Handgriffen goß der Seifenblasenmann einen ganzen Kanister seiner abscheulichen Essenz in die Apparatur (als Trichter benutzte er ein großes, eingerolltes Bananenblatt) und flüsterte Luzie irgend etwas ins Ohr. Dann verbeugte er sich, trat nochmals an seine Maschine und betätigte

umständlich ein paar Hebel und Knöpfe, die allem An-
schein nach nichts zu bedeuten hatten.

Unter dem Hocker wuchs eine Seifenblase. Ihr oberer,
bläulicher Rand hatte bereits Luzies Füße umschlossen
und kroch nun über ihre bloßen Knöchel weiter an
den dünnen, leicht gespreizten Beinen nach oben; be-
häbig beulte sich die Blase im Wind, der jetzt vom Pazifik kam, die Lauge glänzte in der Abendsonne.

Einige Kinder lachten und klatschten.

Luzie dagegen stand vollkommen still. Offenbar befolg-
te sie mit ganzem Ernst irgendwelche Anweisungen, die
der Indio ihr unentwegt zuraunte, eine Art Beschwörung vielleicht, dachte Färber, er hatte entdeckt, daß
die Blase durch einen winzigen, durchsichtigen Schlauch
am Boden des Hockers aufgepumpt wurde. Den Kopf
hielt das Mädchen leicht erhoben, worin sich ein Stolz,
aber auch etwas wie Abwehr oder Rückzug auszudrük-
ken schien. Entweder hat Teresa es ihr gesagt (erst zu
Hause, wo alles vertraut ist, das war die Vereinbarung),
oder sie ahnt etwas, dachte Färber noch einmal, während die Seifenblase sich langsam, stockend über ihre
dünnen, braungebrannten Waden in die Kniekehlen
schob und Stück für Stück weiter bis unter ihr Kleid
wanderte, sich dort für einen Moment blähte und zu
platzen drohte, dann aber über den Saum weiter hinauf-
stieg und sanft ihre Hüften umschloß.

Färber fühlte sich schwach. Das alles zehrte auf unbe-
greifliche Weise an seiner Substanz. Ihn beunruhigte,
daß das Fließen in dem Schlauch, der Luzie mit der still
vor sich hin arbeitenden Maschine verband, keinen
sichtbaren Richtungssinn aufwies. Teresa schoß unun-

terbrochen Fotos – ihr Anblick machte ihn hilflos. Als hätten sie diese Reise schon vor Jahren unternommen, stand ihm ein trostloses Später vor Augen, ein trauerndes Betrachten, vertieft in Abbildungen von Luzie, wie sie langsam unerreichbar geworden war.

Ein paar Kinder hatten begonnen etwas zu singen, auch Färber spürte die Notwendigkeit, sich der allgemeinen Begeisterung anzuschließen, immerhin war das Luzie, seine Luzie auf dem Hocker. Er streckte sich, in der Hoffnung, einem zunehmenden Schwindelgefühl zu entkommen, ein halbes Lächeln zuckte über sein Gesicht, *Liebe Teresa...*

Er schaffte es nicht.

Luzie schien von dem, was um sie herum geschah, einigermaßen unberührt oder wie abwesend; nur ihre Augen gingen hin und her, vielleicht in der Erwartung, die Lauge am Hals zu spüren, denn dann würde es darauf ankommen, besonders still zu halten, noch schwieriger würde es sein, zur richtigen Zeit einen Moment lang nicht zu atmen, den Atem anzuhalten – genau dann, wenn der Rand der Blase sich über das Gesicht weiter nach oben zöge, käme es darauf an. So jedenfalls hatte es der Seifenindianer erklärt, mit einem Anflug von Ekstase. Er hatte dafür seine Beschwörung oder was immer es war, das er zu Luzie hin flüsterte, unterbrochen, als müsse er sich nun angesichts der bevorstehenden Schwierigkeit dazu entschließen, auch das Publikum einzuweihen.

Laugenpanscher, dachte Färber, Seelenbläser.

Er hatte Mühe, dem überakzentuierten Kauderwelsch des Indios zu folgen, und er bezweifelte, daß Luzie überhaupt etwas verstand. Rundum war es auffällig ruhig geworden, als wollte man das allmähliche Verschwinden des Opfers nicht stören. Die erzwungene Unbeweglichkeit verlieh Luzie etwas Fremdes, Götzenhaftes. Schon als die Seifenblase an der Spitze ihres kleinen, V-förmigen Ausschnitts angekommen war (das blaue Kleid, das Färber ihr zum zehnten Geburtstag geschenkt hatte, sie fanden es beide sehr schön), hob sich ihr Brustkorb wie elektrisiert und erstarrte – ohne zu zögern, tastete die Lauge ihre zart vorspringenden Schlüsselbeine ab.

Ich habe die Grenze nicht bemerkt, ich habe sie versäumt, bin nicht umgekehrt ... Es war, als hätte Färber den Gedanken eines anderen gedacht.

Dann ging alles sehr schnell. Rasch wie ein Vorhang, der endlich geschlossen werden muß, wanderte die Blase über Luzies Gesicht, übergangslos strich ihr Saum über Kinn und Mund, sie stockte ein wenig um die Ohren, ein zittriger Moment des Widerstands, und für einen Augenblick schaute nur noch die kleine behaarte Insel ihres Scheitels aus der schillernden Essenz hervor; es war diese dunkle behaarte Insel, das erste, was Färber von seinem Kind gesehen hatte, während Teresas Hand, verkrallt in seinem Arm ... *Liebe Teresa, wir, ich meine, uns* ... Aber Teresa war nicht mehr an seiner Seite.

Großer Beifall, Freudensprünge. Luzies Kontur verschwamm und verlor sich, wie der Schatten eines Kerns, um den alles wie gehofft gediehen war.

Unversehens hatte Färber mitgebangt. Er fühlte die Kostbarkeit der Blase, ihre versöhnliche Rundheit und eine Art höhere Ruhe, die von dem nervösen Gebilde ausging – ein Schrein, der an Luzie gewachsen war und sie einverleibt hatte: Es war ein Gefühl des Glücks und der kompletten Niederlage. Eine Brise, die vom Wasser her kam, ließ ihn erschauern, jeder Luftzug schmerzte auf seiner von der Sonne geröteten Stirn – ein paar Minuten und ich kippe, dachte Färber.

Auch den Hocker hatte die Blase bereits verschluckt; sie verzitterte, bog sich und begann leicht hin und her zu wabern – ihr sanftes Rollen nahm ihm den Atem. Irgend jemand klopfte Färber auf die Schulter; zu einem Teil schien die Anerkennung auch ihm zu gelten, dem *Hello-Father-Vater* des tapferen Mädchens. Färber wagte nicht, sich umzuwenden. Er nickte nur, oder er schüttelte ein wenig den Kopf, um die eigene Überraschung anzudeuten – ja, er war der Vater.

Der Seifenschamane hob die Arme, als wolle er die Kugel segnen, bevor sie sich vollständig ablösen, aufsteigen, und dem Weg aller seiner Geschöpfe folgen würde. Färber sah bereits, wie der Indio die Wangen blähte, den Mund spitzte. Angestrengt versuchte er, den Schattenkern Luzies nicht aus den Augen zu verlieren, aber die Essenz der Ahnen blendete ihn; nur einmal sah er ein winziges blaues Gesicht, das plötzlich aus dem Glitzer hervorstach, nicht größer als ein Apfel. Schreiend vor Entzücken und wild gestikulierend erprobten die Kinder vor dem Spiegelbauch der Blase ihre grotesk verzogene Gestalt. Das Wunder war gelungen.

Teresa – Färber konnte sie nicht mehr entdecken; er suchte das Blitzen ihrer Kamera, er bereute, daß sie

überhaupt hierher gekommen waren, in diese Wüsten-
stadt, auf diesen Pier der Tätowierten, der Alchimisten
und Verrückten. Seit es für sie möglich geworden war,
zu reisen, hatten sie sich mit jedem Ziel weiter hinaus-
gewagt und, wie ihm schien, weiter voneinander entfernt; jetzt sehnte sich Färber nach irgendeiner Grenze.
Er dachte an ihre erste Reise in den Westen, an die Kathedrale von Metz. Vorsichtig, aber ohne nachzugeben,
hatte Teresa beim Kuß seine Wange gegen eine der runden, schlanken Stützen gedrückt, die das unbegreif-
liche Gewölbe in der Schwebe hielten; dann hatte sie
ganz leicht gegen den kühlen Stein an seinem Ohr geklopft, fast zärtlich, wie man an eine Tür klopft, ohne
eigentlich stören zu wollen. Und so hatte er es gehört.
Wie besessen war Färber von Pfeiler zu Pfeiler gegangen und hatte dem Singen im Stein gelauscht. Er hatte
die halbe Kathedrale abgehört, so lange, bis seine Ohren
weiß und eiskalt gewesen waren.
Wieder kam Wind auf, ein Zittern lief über die Blase –
mit einer schnellen Bewegung kippte der Indio abermals einen Kanister Essenz in die Maschine, der Ver-
brauch schien enorm. Eine abgründige Müdigkeit hatte
Färber erfaßt; es ist die Lauge, dachte Färber, Fluid aus
Knochen, ein Saft aus dem Mark der Gebeine gezogen,
aus Pottasche und Kadavern irgendeines Totems gekocht und gewürzt mit dem strahlenden Staub ihrer heiligen Plätze.
Über die schillernde Membran mäanderten jetzt Schol-
len oder Wolken, Land tauchte auf, Flüsse, und der
Father-Vater-Satellit kehrte zurück. Er durchquerte einen großen leeren Raum, der rund um Färber ange-

36

wachsen war, seit es ihm die Sprache verschlagen hatte, *Liebe Teresa* ... Aber das Father-Vater füllte ihn angenehm aus, es war das alte, das älteste Sprechen, es stimmte ihn ein auf *a*, auf *ach*, auf *ja*, auf jenes staunende, stöhnende, köstliche *a-a-a* ... ein Urklang, der ihn taub machte für das Geschrei, den Beifall und das ganze unsinnige Treiben ringsum, ein pulsierendes Geräusch, das ihm einwandfrei im Blut zu liegen schien, ein Selbst-Laut, offen, klar und stark genug, seine ganze Halt- und Hilflosigkeit aufzuheben in einem langen *Ah-jaaa* ...

Und ja, sicher, es war: *seine* Luzie. Luzie, die in Tränen ausbrach, wenn sie versehentlich eine Hausaufgabe vergessen hatte, Luzie, die all ihre Übungen aus dem Unterricht zu Hause noch einmal ins reine schrieb, lochte und abheftete, Luzie, die nichts falsch machen wollte, gar nichts, niemals, *die Kleine* – bloß nichts komplizieren, Hauptsache alles würde gut, gut mit ihr und mit ihm und Teresa, gut mit *Wir*, dachte Färber, Luzie, die – und endlich durchzuckte es ihn – mit Sicherheit noch immer den Atem anhielt.

Ungelenk, als wäre er gerade aus einem tiefen Schlaf erwacht, schnellte Färber nach vorn, hysterische Kinder sprangen auf seine Füße und rammten ihm ihre spitzen Ellbogen in den Bauch, Luzies Brille rutschte ihm aus der Hand, er mußte sich bücken, kam aber zu spät, ein Stoffturnschuh ... Das Turnschuhkind bemerkte weder etwas von ihm noch von seinem Haß; fasziniert starrte es in die Kugel, aber die fettig schillernde Lauge verweigerte inzwischen jeden Blick in ihr Inneres.

In diesem Moment sah Färber sich selbst: Ein grotesker

Reflex, eine Schliere im öligen Spiegel der Ahnen, deren Essenz sich – wie unrein oder verdorben – mit dunklen Flecken überzogen hatte. Im Seifenfilm war Färber vollkommen allein; er war gealtert und trug die Züge seiner Mutter, und etwas stimmte nicht mit der Perspektive: Er schrumpfte – er ging ein! Konkav-konvex, schoß es ihm durch den Kopf, aber sein Schulwissen erreichte ihn nicht mehr. Seine bereits zwergenhaften Hände flatterten umher, vollkommen hilflos und verloren. Ich muß die aztekische Blase zerschlagen, war sein einziger Gedanke; panisch, mit beiden Armen voran, stürzte Färber in den schmierigen Spiegel und verschwand.

»Hello father, hello!«
»Hello father!«
Als Färber wieder zu sich kam, lag er lang ausgestreckt am Boden. Offensichtlich war er ausgerutscht auf den seifigen Planken, auch der Hocker war umgerissen. Dabei mußte Luzie gestürzt sein, ihr Schreckensschrei vibrierte noch in seinen Ohren, es war das letzte, woran er sich erinnern konnte.
»Hey, father!«, als wäre das von Beginn an ihre Vereinbarung gewesen, ergriff der Indio seine Hand und zog Färber mit einem einzigen Ruck an seine Brust. Der Poncho mit den Goldschnüren berührte Färbers gerötetes Gesicht, sein Fell hatte den fauligen Geruch der Ahnen.
Erst jetzt begann das Lachen.
»Thank you, father, thank you ...« Noch immer hielt der Riese seine Hand und hob sie in die Luft, als wolle er sie zum Abschluß noch einmal zum Winken bewegen:

Hello father, hello Bleichgesicht, hello Schießbuden-
figur aus Europa … Färber riß sich los, für eine Flucht
war es der falsche Weg, trotzdem ging er rasch weiter,
bis ans Ende des Piers. Über seinem Kopf knirschte das
Riesenrad. Ohne etwas zu sehen, starrte er aufs Wasser
hinunter. Ein paar Leute riefen ihm etwas zu und lachten, sie mußten im Publikum gewesen sein.
Zuerst bemerkte er es kaum. Es war keine Welle. Es
brach mit einem Mal unter dem Pier hervor, ansatzlos,
als hätte sich eine unsichtbare Schleuse geöffnet. Ein
grauer Schwall umschloß den Unterbau, eine blasentrei-
bende Flut, die aufs Meer hinauslief. In ihrem Strömen
war alles verschmolzen – Litauen-Lipchitz, das Schaben des Palmwedels am Stamm, das Singen im Stein,
Luzies Schrei und über allem der Father-Vater-Satellit
mit seinem Hello-father-hello … alles verschmolzen in
einem einzigen, endlosen Geräusch.

Über den Hügeln südlich der Santa Monica Bay flammte eine Reihe orangeglühender Leuchtfeuer auf. Es war
die Abendsonne, die alles noch verfügbare Licht in die
großen Fenster der Bungalows goß.
Als Färber im Rücken der Zuschauertraube vorbeikam,
die sich erneut um den Indio und die Stammesmaschi-
ne gebildet hatte, stand ein anderes, etwas älteres Mädchen auf dem Hocker.
Luzie und Teresa warteten in einem Café am Ausgang
des Piers. Beschwichtigend redete Teresa auf Luzie ein.
Langsam ging er an ihnen vorbei. Nach ein paar Schritten spürte er, wie sich Luzies Finger in seine Faust bohr-
ten. Dann Teresas Hand in seinem Nacken.

Mit einer steifen Bewegung wandte er sich um.

»Zu spät«, sagte Teresa leise.

»Ich weiß«, sagte Färber. Jetzt wußte er es.

Kurz vor Mitternacht flogen sie nach Hause, trennten sich, hatten eine schwere Zeit und dann wieder bessere Tage. So träumte es Färber, während er weiter hinaustrieb, eingehüllt, schwebend im Geräusch – ohne Luzie, ohne Teresa.

Turksib

Die Stöße der Gleise waren jetzt stärker und kamen unregelmäßig; mit ausgestreckten Armen hielt ich mich zwischen den Wänden der winzigen Kabine. Aus dem kotbespritzten Stahlpott dröhnte ein metallisches Winseln und Fauchen herauf, in dem sich ab und zu auch ein Gelächter Luft zu machen schien, das irgendwo im Abgrund, im Schotter des Bahndamms hocken mußte und mir wie ein verächtliches *Semeysemey* in den Ohren hallte. Lange konnte ich nicht mehr bleiben, ohne bei meiner Rückkehr etwas erklären zu müssen, das sich im Mund der Übersetzerin augenblicklich verdoppeln und in den Kommentaren des Konsuls verzehnfachen würde.

Selbst in diesem Land war es, soviel ich inzwischen wußte, nicht verboten, einen Geigerzähler zu besitzen, im Gegenteil: Die europäischen Reiseführer empfahlen es, vor allem als ein Mittel zur Beruhigung des Reisenden, da, wie man mitteilte, die meßbaren Werte in den allermeisten Gebieten längst wieder unter den zulässigen Grenzen lägen. Ich hatte nie an den Erwerb solcher Technik gedacht oder auch nur an die Möglichkeit ihres privaten Besitzes geglaubt. Um so kostbarer und eigener erschienen mir jetzt das graugrüne, schon etwas abgegriffene Kästchen und die Umstände, unter denen ich es von einem der vermummten Händler, die vor Abfahrt des Zuges den Bahnsteig mit ihren Waren seltsamster Art blockierten, erstanden hatte. Fast alles, was mir dort als »Suhweniehrr!« entgegengestreckt worden war, schien aus den Asservaten- und Effektenkammern eines in vollständiger Auflösung begriffenen Reiches und seiner Armee zu stammen. Aber auch Berge von Fleisch, Tierhäuten, Rosinen, Brot und Nüssen hatte ich gesehen, die in halb geschlossenen Kinderwagen und oft im Dauerlauf über den schneebedeckten Bahnsteig geschoben wurden, hart bis unter die stählernen Tritte der Waggons. Am Ende kam niemand umhin, für irgend etwas zu bezahlen; der Zähler war mein Einlaß in den Zug gewesen.

Es hatte mit dem feinen Knattern, seinem Knister- und Schleifgeräusch zu tun, das er verhalten, aber stetig absonderte. Wenn ich ihn näher an mein Ohr brachte, war es mal eine Art melodisches Kratzen, dann wieder ein Schnarren und Wispern, das schwach wie eine dünne Gegenstimme im Fahrtlärm schwebte und jederzeit davon verschlungen zu werden drohte – augenblicklich standen mir Tränen in den Augen. Alle Widrigkeiten meiner winterlichen Reise verblaßten vor dem, was die Stimme des Zählers mir offenbar mitteilen wollte. Trotz der hundert Rubel hatte ich nicht wirklich an sein Funktionieren geglaubt, und offensichtlich war, daß er auch nicht so funktionierte, wie er sollte, denn deutlich spürte ich, wie sein Verhalten in mich drang. Gern hätte ich mich ausgestreckt, flach auf dem Boden –

ich war gebannt von einem außerordentlich tröstlichen Bild, welches das wispernde Kästchen mir in seiner wundersamen Melodie entgegenhob: etwas, das ich nicht ganz erfassen konnte, ein Gesicht vielleicht, das noch schemenhaft blieb, eine Maske, unter der beharrlich oder auch nur abwartend geschwiegen wurde.

Ich selbst hatte in den Wochen vor meiner Abreise neben den bereits vorbestimmten Stationen Pawlodar und Karaganda jenen dritten Ort, nämlich Semey, Semey am Irtysch, ins Spiel gebracht. Der Konsul hatte länger als üblich nicht geantwortet. Nur von der Frau des Konsuls war eine kleine Liste eingetroffen, ein paar Dinge, die sie für sich und ihre Familie erbat: einen Adventskranz, Dominosteine und ein Medikament namens Uralyt. Schließlich hatte der Konsul meinem Vorschlag, wenn auch zurückhaltend, zugestimmt. In Semey, schrieb er, solle es dann aber unbedingt das Dostojewskihaus sein, ein idealer Ort für unser Thema; *Städte im Nichts* – der Titel war eine Idee der Übersetzerin gewesen.

Zu den Überraschungen des Konsuls gehörte, daß meine Auftritte von einem kasachischen Dombraspieler und seiner dreizehnjährigen Tochter begleitet wurden. Die Sängerin, die aufgrund ihrer puppenhaften Erscheinung von der Übersetzerin bald *unsere kleine, glänzende Mumie* getauft wurde, zog die Töne von weit her und dehnte sie dann nach innen. Für diese umgekehrte, tief in den Rachen gedrehte Form des Gesangs stand sie wie angewurzelt, nur ihre Hände gingen durch die Luft, als striche sie vorsichtig über etwas, das sich unmittelbar vor ihr befinden mußte. Vollkommen unangebracht schien es mir, die betäubende Stille nach dem Lied mit meiner eigenen Stimme zu durchbrechen: Brasilia, Nairobi und dann zum Wesentlichen hin, dem Wunder Astana, der »Hauptstadt der Steppe«.

Noch vier-, fünf-, vielleicht zehnmal nahm ich den Zähler vom Waschbecken, schaltete ihn ein und wieder aus, ließ ihn liegen oder preßte ihn begierig ans Ohr und versuchte mich zu konzentrieren. Bald mußte ich einsehen, daß das ersehnte Bild durch reine Anstrengung nicht weiter ans Licht zu bringen war. Im Gegenteil. Das knattrige und knirschelnde Gewisper rührte mich schon nicht mehr mit derselben Kraft, schließlich drohte es ganz abzugleiten. Ich verstand, daß ich mich beruhigen mußte. So behutsam wie möglich erforschte ich die Funktion der beiden kleineren Kippschalter an seiner Vorderseite. Beide brachten das Kästchen zum Schweigen. Der linke löste statt dessen ein stummes Vibrieren aus; der rechte war offenbar ein Umschalter von akustischem auf optisches Verhalten: Am Kopf des Zählers, meines kleinen Erzählers, wie ich das schnarrende Kästchen jetzt halb scherzhaft nannte – nur, um mich weiter zu beruhigen, um durch die Namensgebung etwas von dem zu bannen, was mir an seiner Technik und ihrer Wirkung nicht ganz geheuer sein konnte –, flackerte sogleich ein rotes Lämpchen auf und begann zu blinken; hastig rieb ich das vom Schweiß meiner Hand verklebte Kästchen blank und verbarg es in der Brusttasche meines Hemdes, unter dem Pullover. Jetzt wollte ich sofort in mein Abteil.

Noch ehe ich das leise Schnappen begriff, schlug mir die
Tür in den Rücken. Es war jene kleinwüchsige Frau mit
der Schildmütze, die der Konsul bei Tisch als *unsere
Waggonmama* bezeichnet hatte. Schweigend deutete
sie auf ihre goldene Uhr, deren Metallband in einen starken Unterarm schnitt, dann zeigte sie über ihre Schulter hinaus in den Korridor. Während ich mich erneut
an den Wänden der Kabine abfangen mußte, stand die
Waggonmama völlig ungerührt, nur in ihren Knien gab
es ein feines, fast unsichtbares Wippen, von dort an aber
schienen die Stöße aus dem Untergrund spurlos in ihrem Körper zu verschwinden. Sicher hatte ich einen hilflosen, kränkelnden Eindruck gemacht, denn ohne weiteres faßte mich die Waggonmama am Arm und zog
mich aus dem Klosett in die Flucht des Wagens. Ihre Berührung war mir nicht unangenehm, sie milderte, wie
ich augenblicklich zu spüren glaubte, den drängenden
Einfluß des Erzählerkästchens, weshalb ich mich wider-
standslos abführen ließ.
Die Frau war von so geringem Wuchs, daß ich, während wir gingen, über ihre moscheeartig aufgebeulte
Schildmütze hinweg ins Freie sehen konnte. Im Schutz
des Bahndamms stach ein dünnes, goldglänzendes Gestrüpp aus dem Schnee; vor der untergehenden Sonne
schwebte ein einzelner Reiter. In der Leere, die ihn um-
gab, schien er ein wenig zu groß geraten, dabei scharf
umrissen wie eine Attrappe, die man auf der Linie zwischen Himmel und Erde langsam schaukelnd vorwärts
schob; hier wisse man nie, wie weit man schaut, hatte
der Konsul gesagt.
Im Speisewagen umfing uns ein Dunst verbrauchter

Atemluft; es roch nach Quark und Gebratenem. Heimkehr des verlorenen Sohnes am Haken der Waggonmama – lachend füllte die Übersetzerin unsere Gläser und erklärte, daß die anderen, der Konsul, die kleine, glänzende Mumie und ihr Vater, zunächst noch gewartet, sich dann aber in ihre Abteile verabschiedet hätten; ihr kurzes, wasserstoffblondes Haar leuchtete, nur der Nakken, den es freiließ, war von einem dunklen Flaum überschattet.

Ich trank, ich krümmte mich, etwas Fremdes brannte sich ein – *Atmen! Atmen!* rief die Übersetzerin, man müsse einfach schneller atmen, hecheln gewissermaßen, wie bei einer Geburt, erst dann stelle sich das richtige Gemisch im Körper her. Wie man am besten *nachatmete*, demonstrierte sie selbst, indem sie sich erhob, streckte und ihre furchtlosen Augenbrauen weit nach oben zog. Während sie schluckte und pumpte, gingen ihre Schultern auf und ab, was ihren Oberkörper in eine faszinierende Bewegung brachte. Behutsam strich ich über meinen Pullover, so lange, bis ich durch die locker gestrickte Wolle das rote Lämpchen des Erzählers blinken sehen konnte; einen Moment war mir vorweihnachtlich zumute, aber jetzt mußte ich gehen. Mit einem Ruck richtete ich mich auf, fiel jedoch sogleich wieder zurück auf meine Bank, der Gang war versperrt.

Ein Uniformierter verlangte unsere Pässe, ein anderer machte eine Film-aus-der-Kamera-reißen-Geste, doch die Übersetzerin lachte und berührte mich am Arm: Ob ich wüßte, daß es im Lied der kleinen Mumie um die Liebe zur Steppe gegangen sei, die jede andere kasachische Sehnsucht überträfe. Ob ich wüßte, daß hier jeder

Tod schon zu Lebzeiten ein Lied nach sich zöge, denn jeder Steppenbewohner müsse Sorge tragen für sein eigenes Klagelied. Täte er es nicht, würde nichts gesungen, alle säßen nur stumm zu Füßen des Toten, aber dann könne der Tote nicht zur Ruhe kommen, dann bliebe er auf immer etwas schuldig.

Ich war erschöpft; inzwischen lächelte ich zu allem, doch dieses Lächeln kostete Kraft, und es war schwer im Zaum zu halten. Unweigerlich wurde etwas Falsches daraus, und noch ehe seine Falschheit sichtbar werden mußte, ergriff ich – viel zu hastig – die Hand der Übersetzerin.

An den Haltestangen, die kalten, matt beleuchteten Wände entlang, tasteten wir uns voran. Den Beginn jedes neuen Korridors verengte ein Ofen, der zum Beheizen der Abteile diente, daneben der Samowar. Sein Kessel war eingebunden in ein Geflecht aus Rohren und Ventilen, wo pausenlos ein fettig schillernder Dampf austrat, der den Gang hinunterwaberte. In der Befürchtung irgendeiner Berührung, von etwas Feuchtem, Lebigem vielleicht, das es auf der Stelle abzuschütteln gälte, hielt ich die Lippen fest aufeinandergepreßt, dann, einen Ellbogen vor dem Gesicht, tauchte ich ein in den Nebel.

Langsam gewöhnte ich mich an das schwankende Dunkel. Jetzt war ich es, der vorausging, um das schwere, halb vereiste Türblatt aufzustoßen und für den Moment zurückzuhalten, in dem die Übersetzerin, leicht geduckt, unter meinem Arm hindurchschlüpfen konnte. Eine Geste, die von Tür zu Tür verblaßte und mich unausweichlich zu einer faden Figur werden ließ, besonders dort, wo mir die wenigen Schritte durch die tosenden Übergänge zwischen den Wagen genügen sollten, der Übersetzerin wiederum zuvorzukommen.

Ich strauchelte, prallte gegen etwas am Boden, zwei oder drei Beine, die plötzlich wie gefällte Baumstämme in den Gang ragten. In manchen Waggons herrschte eine Finsternis, daß ich das dunkelrote Blinken des Erzählerkästchens unter meinem Pullover mühelos erkennen konnte.

Zwei Drittel des Wagens blieb ich zurück, dann setzte ich zum Überholen an. Zeitweise wurde ich wie von selbst in langen Stößen durch den Gang getragen, bald aber mußte ich einsehen, daß es nötig war, in kürzeren Schritten zu gehen, damit der Korridor sich nicht losmachte vom Fuß und unter mir hinwegraste. Deutlich fühlte ich den Blick der Übersetzerin im Nacken; ich glaubte mich verglichen, verglichen mit einem anderen, mit einer ganzen Zahl von anderen vielleicht, die alle in weiter Ferne waren, nicht hier, in einem Nachtzug namens *Turksib*, einer Karawane vorsintflutlicher Blechkarossen, auf einem Gleis namens Seidenschiene, das mitten durch die Steppe schnitt, von Orient zu Okzident, wie es der Konsul gern sagte.

Etwa zwanzig Waggons oder mehr hatten wir bereits durchquert, als ich erkannte, daß ihre Numerierung keiner Regel folgte: Der Zug mußte unterwegs gewachsen sein. Korridor um Korridor fügte sich zu einem provisorischen Schacht, der in eine zähe, ältere Zeitform zu führen schien. Durch die verschraubten Fenster, so angestrengt ich immer wieder in ihren verkrusteten Spiegel, in das graue, schmutzige Gewirr von Eisblumen gestarrt hatte, die im Laufe der Fahrt wie ein Ekzem über die Flanke des Wagens krochen, war kein einziges Zeichen, nichts von einem Leben draußen herübergeblitzt. Kein Mond, keine Sterne, nur mein müdes, wesenloses Ich schaute immer herein und wankte mit mir durch den Tunnel: Die untersetzte Gestalt, die breiten Schultern, zwischen denen der Herzschlag des Erzählers blinkte, vom Vibrieren der Scheibe verzittert zu einem faustgroßen, dunkelrot leuchtenden Schwarm und auf Augenhöhe ein Gesicht, das entfärbt und ohne erkennbaren Ausdruck neben mir schwebte – so überholten wir die Übersetzerin.

Schnee stäubte über die Stahlbleche zwischen den Wagen. Ein Frösteln wuchs auf meiner Haut und legte sich vom Rücken her wie ein kaltes, balsamierendes Tuch um den Hinterkopf, wo ein wunderbarer Helm daraus wurde, der sich angenehm verschob, wenn ich meine Augenbrauen nur um eine Winzigkeit nach oben zog.

Unschlüssig standen wir vor unseren Kabinen; der Wagen schlingerte durch eine Kurve, ich versuchte meine Arme zu verschränken, um das Blinken des Kästchens besser zu verbergen, einen Schritt wich die Übersetzerin zurück.

Zwei halb uniformierte Gestalten waren im Wasserdampf des Samowars aufgetaucht; einen Moment hielten sie inne, dann schoben sie sich langsam in den Korridor. Offenbar warteten sie darauf, daß man sie endlich bemerkte und ihr Näherkommen guthieß. Der hintere, kleinere Mann drängte den größeren vor sich her, der sich aber noch zu sträuben schien und mit einer halben Verbeugung sowie einem vorsichtig gerufenen *Salam alaikum!* schon aus der Ferne entschuldigen wollte für die Störung. Ich versuchte, nicht zu lächeln; ich dachte daran, mit einem Sprung in mein Abteil zu fliehen, aber jetzt rückten beide rasch näher. Im ersten Mann erkannte ich den Heizer, im anderen den Kondukteur unseres Wagens; sporadisch tauchte sein erwartungsvolles Gesicht links oder rechts vom großen Körper des Heizers auf, blieb die meiste Zeit aber hinter ihm verborgen.

Vorsichtig deutete der Heizer auf mich: *Nemetzki?!* Noch ehe ich etwas antworten konnte, schlug er die Hacken seiner Stiefel zusammen, die Arme hielt er angewinkelt, das Kinn etwas erhoben, sein kindliches Gesicht wurde abweisend und streng. Ich versuchte ein kleines, uns alle entschuldigendes Lachen. Ich bat die Übersetzerin, dem Heizer, der uns um Kopfeslänge überragte, zu erklären, daß er mich nicht auf diese Weise grüßen sollte, daß ich selbst, wenn er es genau wissen wolle, lediglich den Rang eines Gefreiten der Reserve innehatte, Reserve einer längst untergegangenen Volksarmee, ein Dienstrang, der mit Sicherheit unter dem eines Heizers der berühmten *Turksib* liegen mußte – dabei berührte ich mit zwei Fingern das schmutzigsilberne Schulterstück, das halb lose von seiner blauen Uniformjacke herunterhing.

Noch während ich sprach, hatte der Heizer die Lippen gespitzt; seine fein von Ruß umsäumten Augen fixierten meinen Mund, doch die Übersetzung erreichte ihn nicht mehr. Erst, als rutsche Kohle nach in seinem Tender, dann mit einer mühselig aus der Tiefe schürfenden, die Vokale überdehnenden Stimme und ohne sich auch nur im geringsten aus seiner angespannten Haltung zu lösen, begann er zu sprechen:

Ihrrweiss niehrrt, wahs sohlbe deute,

dass ihrrsoo trau riehrrtbien,

eimährre aussallteseite ...

Etwas hakte und stockte in seiner Brust. Nur seine gesprungenen Lippen blieben in stummer Bewegung, sein harter, schmaler Mund öffnete und schloß sich unentwegt, bereit, dem, was fehlte, sobald es hervorschießen würde, eine Form zu geben. Doch sosehr er sich auch weiterhin dehnte, seinen mageren Hals sehen ließ, auf die Zehenspitzen ging und das Kinn noch höher über uns hinaus ins Gewölbe, zur blauen Nachtlampe des Wagens streckte, als müsse er nur noch dort hinauf – der deutsche Reim auf »trau riehrrtbien« wollte ihm nicht auf die Zunge.

In seinem gestrafften, vom Schein der Lampe wie erfunden schimmernden Gesicht zuckte es, die nicht zu schließenden Lippen entblößten den weißglänzenden Streif einer vordrängenden Zahnreihe: »Eimärrhe aussallteseite ...« – ächzend, andauernd und wie unter zu großer Last wiederholte der Heizer die Zeile. Besorgt berührte mich die Übersetzerin am Arm, doch ich deutete auf den Heizer, überzeugt, daß es in jedem Fall angebracht und nicht nur eine Frage des Anstands oder des Feingefühls war, wenn dieser die Gelegenheit behielt, aus eigener Kraft zu vollenden.

In der rasch bis unter die Haut wachsenden Anspannung

aber, die von dem Fehlenden, dem mit ganzer Wucht Vermißten ausging, war auch mein eigener Mund in Bewegung geraten; tonlos sprach ich das gesuchte Wort zwischen uns hin, immer wieder, gerade gegen die Brust des handbreit vor mir versteinerten Mannes, als hätte ich dort durch stumme Wiederholung etwas einzuflüstern vermocht. Noch ohne es zu bemerken, hatte ich dabei die gestreckte Haltung des Heizers angenommen, so daß wir uns bald wie zwei zu militärischer Ehrenbezeigung verpflichtete Träger eines jeweils minderen Dienstranges gegenüberstanden, die – so konnte ich es wenigstens später sagen – mitten in ihrem Gruß aus der Zeit gefallen waren.

Eine schwer durchatmete Dauer blieben wir gefangen in einer Art Fischgesang, der zwischen mir und dem Heizer, meinem und seinem Ufer hin- und herwogte und nirgendwo Land gewann – noch einmal und drängender faßte mich die Übersetzerin am Arm, und endlich begriff ich es: Dies war *sein* Lied. Sein eigenstes, auswendig aufbewahrtes; jenes, das der Heizer, nachdem es ihm, woher auch immer, einmal zugeflogen war, zu seinem persönlichsten, posthumen, *seinem* Klagelied erwählt hatte – wie sonst sollte der unerbittliche, beinah verzweifelte und selbst im Stocken nicht nachlassende Ernst seines Auftritts zu verstehen sein?

»Das-kommt-mir-nicht-aus-dem-Sinn« – fast hatte ich es geschrieen, den Korridor des dahindonnernden Schlafwagens hinunter, eine Befreiung, ein Weckruf, vor dessen posaunenhafter Heftigkeit ich selbst erschrak. Augenblicklich fand ich mich in den Armen des Heizers. Kraftvoll zog er mich ein Stück zu sich hinauf, während er, als sei der entscheidende Sieg errungen, ein ums andere Mal den Vers wiederholte: »Koohmt-nierrh-aus-Sienn«. Dann stieß er mich fort, aber nur, um mich sogleich wieder einzufangen und auch gegen seine andere Wange zu pressen.

Der Kondukteur, der sich im Rücken des Heizers gehalten hatte, klatschte triumphierend in die Hände und lachte, während ich versuchte, meinen Körper dem Dank zu entwinden – behutsam, um die Feierlichkeit des Augenblicks nicht zu verletzen. Ich lächelte, und einen Anfall von Übelkeit niederringend, hielt ich dem Heizer das Lob seiner Aussprache entgegen; ich lobte die Steppe, die *Turksib*, Seidenstraße und Seidenschiene, das Land und das Rauchloch der Jurte, die, das wüßte ich doch, inmitten des Wappens – also der Ofen im Zentrum, der Heizer ... Die Übersetzerin, die aufmerksam an meiner Seite geblieben war, formte Sätze aus meinem Gestammel, Sätze, die aus einem einzigen Rachenlaut auf *a*, einem langen *rrhaaarrhaaarrhaaa* zu bestehen schienen, und rief sie dem Heizer simultan ins Ohr – doch die Umarmungen fanden kein Ende.

Rhythmisch wurde meine Nase links und rechts auf oder unter die losen, silbernen Schulterstücke gedrückt; ich spürte das warme, unrasierte Kinn des Heizers an meinem Hals, dazu Lippen und ihre murmelnde Feuchte auf Ohr und Wange, begleitet von einem dunklen Verschlußlaut, der überging in ein kurzes, unterdrücktes Schluchzen: »Koohmt-nierrh-aus-Sienn«; ich erzitterte. Ein Herzrasen machte mir die Brust eng. Aber es brauchte nur einen Moment, bis ich begriff, daß die Umklammerung des Heizers den Erzähler umgeschaltet und damit zum Vibrieren gebracht hatte. Ich schloß die Augen, ich sah ein träges, sich durch den allzu schmalen Korridor des Wagens wiegendes Paar ... Aber jetzt war es zu spät.

Eine maßlose Gereiztheit hatte mich erfaßt, ein Haß sogar, wie ich zugeben muß, der unmittelbar in meine Fäuste zu strömen schien. Schon sah ich meine Rechte, sie kam von unten, ich sah sie, es war wie in einer graphischen Darstellung oder im Traum ... der Schlagarm schießt gestreckt nach vorn, Handrücken und Unterarm bilden eine Linie ... sie flog in das bläulich glänzende Gesicht, direkt auf den sprechenden Mund des Heizers, mitten in sein nächstes, unweigerlich herauffahrendes »Koohmt-nierrh-aus-Sienn«, sie zerschlug den Vers, ohne Vorbereitung, ohne Umschweife, sie spaltete ihn, und zwar für immer.

Panisch rief ich mir Begriffe wie »Begegnung«, »Religionen«, »Gastland«, »Befreier«, »Baikonur« und »Amur« ins Gedächtnis, und augenblicklich, als hätte ich irgendwo auf meiner ziellosen Jagd tatsächlich das Zauberwort getroffen, offenbarte sich etwas Vertrautes: Im sauren, meine Nasenschleimhäute beizenden Geruch der Heizeruniform, aus den Ingredienzien dieses atemberaubenden Dunstes erstand das alte Sowjetkasino. Ich roch das Waffenöl und das Linol unterm Knie, ich roch die Lappenbinde über den Augen, die Bestzeit, den Wettkampf, das Feder!-Stange!-Kolben!-Zylinder! – die bedeutsame Schwere jedes einzelnen Teils in der Hand und den Hocker vor der Brust ...

So absurd der Glaube an eine gemeinsame Vergangenheit bis heute erscheint, er besänftigte mich: Konnte es nicht sein, dachte ich, daß dieser Heizer, der vielleicht einmal ein Waffenbruder gewesen war, schon lange, längst und unter Umständen so verzweifelt wie ich, nach einem Abschluß unserer Begegnung suchte, ihn aber einfach nicht fand? Und wenn, lag es dann nicht bei *mir*? War ein Zeichen, eine Geste verlangt, vermutlich gab es ein Gesetz, ein bestimmtes Ritual, seit Unzeiten verankert in der Kultur des Heizers, fremd, aber unabdingbar? Noch einmal, umschlossen bereits von Vergeblichkeit, versuchte ich, mir etwas Luft zu verschaffen. Wie unvorbereitet aber war ich, als plötzlich der Heizer selbst mich mit einem erschöpften, tief seufzenden »Koohmt-nierrh-aus-Sienn« aus seinen Fangarmen stieß und mir, sicher nur in der Verlegenheit, nun allein ein Ende erfinden zu müssen, einen Kuß mitten auf den Mund gab.

Dann ging alles sehr schnell. Ein dumpfer Knall, und einen Moment schwebte ich, einzig mit dem Heizer als Halt, in der Luft des Korridors ... *Atmen! Atmen!* hörte ich es rufen, aber schon wie von fern, dann kehrte Ruhe ein und Dunkelheit.

Noch heute kommt es mir wie ein Wunder vor, daß sich niemand ernsthaft verletzte. Der jähe Stoß, ein gewaltiges Aufbuckeln unter den Füßen, hatte uns gegen die rückwärtige Wand des Korridors geschleudert und zu Boden geworfen. Dabei war der Heizer, auch wenn er es noch so gewollt hatte, nicht imstande gewesen, seinen Kuß mit der gebotenen Flüchtigkeit zu lösen. Im Gegenteil. Seine Zähne hatten sich fest zwischen meine Lippen gedrückt, und in der beschämenden Hilflosigkeit, die der Heizer und ich jetzt teilten, war deutlich zu spüren gewesen, wie ein Schwall seines warmen, kohligen Atems in mich stieß, an dem ich – orientierungslos und überwältigt – immer noch schluckte, würgte und schluckte.

Als die *Turksib* uns endlich aus ihrer Gewalt entließ, wuchtete ich mir, fast ohne Besinnung, den steifen Körper des Heizers vom Leib, zu heftig vielleicht, denn er stürzte gegen die Tür eines der Schlafabteile. Einer altbekannten Halluzination gleich, tauchte daraus der Dombraspieler auf, kaum bekleidet und wie gerahmt stand er im Eingang seines Coupés, vor dem, lang ausgestreckt, der Heizer lag. Da der große Mann aber vollkommen stumm blieb, begann er bald auf ihn einzubrüllen. Ich schluckte, ich versuchte zu atmen, ein paar Tränen rannen mir über die Wangen.

Verschwommen, durch die halb geöffnete Tür des Coupés, sah ich unsere kleine, glänzende Mumie liegen. Das linke Bein hatte sie ein Stück neben der Decke ausgestellt und angewinkelt. Zunächst war dieses Bein gleichmäßig hell, fast weiß, wie ein Ausschnitt von Papier, welcher das wenige Licht, das vom Gang ins Abteil fiel, reflektierte; dann, ganz an seinem untersten Ende, knapp über dem Laken, ging das Weiß wie fein gestrichelt über in einen dunklen Rand.

An diesem Rand tauchte das Gesicht der Übersetzerin auf. Sie kniete jetzt an meiner Seite, langsam schob sie einen Arm unter meinen Kopf, wobei sie unentwegt übersetzte: die sogenannten Seidenriffe ... siebzig Jahre, nie verschweißt ... verweht, das Eis ... schon Schlimmeres, das heißt ... bittet um Verzeihung für den Hei-

zer ... Staunend, mit weitgeöffneten Augen sank ich
zurück, und etwas Kühles strömte über meinen Körper,
ein weicher, klarer Wellengang.

Weit über mir, in einer seltsamen Höhe, sah ich den Kondukteur, wie er wütend in den Rücken der Übersetzerin sprach, dabei eine Faust zum Ende des Korridors
hin schüttelte, wo sich der Ofen befand, obwohl der Heizer jetzt unmittelbar neben ihm stand, hilflos, mit glü-
hender Stirn und noch immer den Angriffen des halb-
nackten Dombristen ausgesetzt; ich schloß die Augen,
ich würgte, doch unweigerlich sickerte das Gefühl eines
unbegreiflichen Verlusts in mich ein. Gerade im Winter, gerade bei diesen Temperaturen, minus dreißig ...
vierzig ... fünfzig ... der Kondukteur steigerte sich, die
Übersetzerin hatte Mühe, ihm zu folgen, und übersetzte alles sehr behutsam zu mir hinunter. Ich schaute zu
ihr hinauf, nur hinauf, ich schluckte, verwundert, jetzt
kam sie mir schön und bekannt vor, ein Gesicht, so
dachte ich, nach dem ich mich sehnte, vielleicht schon
immer gesehnt hatte. Vorsichtig betastete sie meine
Stirn, dann meine Brust, und erst unter der besorgten
Hand der Übersetzerin spürte ich, daß der Erzähler verstummt war.

Benommen raffte ich mich auf, trat vor, aber noch ehe
ich dazu beitragen konnte, das Unrecht endlich einzu-
dämmen, das dem Heizer geschah, schwang sich der
Dombrist mit einer Kung-Fu-artigen Bewegung in sein
Abteil zurück. Als ich mich umwandte – jede meiner
Handlungen hatte sich sonderbar verlangsamt –, waren
auch der Kondukteur und der Heizer beinah ganz verschwunden; grußlos und eilig strebten sie, eng beieinan-

der, den vernebelten Korridor hinunter und lösten sich auf im Wasserdampf des Samowars.

Die Liegeplätze im Abteil waren schmal, und ich benahm mich ungeschickt. Es fiel mir schwer, mich zu beruhigen; ich schmeckte den Heizer, ich sah, wie er die Feuerklappe aufriß und ohne Halt Kohle in seinen Ofen warf; ich schluckte, ich atmete, schnell und tief, aber etwas blieb, etwas, das fortglomm, das sich nicht hinunterschlucken ließ, *nie wieder*, wie es mir sinnlos durch den Kopf schoß. Dann spürte ich die Hand der Übersetzerin auf meiner Schulter, besänftigend schob sie mich von ihrem Bettgestell. Sie selbst kniete jetzt darauf, wobei sie sich von mir abkehrte und eine Wange ins Polster der Rückwand schmiegte. Langsam trat ich an sie heran, und während sie die feinen, regelmäßigen Schwingungen des Wagens in sich aufnahm, sein leichtes Schaukeln und Schwanken und auch die festeren, unregelmäßigen Stöße der *Turksib*, für die ich mich an ihren Hüften hielt, geschehen ließ, entdeckte ich im Spalt zwischen den Gardinen, vor dem Fenster des Abteils, eine Flut von dunkelroten Punkten – aber das war nur ein Schweif von Glut, der den Waggon umhüllte.

Der Kapuzenkuß

1 Hans und Margarete

Im Alter von neun Jahren hatte ich die Folgen meines ersten größeren Unfalls bestens überwunden, bis auf ein paar ruckartige Bewegungen gelegentlich und das Gefühl, mehr zu sehen und zu hören von der Welt als vorher. Die Narben auf meinem Kopf waren verheilt und die Haare nachgewachsen, aber noch im Dezember begleitete mich meine Mutter zur Schule, vorsichtshalber, wie sie sagte. Ohne das Tempo, mit dem wir ausschritten, zu verlangsamen, führte sie mich über den Ziegelweg, der leicht anstieg, durch einen schmalen, kümmerlichen Vorgarten bis an die Treppe zur Tür. Dann eilte sie selbst die drei Stufen voraus, drückte ungeduldig die Klinke herunter, obwohl sie wußte, daß das sinnlos war, und beschwor mich schließlich, auszuharren auf meinem Platz und dort *solange* zu warten. »Heute ist es sicher Frau Bakuski« oder »Heute morgen werdet ihr wohl Frau Janda haben« – irgend etwas veranlaßte meine Mutter zu diesen nervösen Prognosen, Janda oder Bakuski. Dabei wußte sie sowenig wie ich, wer an diesem Freitag aus der Tiefe des Gebäudes auftauchen würde, um die beiden Flügel der Haupttür zu entriegeln, nein, noch weniger als ich konnte sie etwas ahnen von den Schichtfolgen und Dienstplänen der zahlreichen *Hortnerinnen*, deren Aufgabe es war, uns vor und nach dem eigentlichen Unterricht, wenn nötig bis in den Abend hinein und unter dem erneuten Hereinbrechen der Dunkelheit, zu beaufsichtigen. In jedem Fall waren wir die ersten am Schulhaus, meine elegante Mutter mit ihrem weißen Knautschlackledermantel und dem hohen Dutt, einem Haarteil, das sie um ein bis zwei Köpfe größer machte, und ich mit Anorak und Pudelmütze.

Allein vor verschlossener Tür hatte ich mich schon oft gefragt, an welcher Stelle die Hortnerinnen selbst ins Innere der Schule gelangten. Ihre festungsähnliche Anlage war für mich nie ganz zu überblicken gewesen. Immer entzog sich ein Stück ihres Umrisses, mal war es ein unklarer Seitenflügel, von dem ich aus der bloßen Erinnerung nicht mehr hätte sagen können, an welcher Stelle er dem Haupthaus angewachsen war, dann fehlte mir wieder ein Bild vom Zusammenhang der verschiedenen Längs- und Querflure. Ich bewunderte jene Schüler, die schon nach kurzer Zeit über die Lage der Türen, die es nach allen Seiten hin gab, genauestens Bescheid wußten, und nicht selten beschlich mich der Verdacht, daß sich inzwischen alle um mich herum besser auskannten als ich. Schon oft hatte ich vorgehabt, mir bestimmte Treppen und Wege einzuprägen, doch sobald ich nur ein paar Schritte durch die überfüllten Flure getrottet war, wußte ich nichts mehr davon. Mit ihrem unsäglichen Hall verschlangen die Flure jeden gezielten Gedanken und verwandelten ihn in irgendeine Träumerei. Deshalb war es wichtig für mich, immer einen der guten, wissenden Schüler im Auge zu behalten. Ein Lehrer konnte erkranken, der sogenannte Vertretungsplan trat in Kraft, eine Hortnerin stürmte in den Raum und rief mit ihrer sich bereits überschlagenden Stimme »Zwonullsechs! Alles! Sofort! Zwonullsechs!« Im Eiltempo mußten wir dann unsere Sachen packen und »umziehen«, wie es hieß, womöglich auf eine andere Etage und alles noch innerhalb derselben Pause, deren letzte Minute meist gerade angebrochen war. Das löste in jedem Fall Hektik, manchmal fast eine Panik aus, in der die Klasse auseinanderriß – *Zwonullsechs!* Mir wurde schwarz vor Augen; ich hielt mich am Geländer, wobei ich doch ahnte, daß es nötig gewesen wäre, die Treppe gleich im Sprung zu nehmen. Bei jedem dieser Umzüge befürchtete ich, den Anschluß zu verlieren, endgültig abhanden zu kommen, verschollen in der Tiefe irgendeines Korridors, während in den Klassenzimmern der Unterricht längst wieder begonnen hatte und man sich hinter einer der vielen wie Rätsel verschlossenen Türen verwundert nach einem leeren Stuhl in der vorletzten Reihe umsah, einmal, zweimal, dann nicht mehr.

Meine Mutter umarmte mich. Obwohl ich doch wußte, was kam, hatte ich Mühe. Eine Weile stand ich fassungslos und lauschte (mit zurückgeschobener Mütze) dem Klopfgeräusch ihrer Absätze auf dem Pflaster, ein Geräusch, das ich auf meinen Narben spüren konnte, so klar und deutlich, als wäre mir dort infolge meines Unfalls ein zusätzliches Organ gewachsen ... Unweigerlich wurde es leiser und leiser, plötzlich aber schien es nochmals näher zu kommen, was mich schon oft in falsche Hoffnungen gestürzt hatte. Am Ausgang der Straße änderten sich die Echoverhältnisse. Dort traf das Geräusch ihrer Schritte auf den ersten Wohnblock der *Gebind*, ein Neubaugebiet im Zentrum von L. mit sieben parallel angeordneten Blöcken und einigen anderen Blöcken, die sich im rechten Winkel zum Wald hin stuften, den Berg zur Charlottenburg hinauf, von der nicht mehr als ihr Name übriggeblieben war. So unklar sich der Schall bis dahin entwickelt haben konnte, abhängig von der Feuchte, der wechselnden Dichte der Luft, ihren kalten Strömungen, in denen sich auch die Reste des Nachtdunkels bewegten und mischten mit dem ersten Licht des Tages, so unerbittlich wurde jeder Laut an den hohen Mauern der Gebind aufgefangen und zurückgeworfen in die umliegenden Ortsteile. Die Schulstraße, auf der ich stand und, auf Zehenspitzen lauschend, den Schritten meiner Mutter nachhing, bildete einen dieser gepflasterten Kanäle, über die der Ort mit der Gebind und ihren Echos verbunden war.

Die einzigen, denen ich am Morgen begegnete, waren die beiden braunen Steinkinder über dem Eingang zur Schule. Eine Hortnerin hatte uns erzählt, bei den Kindern im Portal handele es sich um Hans und Margarethe, die früheren Hänsel und Gretel. Sie seien die Wappenkinder der Anstalt gewesen, für die man unsere Schule früher einmal gebaut habe, eine Schule mit Internat, in dem bevorzugt Waisen und Schwererziehbare aus ganz Thüringen Aufnahme gefunden hätten.

Im Portal befand sich ein großes ovales Fenster, an dessen Einfassung die beiden Steinkinder lehnten, links Margarethe, rechts Hans. Halb waren ihre Körper ins Gemäuer eingebunden. Hans hatte den linken Fuß auf einen Ball gesetzt und hielt ein Spielzeuggebäude in den Armen. Obwohl seine Hände die unteren Etagen des Gebäudes verdeckten, war schnell zu erkennen, daß es sich dabei um eine genaue Nachbildung unserer Schule handelte, die er mit einiger Anspannung betrachtete. Hans schien Großes vorzuhaben. Er hatte etwas Grobes, Grimmiges, was zu einer, wie ich annahm, anderen, lange vergangenen Zeit gehörte; sein Anblick bereitete mir Unbehagen.

Mit Margarethe war es anders. Sie hielt ein Buch in den Händen, über dessen Seiten sie knapp und unauffällig hinausschaute auf den Platz vor der Schultür. Um ihren Augen Tiefe zu geben, hatte man dort, wo ihre Pupillen liegen mußten, pfenniggroße Löcher eingestochen, aus denen sie mich unverwandt ansah. Starrte ich eine Weile zurück, bewegte sich etwas in ihrem Gesicht. Ihr Zopf war zu einer Schnecke gebunden, wie bei Frauen in alten Filmen. Anders als Hans stand sie barfuß im Portal. Sie trug ein knielanges Kleid, unter das man nicht sehen konnte, weil es mit Stein ausgefüllt war. Über ihrem linken Arm hing ein halbfertiger Schal, in die Armbeuge war ein Wollknäuel gepreßt, und wie ein Mikadospiel kreuzten sich zwischen den am Buchrücken verschränkten Händen einige Stricknadeln. Es schien, als wüßte Margarethe nicht, ob sie zuerst stricken oder lesen sollte, und deshalb schaute sie über ihr Buch hinaus auf den Vorplatz, ob es dort vielleicht jemanden gäbe, der bereit wäre, ihr bei dieser Entscheidung zu helfen. Ihre winzige Nase und ihre wie zu einem Kuß vorgewölbten Lippen erinnerten mich an Heike; Heike, die zweifellos noch schöner war als Margarethe und jedes andere Mädchen aus der Gebind.

Die Gebind – nie habe ich über dieses Wort nachgedacht, es war nur der Name unseres Viertels. Von den Einheimischen wurde sie *die Atomsiedlung* genannt. Alle Bewohner der Gebind stammten aus einem Dorf namens Culmitzsch, das man für den Uranbergbau geschleift hatte – ein Ort auf der Grenze zwischen Thüringen und Sachsen, wie mein Vater oft betonte, als wären wir auf dieser Linie besonderen Gefahren ausgesetzt gewesen.

2 Der Glöckner

An jedem Morgen nahm ich mir vor, meine Mutter nach der Uhrzeit zu fragen, vergaß es dann aber in letzter Sekunde, als hätte die Gravitation des riesigen Schulgebäudes meine Frage gelöscht. Nie wußte ich genau, *wie früh* wir eigentlich vor den Stufen zur Schultür anlangten und wieviel Zeit noch verblieb, bevor *der normale Tag* beginnen würde. Auch das Läuten der Kirchturmuhr überwand selten die Gebind, oder es drang nur unvollständig, nur mit einzelnen, verzitternden Schlägen bis in die Talkerbe des Fuchsklamm – so hieß die Gegend, in der sich das Schulgelände, einige Häuser, Gärten und der Hof des letzten Bauern von L. drängten, obwohl dieser Name nirgendwo angeschrieben, auf keinem Schild und keiner Karte verzeichnet war. Die Leute sagten, auch sie wären *im Fuchsklamm* zur Schule gegangen, zu Zeiten, als an so etwas wie die Atomsiedlung noch nicht zu denken gewesen wäre ... Ein feiner Schnee begann zu fallen und machte die Stufen zur Schultür unberührbar.

Ich hielt es nicht für angebracht, frühmorgens – fast war es ja noch Nacht, und der Tag dämmerte gerade herauf – der erste vor der Schule zu sein. Sicher hatte ich etwas vom Unbehagen meiner Mutter gespürt, die auf einen der zeitigen Schnellbusse nach Gera-Zwötzen angewiesen war, um zur vorgeschriebenen Stunde auf Arbeit zu erscheinen. Vor allem aber war es *mir* peinlich. Ein Schüler, der bereits vor der Zeit darauf wartete, in den Schulhort eingelassen zu werden, mußte in den Augen der Frühaufsicht einen bedauernswerten, irgendwie kläglichen Eindruck machen, woraus, soviel ahnte ich, nur Geringschätzung und Verachtung resultieren würden.

Es war nicht schwer, sich in der Nähe des Schulgebäudes zu verstecken. Ich brauchte nur einen Platz mit Aussicht auf das Schultor, wenigstens aber auf die Schulstraße. Obwohl ich schon wußte, daß es sich dabei nicht um einen wirklich brauchbaren Unterschlupf handelte, duckte ich mich zunächst in einen der wild wuchernden Büsche des Vorgartens. Mit dem Ranzen als Schild auf dem Rücken schob ich mich langsam rückwärts zwischen die Zweige und tauchte ein ins Geäst. Wie Daniel Boon roch ich am Holz und wischte mit der bloßen Hand ein wenig über den Boden. Im Laub unter der dünnen Schneeschicht lagen die Spuren meiner vergangenen einsamen Tagesanfänge, die ich wie fremde Spuren behandelte: frische, untrügliche Zeichen, daß ich auf diesem Planeten nicht vollkommen allein unterwegs war.

Durch die Büsche beobachtete ich das dumpf schimmernde Massiv des Schulgebäudes – aus einem der vergitterten Kellerschächte flackerte ein wenig Licht herauf, dort lag das *Büro* unseres neuen Hausmeisters. Stück für Stück grub ich mich bis an den Schacht heran und beugte meinen Kopf über das Gitter. Erkennen konnte ich nichts, aber ich spürte die Wärme im Gesicht und sog den betörenden Geruch der Verbrennung ein ...

Der neue Hausmeister haßte Schüler, vor allem wegen ihres, wie er bei jeder Gelegenheit betonte, *täglichen Zerstörungswerks* an Stühlen und Bänken; aus heiterem Himmel tauchte er auf aus seinen Katakomben und forderte Ersatz für die Beschädigung von Volkseigentum. Mit seinen Wutausbrüchen hatte er ahnungslos vorübergehende Kinder oft bis ins Mark erschreckt und zu Tränen getrieben. Überhaupt schien es niemanden zu geben, der dem neuen Hausmeister hätte Paroli bieten können; ohne Frage war er der mächtigste Mann an unserer Schule. Meist trug er eine dünne, fast durchsichtige Kittelschürze aus braunem Dederon, in deren Brusttasche zwei schwere, silbern glänzende Vierfarb-Kugelschreiber steckten, die den Kittel auf eine Weise schräg nach unten zogen, daß sein ganzer Oberkörper auf den ersten Blick einen schief gewachsenen Eindruck machte; einige der größeren Kinder nannten ihn deshalb *den Glöckner*.

Vielleicht um seinen Haß auf *diese Hottentotten*, wie er uns in seinen Flüchen bezeichnete, besser zu verbergen, hatte der neue Hausmeister sich im Heizungskeller der Schule eine eigene, mit mehreren Schlössern und seltsamen Stahlhebeln verriegelte Werkstatt eingerichtet. An der Tür klebte ein Pappschild mit der Aufschrift

66

»Büro«, darunter waren mit Bleistift »Sprechzeiten« notiert. Die alte Aufschrift oberhalb der Tür war überstrichen, schimmerte aber noch durch: »Luftschutzkeller«.
Hatte man in der Schule oder auf dem Hof etwas verloren, den Turnbeutel, eine Mütze, einen Schlüsselbund,
mußte man dort anklopfen und nachfragen. In einer
Ecke des Raumes erhob sich ein ungeordneter, von Koh-
lenstaub und Asche ergrauter Haufen mit Fundsachen.
Zu diesem Haufen vorgelassen zu werden galt allerdings
als unmöglich. Öffnete der Glöckner sein Büro, war es
sicher, daß man zunächst zurechtgewiesen wurde. Zuerst, weil man ihn, den Hausmeister, störte bei seiner
Arbeit, dann, weil man wohl zu denen gehörte, die dauernd irgend etwas verloren und nicht wußten, was sie
damit anrichteten (»Den Hottentotten heute fehlt jedes Gefühl für den Wert der Dinge!«), und schließlich,
weil man keine vernünftige Beschreibung des verlorenen Gegenstandes vorzubringen vermochte: Womit doch
einmal die Frage erlaubt sein müsse – so drückte sich der
neue Hausmeister aus, und ohne weiteres war hörbar,
daß ihm diese Überlegung einige Beherrschung abverlangte –, ob man bisher überhaupt irgend etwas gelernt
hätte an der Schule, wozu man eigentlich hier sei, und
ob man nicht besser gleich zu Hause bliebe, dann könne
man wenigstens nichts mehr verlieren ...
Zu meiner und zur Verzweiflung meiner Eltern kam
mir in dieser Zeit ständig irgend etwas abhanden. Oft
mußte ich an jenes Bibelwort denken, das dazu aufrief,
etwas zu hüten wie den eigenen Augapfel. Meine Mutter hatte das Wort allzuhäufig gebraucht – jedesmal bekam ich Angst um meine Augen. Trotzdem: Es geschah,

daß ich zweimal in der Woche den Turnbeutel verlor, und sowieso vergaß ich dauernd meine Brotbüchse unter der Bank, von Füllern und Heften ganz zu schweigen, all die Augäpfel-Sachen meiner Kindheit verlor ich am laufenden Band. In meiner Not war ich irgendwann dazu übergegangen, Beschreibungen der verlorenen Dinge anzufertigen, auf Zetteln, die ich aus einem Schulheft riß und eng zusammengefaltet in der Hand hielt, wo sie sich vollsogen mit meinem Angstschweiß, wenn ich vor dem Büro des Glöckners stand. Wie Gedichte trug ich meine auswendig gelernten Beschreibungen vor, was mich für ein paar Sekunden vor den Ausbrüchen seines Zorns schützte, ja, nach einer gewissen Zeit hatte ich das Gefühl, daß er meinen Vortrag anerkannte und ich unter denen, die ihn quälten mit ihrer Zerstreutheit, eine Art Musterschüler geworden war. Bald kam es vor, daß er mich hereinlotste in sein Büro und mich Aufstellung nehmen ließ vor dem Haufen mit Fundsachen, wo ich meine Beschreibung *noch einmal* vorzutragen hatte, wobei er mir kleine Anweisungen erteilte wie »Schön konzentrieren!« oder »Denke gut nach!«. Dabei hockte er auf einer Art Lehnstuhl, der aus den graumetallenen Einzelteilen verschiedener Schulbänke und Schulstühle zusammengesetzt und mit verschiedensten Fundstücken, verlorenen Jacken, Hosen und Schals, ausgepolstert war. Irgendwann erkannte ich eine von mir vor langer Zeit verlorene Pudelmütze, die der Hausmeister wie einen Strumpf über die Lehne seines Throns gezerrt und dafür an der Spitze durchstochen hatte. Meine Mutter hatte die Mütze selbst gestrickt, auf unzähligen Kindheitsfotos bin ich mit dieser Mütze zu sehen;

vielleicht fühlte ich mich deshalb derart gekränkt, aber schließlich war ich der Schuldige, ich war der ständige Verlierer meiner Mützen, ich war es, der meiner Mutter diesen Kummer bereitete. Zu Hause erzählte ich nichts von meiner Entdeckung, und auch später brachte ich das nie übers Herz. Hinter dem Lehnstuhl des Hausmeisters lagen die stählernen Feuerklappen der Zentralheizung, daneben eine Werkbank mit einer Werklampe, der einzigen Lichtquelle im Raum. Undeutlich nahm ich eine Art Kochecke wahr, einen länglichen Aluminiumtopf, einen Tauchsieder, ein paar Büchsen. Die Wand über der Werkbank war fast vollständig mit Abbildungen halbnackter Frauen bedeckt. Nie habe ich gewagt, länger als eine, vielleicht zwei Sekunden dorthin zu schauen.

War meine Beschreibung zu Ende, gab es Nachfragen zu einzelnen Details, wobei ich nicht selten in die Irre ging. Während der Befragung umkreiste der Hausmeister den Fundsachenhaufen und vergrub seine Hände in der Dederonschürze, durch die jeder einzelne Knöchel seiner Faust zu sehen war. Überhaupt: In seinem Büro, das im Winter zugleich als Heizungskeller dienen mußte, war es heiß, so heiß, daß der Hausmeister oft nur eine kurze Hose und ein Turnhemd unter seinem Kittel zu tragen schien. Seine Latschen schlurften langhin über den Boden, die kalkweißen Unterschenkel, dicht behaart und äußerst bedrohlich ... Ich schwitzte und versuchte, seine Ergänzungsfragen zu beantworten. Manches hatte ich einfach anders oder gar nicht in Erinnerung, und schließlich war es immer so, daß der Glöckner etwas fand, womit er triumphieren konnte: »Entweder du lügst, oder das ist nicht deine Trainingshose ...«

Gemunkelt wurde, der Hausmeister träfe in seinem Keller auch Mädchen aus den höheren Klassen, aber bewiesen war das nicht. Während des Unterrichts, hieß es, stehle er heimlich Kleidungsstücke aus den Garderoben im Flur, um die Mädchen nach unten, in den Keller zu locken ... Infolge meiner unfallbedingten Abwesenheit schien sein Interesse an mir, seinem Musterschüler, noch gewachsen zu sein. Seit ich an die Schule zurückgekehrt war und wieder damit begonnen hatte, Dinge zu verlieren, forderte der Glöckner mich auf, zusätzlich zur Beschreibung der frisch vermißten Sache Beschreibungen anderer, diesmal zwar nicht, aber doch schon öfter, schon *zur Genüge* verlorener Dinge vorzutragen, zur Übung, wie er sagte. Ich begriff die Schikane, wagte aber keinen Widerspruch, auch um meinen Sonderstatus oder das, was ich dafür hielt, nicht aufs Spiel zu setzen. Es kam vor, daß ich in dem stark erwärmten Keller, in dem es nach Kaffee, Kohle und den abgestandenen Gasen einer schlechten Verbrennung roch, vier oder fünf Beschreibungen hintereinander vortrug. Während ich redete, grimassierte der Glöckner unentwegt Zustimmung, Zweifel oder Ablehnung, obwohl ich doch nur wiederholte, was ich beinah unverändert schon einige Male zum Besten gegeben hatte. Manchmal schnellte er unvermittelt von seinem Thron aus Kinderstühlen empor, und wie eine Drohung ließ er die Ofenklappe zur Zentralheizung aufspringen, um eine Schaufel Kohle oder Koks in die Glut zu schleudern; dabei zischte er seine unverständliche Kritik vor sich hin, vielleicht hatte es auch gar nichts mit mir und meinem Vortrag zu tun und galt nur dem Feuer, der erdigen, minderwertigen Kohle … Trotzdem überkam mich dabei die Angst, und ich wünschte mir, daß meine Beschreibungen anhielten, sich endlos fortsetzen ließen, denn unterbrochen hatte der Hausmeister mich nie; solange ich verlorene Dinge beschrieb, war ich geschützt.

Natürlich war das alles zuviel für mich. Ich stockte oft, stotterte sogar, und schon während der zweiten oder dritten Beschreibung konnten die seltsam ruckartigen Bewegungen beginnen (das Vorzucken eines Arms zum Beispiel), die offensichtlich noch auf meinen Unfall zurückgingen und die ich nun, wie wir es bei Frau Kringler im Deutschunterricht gelernt hatten, als *Mittel des Ausdrucks* zu benutzen versuchte – wichtig war nur, daß der Glöckner nichts bemerkte von meiner Schwäche.

Wenn ich heute an diese Zeit denke, staune ich darüber, was alles *normal* war. Dann kann ich kaum glauben, daß ich selbst dieses Kind gewesen sein soll. Ich sehe irgendein Kind, das versucht, sich durchzuschlagen, und das trotz beständig drohender Schwierigkeiten einfach immer zu zerstreut ist, um seine sieben Sachen zusammenzuhalten. Ein erschreckend orientierungsloses Kind, das nebenbei eine Schule der Beschreibung absolviert – eine Schule im Keller, unterhalb der eigentlichen Schule. Ich glaube, noch heute könnte ich meinen Stoffturnbeutel in allen Einzelheiten beschreiben, mein Stoffturnbeutel von 1972 erscheint mir vertrauter als das Kind, das ich war.

3 Schälerelli

Es gab drei brauchbare Verstecke, die an jedem Morgen zur Auswahl standen: der Nußbaum, die Garage und der Schuppen des letzten Bauern von L. Von dort aus mischte ich mich dann unter die Ankommenden, unauffällig, ein Schüler wie jeder andere, abgesehen von meiner ledernen Kniebundhose, die meine Mutter *Knickerbocker* nannte. Dieses für unsere Gegend ungewöhnliche Kleidungsstück war ganz aus einem steifen, grauen Leder gemacht und wurde von Trägern gehalten, die vor der Brust ein starkes H und im Rücken ein dünnes X beschrieben. Oft betonte meine Mutter, *wie praktisch* meine Hose sei; wie *unverwüstlich*. Da ich mich mühte, als ein Kind zu gelten, das mit den Umständen seines Lebens einverstanden, froh und zufrieden war, quälte ich mich drei oder vier Jahre zwischen H und X.

Der Nußbaum befand sich im Vorgarten der Schule; er war nicht besonders groß. Wenn ich ihn benutzte, schwebte ich fast unmittelbar über den Köpfen der eintreffenden Schüler, manchmal schon steif vor Kälte und betäubt von meiner indianischen Einsamkeit. Seltsamerweise kam es nie vor, daß jemand den Kopf hob und ins Astwerk schaute. Es war nicht einfach, eine Position zwischen den Ästen zu finden, von der aus man sich geräuschlos fallen lassen konnte, um möglichst unauffällig in der Normalität des beginnenden Schultags zu landen. Ein einziges Mal hatte mich jemand fallen sehen. Es war Schwarzmüller gewesen, drei Jahre älter als ich – für einen verwegenen Moment hatte ich den Wunsch gespürt, zu ihm hinüberzugehen und ihm alles über mein morgendliches Geheimleben anzuvertrauen. Schwarzmüller, der selten kleinere Schüler schlug und selbst immer ein Geheimnis bei sich trug in Form bestimmter Fotografien. In den Hofpausen geschah es, daß er sie auch für uns einmal aus der Tasche zog, aber ohne sich dabei aufzuspielen, im Gegenteil, auch in der Gefahr war Schwarzmüller ruhig und sanft, und ohne Hast hielt er uns seine Bilder unter die Augen. Ich war jedesmal blind gewesen vor Aufregung und hatte nichts erkannt – nur Haare und Haut, Schwarz und Weiß, alles war ohne Sinn geblieben, ohne erkennbaren Zusammenhang.

Das zweite brauchbare Versteck war das unter der Garage, die ein Stück abseits, einige Meter weiter die Schulstraße hinauf lag. Gerade im Winter war es unter der Garage etwas besser als im Nußbaum. Um das bröckelnde Gefälle auszugleichen, stand sie an der Rückseite auf zwei grob gemauerten Pfeilern. Hatte ich die Garage gewählt, kniete ich dort unten wie ein Verschütteter zwischen abgefahrenen Reifen, halbleeren Blechflaschen für *Elaskon* und ein paar rostigen Kanistern, von denen ein betäubender Dunst ausging; ein Gemisch aus Benzin, Altöl und einem orangefarbenen Rostschutz, dessen Geruch ich erkannte, weil auch mein Vater ihn für den Unterboden seines *Shiguli* benutzte – »Reines Gift!«, wie er immer wieder anerkennend ausrief, wenn er damit zur sogenannten Winterfestmachung unter dem Wagen verschwand. Unter der Garage versuchte ich, möglichst wenig davon einzuatmen. Ich bekam Kopfschmerzen, und es konnte zwei oder drei Schulstunden dauern, bis sich der Schwindel legte. Ich schob meinen Schal über Mund und Nase, ich war ein Verschütteter im Goldrausch, auf dem Weg zu seiner Goldader, mitten in Alaska, und ich dachte an Heike: Sie würde mich finden, bewußtlos oder tot. Ihr Gesicht wäre auch dann noch so fein wie alles, was sie tat und was sie trug, edler als alles, was ich je tun konnte, aber jetzt müßte sie weinen. Ich sah ihren rotweiß gepunkteten Anorak mit dem Fellstreif rund um die Kapuze, eine Eskimokapuze, mit der sie sich über mich beugte, und darin sah ich ihr schwarzes Haar über der Stirn, ihre Wimpern, von Tränen verklebt, und ihre warmen, unberührbaren Wangen ... Und ich sah ihren wunderbaren Mund, der etwas formte wie »ich dich auch« und »schon die ganz Zeit« ... Auch Heikes Eltern waren edel, ganz aparte Leute, wie meine Mutter es einmal ausgedrückt hatte. Heikes Familie wohnte im Elstertal, zum Fluß hin, neben der Reußischen Klaviaturenfabrik, die jetzt *Piano-Union* hieß, weit von der Atomsiedlung und noch weiter von der Schule entfernt. Sicher spielte Heike selbst Klavier, vielleicht übte sie gerade jetzt noch ein wenig, bevor sie sich dann, zur genau richtigen Zeit, auf den Weg machen würde ... Im Versteck unter der Garage plapperte und summte ich diese Dinge vor mich hin, denn tatsächlich hatte ich Angst, im Nebel der Ausdünstungen das Bewußtsein zu verlieren. Flüsternd stellte ich Heike zur Rede. Ich fluchte leise, etwas ätzte und gärte in mir, ich wurde fordernd, manchmal sogar wütend und böse – unter den Eingebungen des Rostschutzmittels verkündete ich Heike, daß unserer Hochzeit im Grunde nichts mehr im Wege stünde, aber sie müsse jetzt endlich besser auf sich achten, aufpassen, sie dürfe nicht weiterhin so schlechte Zensuren in Mathematik bekommen ...

74

Entscheidend war, welchem Versteck ich mich gerade gewachsen fühlte. Wenn die mit dem Wort »Hausfriedensbruch« verbundenen Ängste überwogen, nahm ich den Nußbaum oder die Garage, aber an manchen Tagen und so auch an diesem Morgen fühlte ich mich beinah furchtlos; der beste Unterschlupf lag der Schule direkt gegenüber, auf dem Gelände des letzten Bauern von L., in einem seiner Schuppen am Berg. Den Kopf voran, zwängte ich mich durch eine Lücke zwischen Zaun und Torpfahl und überwand halb geduckt die krautige Böschung. Die Tür war nur angelehnt, augenblicklich umfing mich das Dunkel. Eine Weile stand ich reglos und lauschte. Dann tastete ich mich zu meinem Platz an der Schuppenwand. Lange wurde mir nicht klar, auf welche Weise ich den Frieden brach, so still und einverständig war ich mit meinem Platz im Schuppen. Einige Schüler behaupteten, der Bauer könne nicht richtig sprechen. Er hätte mit einem Vorschlaghammer nach ihnen geworfen und dabei unverständliche Flüche ausgestoßen. Seine Tochter, die nach der vierten Klasse unsere Schule verlassen hatte, schob täglich einen zweirädrigen Handkarren durch die aufgeweichte Brache rund um die Neubauten der Atomsiedlung. Auf der Stirnseite jedes Wohnblocks hatte man einen kleinen Platz für Müllkübel befestigt, die sie nach verfütterbaren Abfällen, verschimmelten Broten, Schälern oder Obst durchsuchte. Oft trug sie einen kurzen, karierten Wollrock, Strumpfhosen und Gummistiefel; es gab Gerüchte, die ihre O-Beine betrafen und unsere Phantasie aufs äußerste reizten. Ein paar Kinder fanden sich immer, die ihr nachliefen, ihren Karren umtraten und »Schälerelli«

brüllten. *Schälerelli!* – aus der Echozentrale der Gebind wurde der hell tönende Ruf im ganzen Ort übertragen.

4 Oberer und Unterer

Der Milchwagen kam. Die Trichterlampe über der Außentreppe flammte auf, und für einen Moment schien es, als entstiege der neue Hausmeister dem Erdreich. Im Eiltempo wuchtete er einige der Milchkästen von der Ladefläche auf das Pflaster, jeder der Kästen antwortete mit einem kurzen, klirrenden Aufschrei. Dann schlug er mit der flachen Hand auf die Rückseite des Fahrerhauses, der kleine Lastwagen ruckte an, und noch ehe der Fahrer den Motor bis in den zweiten Gang getrieben hatte, war der Hausmeister wieder abgetaucht und die Lampe über seinem Ausstieg erloschen. Vorsichtig stampfte ich etwas gegen den Lehmboden.

Beim dritten oder vierten Aufschrei der Milchkästen war in der Dachwohnung des alten Hausmeisters das Licht angegangen. Eine Weile wuchs und schrumpfte sein Schatten, näherte sich dann mit einer fast hüpfenden Bewegung dem Fenster und verschloß es mit einem schnellen Griff durch die Übergardine. *Seit Unzeiten*, wie es hieß, lebten der Alte und sein Schatten in der Schule. Schon lange war der alte Hausmeister nicht mehr imstande, die Hausmeisterarbeit zu erledigen, aber die Wohnung hatte man ihm gelassen. Damals hätte man eben *zu sehr* darauf vertraut, daß es der Alte nicht mehr lange machen würde, wie mein Vater betonte, wenn unser Abendbrotgespräch die Situation in der Schule streif-

te. Selbst für uns wurde an beinah jedem Tag auf irgendeine Weise sichtbar, wie verbittert, ja, haßerfüllt der
neue Hausmeister auf die scheinbar ewig fortdauernde
Anwesenheit des alten reagierte. In der Schule hatte sich
die Rede vom »unteren« und vom »oberen Hausmeister«
eingebürgert, nicht selten wurde auch nur vom »Oberen« oder vom »Unteren« gesprochen.

Wollte der Obere seine Behausung einmal verlassen,
mußte er über die Treppen und Etagen der Schule. Zu
Gesicht bekamen wir ihn allerdings nie. Sicher, es gab
Schüler, die vorgaben, ihm begegnet zu sein, auf dem
Weg zur Latrine oder bei einem Botengang während
des Unterrichts. Sie schilderten den Alten als schreck-
liche Erscheinung: nur Haut und Knochen, dazu ein
riesiger, fast kahler Schädel. Ein wiederkehrendes Detail betraf sein Schuhwerk. In den Beschreibungen der
Augenzeugen handelte es sich dabei um enganliegen-
de Schaftstiefel mit einem kleinen, stählernen Huf an
den Absätzen. In meiner Vorstellung bildeten diese stählernen Beschläge einen seltsamen Gegensatz zur Tatsache, daß dem Oberen, wie man sagte, das Gehen bereits schwerfiel, er das Gebäude kaum noch verließ und
nur noch kurze Spaziergänge über die Flure der Schule
machte. Manchmal, mitten im Unterricht, hörten wir
sein metallisches Schlurfen und ein Klopfen. Es hieß,
auf seinem Weg die Korridore entlang kontrolliere der
Alte noch hier und dort etwas, den Sitz der Wasserhähne, die Stabilität einer Garderobe – er tat das mittels
kleiner gezielter Schläge seines Stockes auf die jeweils
zu prüfenden Dinge. Wenn das Klopfen an unserem Klassenzimmer vorbeizog, stellte ich mir vor, wie der Alte

seinen großen Schädel schüttelte: Sein Urteil fiel negativ aus, zuungunsten des Unteren.

Noch einmal versuchte ich, mir etwas Wärme in die Füße zu stampfen. Der Lehmboden des Schuppens schien zu vibrieren. Rauchschwaden wälzten sich vom Schornstein der Schule herunter auf die Straße ... Wenn man ihn nicht heimtückisch ermordet hätte, wäre Bruno Kühn, der Antifaschist und Namensgeber unserer Schule, heute so alt wie unser alter Hausmeister, hatte Frau Kringler, unsere Lehrerin, einmal gesagt. Einige Kinder hatten die Konstruktion mit dem Vergleich nicht verstanden, weshalb noch immer das Gerücht umging, hinter keinem anderen als unserem alten Hausmeister verberge sich der Namenspatron unserer Schule, jener Held im Widerstand, der in Wahrheit also doch nicht umgekommen, sondern nur untergetaucht war. Das erklärte augenblicklich die Stiefel und das Eisen daran und schließlich auch die Streifengänge des Alten – Ausdruck einer Wachsamkeit, die offensichtlich nie erlöschen durfte.

Eine Weile war der Schatten des Oberen in der Tiefe, vielleicht bei seinem Frühstück geblieben, jetzt tauchte er wieder auf. Er hüpfte, wackelte und schwenkte einen Arm – ich erschrak; ich glaubte, daß der Schatten jemandem in meiner unmittelbaren Nähe winkte, ja, direkt *zu mir* herüberwinkte, aber genau war das nicht zu erkennen und doch eigentlich unmöglich – ein unklares, vom Rauch in der Straße vernebeltes Hin- und Herwedeln war das, am Ende so, als winkten drei oder vier Arme gleichzeitig; dann aber folgte eine seltsame Verbiegung zur Seite. Der verbogene Schatten zog dabei mit einem Ruck an der Gardine, ohne sie jedoch mehr als einen Spaltbreit zu öffnen, und verschwand augenblicklich. Beinah hätte ich lachen müssen, aber die unsichtbare Gefahr, die irgendwo gleich hinter mir, zwischen Schälerellis stinkendem Karren und den Spießen eines Heuwenders lauerte, ermahnte mich.

Immer dichtere Schwaden rollten vom Dach der Schule auf die Straße, zerstreuten sich und flossen unter den Laternen wieder ineinander zu seltsam körperlichen, fettglänzenden Gebilden, die sich wie blind gegen die Häuser wälzten in dem Versuch, aus dem *Fuchsklamm* herauszufinden. Sie benutzten das Pflaster, um sich abzustoßen, und den langen Kanal der Schulstraße, um an Tempo zu gewinnen, aber erst im zweiten oder dritten Anlauf überstiegen diese Geistertiere die Spitzen der Dächer und kletterten über die dichtbewaldeten Bergkämme in den thüringischen Himmel, jenes nur langsam ausbleichende Gewölbe über den ersten Ausläufern der Mittelgebirge, deren weitblickende Kinder wir waren, wie es hieß im Lied eines ostthüringischen Dichters: »Wir sind die Kinder der Vorgebirge / mit Blick ins weite Hochgebirge...«, ein merkwürdiger Text, den wir übten im Musikunterricht und der von uns längst umgewandelt worden war in »Wir sind die Killer der Vorgebirge...« – was allerdings kaum hörbar wurde in unserem sich von Strophe zu Strophe zu einer Art Kampfgebrüll steigernden Gesang.

Mit kältestarren Fingern betastete ich meinen Kopf unter der Mütze; seit einiger Zeit schon hallte ein seltsam entstelltes, sich rhythmisch wiederholendes Geräusch durch die Luft, eine Art Jaulen, welches im üblichen, mir vertrauten Morgenecho der Atomsiedlung nicht enthalten war. Unter bestimmten Wind- und Luftverhältnissen war es möglich, ganze Gespräche, die dort von Block zu Block, von Fenster zu Fenster geführt wurden, beinah wörtlich mitzuverfolgen, was auch mit dem eigentümlich lauten Sprechen der ehemaligen Dörfler zu tun hatte, die ihre Stimme hoben, als gelte es noch immer, sich über Gärten und Felder hinweg verständlich zu machen.

5 Ayala

Der Wind hatte gedreht und drückte etwas Brandqualm bis in mein Versteck hinter der Bretterwand – es war der bekannte, verführerische Geruch; ich atmete tief und öffnete meinen Ranzen. Ich legte Hefte und Bücher zur Seite, löste langsam den ledernen Innenboden, der nur einseitig angenäht war, und vorsichtig fuhr ich mit den Fingerspitzen über das darunter versteckte Papier – es fühlte sich angenehm glatt an, fast ein wenig ölig. Wie alle sogenannten West-Sachen waren Fußballbilder auf dem Gelände der Schule verboten. Oben lagen die Bilder, die ich *verdanneln* wollte, wie die Sammler an unserer Schule das Tauschgeschäft nannten. Bestimmte Exemplare tauchten zu dieser Zeit unglaublich oft auf, darunter Rubén Hugo Ayala, der Argentinier mit den langen schwarzen Haaren, während er ausholt, von links eine Flanke zu schlagen (sein nach hinten wegwehendes Haar, als führe dem Spieler ein Sturm in sein schnauzbärtiges Gesicht); ich allein besaß drei Ayalas.

Während ich wie abwesend, beinah bewußtlos die drei Ayalas durch meine Finger gleiten ließ und alle drei gleichermaßen wertvoll fand, flüsterte ich immer wieder die Bildunterschrift vor mich hin: »Rubén Hugo Ayala, Argentinien – Haiti (4 : 1)«.

Die Frage war, warum ich nicht nur die Ayalas, sondern meine ganze Sammlung in Gefahr brachte. Zu dieser Zeit gab es die kleine und die große *Ranzenkontrolle*. Die kleine innerhalb der eigenen Klasse, sie konnte vom Klassenleiter vorgenommen werden; zwei Schüler der Klasse, der jeweilige *Milchdienst* (verantwortlich für das morgendliche An- und Abliefern unseres Milchkastens), standen ihm dabei helfend zur Seite. Dann die große Ranzenkontrolle, für die eine ganze Klassenstufe in mehreren Reihen auf dem Appellplatz antrat, wobei jeder seinen Ranzen vorzeigte, auf Verlangen auch abzusetzen und auszuräumen hatte – diese Kontrolle war aber viel seltener und wurde vom Direktor selbst vorgenommen. Eine dritte Möglichkeit, ertappt zu werden: die stichprobenartige Tiefenkontrolle, der blitzartige Zugriff zum Beispiel einer Hofaufsicht, wenn sie während der Pause von hinten an einen Schüler herantrat, ihn mit einem scharf in den Nacken gezischelten »Du-kommst-jetzt-mit!« am Arm packte und abführte ins Lehrerzimmer. Im Lehrerzimmer befand sich die Kiste, wo im Verlauf der Woche die verbotenen Dinge gehortet wurden, bis schließlich, an jedem Freitagmorgen, ihre Abholung und Verbrennung durch den neuen Hausmeister erfolgte – diese Abläufe kannten wir längst, bis ins Detail. Einzelkontrollen konnten an jedem Ort, zu jeder Zeit und von jedem Lehrer vorgenommen werden, auch die beiden Hausmeister waren dazu berechtigt, sobald ein entsprechender Verdacht vorlag – verdächtig aber war jeder.

Bei jeder Ranzenkontrolle traten neue, ganz unglaubliche Mengen kostbarer, verbotener Dinge zutage, und wenn mich noch heute etwas wirklich erstaunt, dann, daß ihr Fluß in diesen Jahren niemals wirklich abriß, trotz der Verluste, der Bestrafungen, Verweise und »Mitteilungen an die Eltern«. Erst heute beginne ich zu begreifen, was sich hinter diesem Opfergang verbarg; ich verstehe, daß es mehr bedeutete, wenn wir neben der Unzahl feinglänzender Fußball- und Olympiabilder aus den Schokoladenpapieren von Sprengel, neben den knisternden Kaugummibildern mit Fix & Foxi, den Aufnähern, Aufklebern, zerknitterten Roman-Heften und geheiligten Disney-Comics bald auch unsere allergrößten Schätze, die Basecaps, T-Shirts und Matchboxes in die Schule schleppten, all die Dinge, für die das Wort *Schund* erfunden worden war, *Schund & Schmutz*, wie es noch öfter hieß und dabei in einem einzigen Atemzug gesprochen wurde. Etwas anderes, Größeres als die Faszination, die Schund auf uns ausübte, schien hier am Werk, und heute bin ich sicher, es war: unsere Pflicht und Schuldigkeit. Eine eigenartige und, genauer besehen, ungeheuerliche Pflichtschuldigkeit, die den vertrauten, von uns für unumstößlich erachteten Gesetzen unserer kindlichen Welt galt und darin schließlich auch, als ihrer letzten Instanz, dem Ofen des Unteren.

Denn nur so wird alles verständlich: Was wir uns im wiederholten Verstoß gegen die Hausordnung unserer Schule erwarben, *erdannelten* sozusagen, war eine echte

Teilhabe, eine klar erkennbare Rolle im Regelkreis der Schule. Dieser Regelkreis von Kontrolle, Strafe und Verbrennung, der das Funktionieren unserer Schule im Inneren aufrechterhielt, benötigte Schund & Schmutz, den Stoff des Verbotenen, und von niemand anderem als uns konnte Schund & Schmutz regelmäßig geliefert werden ... Was wir im Zuge der täglichen Ranzenkontrollen auf eine mutige Weise erstanden, war eine echte, klar benennbare Schuld, eine Schuld, die sinnvoll zu unserem Leben beitrug, weil sie uns Konturen verlieh im grau dahinströmenden Magma dieser Zeit und, indem wir sie uns zu eigen machten, beinahe freisprach von einer diffusen, ganz allgemeinen und offensichtlich angeborenen Schuldigkeit, die uns von Kindesbeinen an niederdrückte.

Auf diese Weise erzeugte der Ofen einen Sog. Immer umfänglichere Lieferungen verbotener Dinge wurden frisch herbeigeschafft und in die Schule getragen. Bestellungen bei Verwandten und Bekannten in Düsseldorf, Aachen, München, Karlsruhe und sonstwo wurden aufgegeben, neue Bittbriefe mußten mühsam formuliert, Bedürftigkeit geheuchelt werden, um Schund & Schmutz in Bewegung zu setzen, der uns dann auf dem Postweg oder über die Transitstrecken erreichte und beinah umgehend – als drohe, sobald dieser Zufluß einmal ins Stocken käme, das Gleichgewicht unserer Welt aus den Fugen zu geraten – dem Ofen des Unteren zugeführt wurde ... Sicher: Für das Kind im kalten Versteck mit den Bildern in der Hand (ihre ölige Glätte wie eine Liebkosung zwischen den Fingerspitzen) war das alles undenkbar. Natürlich konnte ich nicht wirklich wollen, daß meine

Ayalas in Flammen aufgingen, wie es – unweigerlich und im Grunde vorhersehbar – schon ein paar Tage später geschehen mußte.

6 Küssen

Die ersten Kinder trafen ein. Immer gab es solche, die sich sofort vor der verschlossenen Schultür drängten; es bedeutete ihnen etwas, als erste ins Schulhaus zu stürmen, dabei womöglich »Erster!« zu brüllen, um im Widerhall ihres Rufes den Sieg zu genießen. Über den wirklich ersten an der Schule würden sie allerdings nie etwas erfahren – ich versuchte, diesem Gedanken etwas Hohn beizumischen, stieß aber nur auf jene unklare Verlegenheit, die mich an jedem Morgen in eines meiner Verstecke trieb.

Inzwischen hüllten die Rauchschwaden mich beinahe vollkommen ein; ich genoß ihren süßlichen, fast schokoladigen Geruch, der – ein wirklich treffendes Wort gibt es bis heute nicht – seltsam künstlich, hochstaplerisch, ja, betörend unwahr wirkte und einen *völlig meschugge* machte, wie meine Mutter es ausdrückte, indem sie sich ihr Tuch oder den weißen Fellkragen ihres Knautschlackledermantels vor den Mund preßte. Ihr schienen diese Gase nichts als ungesund. Wie alle Erwachsenen außerhalb der Schule konnte sie nichts wissen vom Kreislauf des Verbotenen und unserer Aufgabe darin. Sie wußte nichts von diesem allerletzten Gruß, den Schund&Schmutz uns sandte, ein letzter Abglanz unserer Schätze, zugleich ein *süßes* Beharren, das an jedem Freitagmorgen in der Luft lag und von jedem von uns, der die Gelegenheit erhielt, begierig eingesogen wurde ...

Seltsamerweise öffnete sich die Schultür nicht. Ich fragte mich, ob heute vielleicht alle etwas zu früh gekommen waren, als aus dem beginnenden Treiben eine bekannte Stimme tönte – es war Herzog, der vom Schulhof her brüllte: »Drei, drei, drei!«

»Gilt nicht, war nicht!« brüllte jemand zurück, den ich nicht sehen konnte.

»Doch, der war!« brüllte Herzog und: »Mach mal Andrea, die wehrt sich nicht!«

Herzog, der größte Schüler unserer Klasse, galt als zurückhaltend und unauffällig. Ich begriff nicht, wie er gerade beim *Küssen*, einem Pausenspiel, das ein paar Tage zuvor plötzlich in Mode gekommen war, so auftrumpfend und erfolgreich sein konnte. Ich fragte mich, wen er außer Andrea noch geküßt hatte. Mit Sicherheit Kerstin, Kerstin Holzapfel – Herzog war der einzige, der eine Chance hatte, ihr Gesicht im Vorbeistreifen zu erreichen. Meist geschah es ja im Vorbeirennen, oder es war ein Anschleichen oder ein Hinzustürzen, das einem Anschleichen folgte, dann das raubtierartige Vorschnellen des Kopfes und der Kuß – mit spitzem Mund ins Gesicht, so flüchtig wie nur denkbar. Oft glich das Ganze mehr einem Stich oder einem Biß, der in letzter Sekunde mißlang, weshalb man als Jäger auch ewig nicht satt werden konnte davon. Nacheinander dachte ich mir die Gesichter der Mädchen, die *in Frage* kamen. In meiner Vorstellung bewegte sich ihr Mund, lautlos erzählten sie etwas, sie sprachen mit einem unsichtbaren Gegenüber, den sie offenbar mochten, und sie schienen selbst guter Dinge zu sein. Ich stellte mir vor, sie in einem solchen Moment genau dort, im Gesicht, mit den eigenen Lippen zu berühren.

Um am *Küssen* teilzunehmen, brauchte es wohl eine bestimmte Entschlossenheit, Schnelligkeit, Mut vielleicht – bei Kerstin jedenfalls hatte nur Herzog eine Chance. Niemand außer Herzog war in der Lage, ihr Gesicht zu erreichen, das fast einen halben Meter über den gespitzten Mündern der anderen *Küsser* lag, Kerstin gehörte ihm. Theoretisch beherrschte ich das Spiel: Mädchen, die sich besonders wehrten, immerzu wegdrehten, nach unten beugten oder davonliefen, mußte man nur an den Schultern packen, mit dem Arm um den Hals greifen oder gleich am Griff des Ranzens mit einem kräftigen Ruck nach hinten ziehen, damit sie das Gleichgewicht verloren und im Taumel ihr Gesicht freigaben für den Kuß – wenn das noch möglich war. Denn bald warnten sich die Mädchen gegenseitig mit spitzen Schreien oder bildeten Gruppen, kleine Verteidigungskreise, die es sich zum Ziel gesetzt hatten, die wie Raubvögel über den Schulhof und die Schulstraße kurvenden und urplötzlich heranstürzenden Jäger mit aller Kraft zurückzustoßen. Dann kam es vor, daß sie plötzlich einen Küsser eindringen ließen in ihren Kreis, der, überrascht von der Wendung, augenblicklich auszubrechen versuchte, aber nicht loskam, bevor er einige Hiebe und Fußtritte eingesteckt hatte – manchmal auch, urplötzlich, wie aus dem Nichts, landete ein flacher Schlag auf dem kußbereiten Mund; eine Demütigung, die manchem Küsser Tränen in die Augen trieb und ihm sofort das Gejohle und den Spott der Umstehenden eintrug. Und auch, wenn der Küsser Rache schwor: Im Gewirr der Arme wußte man nie genau, welches der Mädchen zugeschlagen hatte.

Schnöckel war eingetroffen; es tat gut, ihn zu sehen, Schnöckel, mein bester, mein einziger Freund – auch er war kein Küsser. In der Atomsiedlung bewohnten Schnöckels zwei ganze und zwei halbe Zimmer. Eines der halben Zimmer teilte sich Schnöckel mit zwei Brüdern, während ich, als Einzelkind, ein halbes Zimmer für mich allein hatte. Noch weniger als ich verfügte Schnöckel über jene Dinge, die man bei den Ranzenkontrollen zu finden erhoffte. Deshalb trug er oft eine Schachtel Streichhölzer bei sich, die ihm ersatzweise zu einem gewissen Ansehen verhalf, da der Besitz von *Zündwaren*, wie es hieß, sofort mit der Absicht eines Anschlags auf die Schule gleichgesetzt wurde – wobei auf irgendeine Weise immer deutlich blieb, daß sie in der Liste der verbotenen Dinge nur auf einem der hinteren Plätze rangierten ... Mühsam zwang ich meine kältesteifen Glieder aus der Hocke, übte mit tauben Füßen ein paar Schritte und gelangte unbemerkt aus meinem Versteck auf die Straße.

Schnöckel und ich ignorierten das Küssen. Etwas abseits, am Zaun des letzten Bauern, erzählten wir uns die wichtigsten Szenen der neuesten Folge von *Raumschiff Orion*. Wir fragten uns, ob dem traurigen Roboter nicht die Beine abgeschmolzen sein mußten, als er die Besatzung seines Schiffes durch den marsianischen Lavastrom zu tragen versucht hatte, aber auf halber Strecke steckengeblieben war. Immerhin war seine Energieversorgung zusammengebrochen, und er hatte ein paar metallische Laute der Qual ausgestoßen. Warum gehörte ich nicht zu den *Küssern?* Vor allem litt ich wegen Heike. Heike gehörte zu keinem der Widerstandskreise; sie versuchte sich auf keinerlei Weise am Spiel zu beteiligen. Dabei genoß sie einen gewissen Schutz, denn sie galt als *sehr schön*, eine Prinzessin, im Grunde unberührbar. Jedenfalls war es nicht denkbar, sich einfach auf sie zu stürzen. Eine Garantie gab es allerdings nicht. Bereits eine Pirsch in ihre Richtung, eine Umkreisung, ein räudig erhobener Spitzmund in ihrem Rücken machten mich wahnsinnig vor Eifersucht.

Hunderte von Kindern umlagerten das Gebäude, aber die Schultür öffnete sich nicht. Längst hätte es zur ersten Stunde läuten müssen. Feststimmung verbreitete sich, die feierliche Vorahnung irgendeiner Katastrophe, eines Skandals, jedenfalls ganz außergewöhnlicher Dinge. Einer der älteren Schüler hatte am Morgen im Bayerischen Rundfunk etwas von der *Möglichkeit einer neuen Kubakrise* gehört. Niemand wußte genau, was darunter zu verstehen sein sollte. Wie konnte Kuba die Schließung unserer Schule bewirken? Von anderen hieß es, die Schule würde wahrscheinlich nochmals zur fünf Kilometer entfernten A 9 marschieren, um dort kurzfristig ihren Teil des Spaliers für einen Autokorso der Regierung zu bilden – das hatten wir schon oft getan, bei jedem Wetter, auch bei Schneefall, nur waren diese Einsätze jeweils lange vorher angekündigt und bis in die Anzugsordnung hinein geplant gewesen. Unangekündigt konnte es sich nur um eine sehr plötzliche Reise der

Regierung handeln, die vielleicht wiederum mit Kuba
zu tun hatte. Bald sprachen einige vom *Ernstfall* und
stritten über die Reihenfolge der Vorsichtsmaßnahmen,
die in diesem Fall einzuhalten wären: helle Kleidung,
Milch trinken, zusammenrollen ... Es gab Experten, die
wußten, welche Intervalle der Sirene Feueralarm, welche Atomschlag und welche Probealarm bedeuteten.
Mein Freund Schnöckel verfügte über eigene Quellen:
»Es ist die Wismut«, raunte er, jetzt würde auch hier
bei uns *alles geräumt*; Schnöckels Vater, der, wie mir
Schnöckel schon oft erklärt hatte, in seinem Betrieb im
Rang eines *Geheimnisträgers* war, hätte ihm, nur ihm,
das Unfaßbare anvertraut: Ein Damm in den Bergen,
der seit Jahren zu brechen und die Schule, ja, den ge-
samten Fuchsklamm mit seinem strahlenden Schlamm
zu überschwemmen drohe ...
Wer küßt wen? – diese Frage schien für die Jagd eine un-
tergeordnete Rolle zu spielen. Im Wettbewerb der Küsser ging es offenbar um die reine Menge, die Anzahl der
Küsse, weshalb auch solche Mädchen bejagt wurden,
die sonst eher unbeachtet blieben und sich den plötzlich vor ihnen aufkreuzenden Jägern nicht mit derselben Souveränität oder Niedertracht zur Wehr setzen
konnten. Schnöckel erzählte, Herzog hätte es einmal
auf acht Küsse in einer Hofpause gebracht, die Hälfte
unserer Mädchen in einer einzigen Pause. Auf der Suche nach einem Hinweis, der vielleicht von Bedeutung
war, hatte ich einige Male unauffällig Herzogs Mund
betrachtet; ich mochte Herzogs langgezogenes Gesicht.
Ich versuchte, mir meinen Mund an Stelle seines Mundes vorzustellen, und am Abend im Bett schürzte ich

probeweise meine Lippen; langsam mußte ich es verstehen mit dem Küssen.

In der Etage unter der Wohnung des alten Hausmeisters öffnete sich ein Fenster. Frau Grabbe, eine der Hortnerinnen, erschien mit der Aufforderung, uns »bitte absolut ruhig« zu verhalten, die Schule würde in wenigen Minuten geöffnet, der Schultag begänne heute, wie wir sicher bemerkt hätten, lediglich etwas später ... Neue, schwere Rauchschwaden waberten vom Dach der Schule, so daß die Erscheinung der Hortnerin im Fenster immer wieder abriß, für Momente schien es, als würde sie ganz in das süße, fettglänzende Gewölk hineingezogen. Vielleicht war es ihr vom morgendlichen Anheizen verrauchtes Abbild, vielleicht die ungewohnt nachgiebige Stimmlage der Hortnerin, vor allem aber war es jenes gedämpfte »Bitte« innerhalb einer für uns bestimmten Ansprache – ihrer Fensterrede jedenfalls folgte augenblicklich der endgültige Dammbruch, eine regelrechte Explosion der Skandalstimmung auf der Straße und dem Schulhof.

Unentwegt schossen Herzog, Roth und Stöcklein an uns vorüber und riefen sich ihre Kußergebnisse zu. Einen Moment hatte ich zu Heike geschaut – ohne ein Wort löste sich Schnöckel von meiner Seite und verschwand in einer der Rauchschwaden. Ungläubig lauschte ich in das vernebelte Stimmengewirr, dessen fiebrige Hektik sich noch immer zu steigern schien, durchbrochen vom Geschrei der Jäger – *sieben, sieben!*, das konnte nur Herzog gewesen sein. Zweifellos hatte das Spiel an Tempo gewonnen; wiehernd, mit einer Art Kriegsgeheul spornten sich die Küsser gegenseitig an, es war eine Treibjagd, ein Kampf. Auch gemäßigte Jäger haschten nun nicht mehr nur im Vorbeiflug nach dem Kuß. Jetzt marschierten sie frontal auf ihre Opfer zu, um die Trophäe einzufordern. Trugbilder tauchten auf, den Rauchschwaden entstiegen, von deren betäubender Süße die Küsser vielleicht schon zuviel eingeatmet hatten auf ihrer Hatz ... Verwirrt irrte ich über den Schulhof, ich sah erbarmungslos küssende Jäger, eindringliche Umarmungen innerhalb der Widerstandskreise, Paare, die sich in seltsamen Schrittfolgen umeinander drehten oder rutschten im Schnee und sich schlagend, stoßend, aber eng umschlungen über den vollkommen vernebelten Appellplatz bewegten. Es juckte und spannte auf meinem Schädel, ein Gefühl des Grauens befiel mich, doch plötzlich rannte ich ein Stück, mein Kopf war vorgestreckt, mein Mund gespitzt ...

Im nächsten Augenblick erlosch die Szene – als hätte das Läuten der Schule die Spieler aus einer Hypnose zurückgerufen. Noch außer Atem und wie erlöst nahmen die ehemaligen Küsser ihre halb mit Schnee bedeckten Ranzen, Jacken und Schals wieder auf, die sie, erhitzt in ihrer Beutegier, abgeworfen hatten. Plötzlich stand Heike neben mir.

Beinah unangetastet vom Gedränge ringsum und, so kam es mir vor, ohne genauer aufeinander zu achten, strebten Heike und ich gleichzeitig auf die beiden weitgeöffneten Flügel der Schultür zu, die uns wie das Ende eines gütigen Trichters aufzunehmen versprachen. Irgendwann mußten sich unsere Schultern berühren – dann berührten sie sich oder berührten sich fast, zuerst stießen unsere Ranzen aneinander. Gemeinsam, Ranzen an Ranzen, betraten wir die Schwelle, ohne Eile, wie ein Hochzeitspaar im Gemenge der Prozession, und genau dort, auf der Schwelle, in genau diesem Augenblick drehte ich blitzschnell meinen Kopf und – küßte Heike.

Ein Kuß auf die Kapuze. Die Eskimokapuze, die Heike sich zu Beginn des Spiels über den Kopf gezogen hatte, um sich vor den Küssern zu schützen. In meiner Bewegung war ich viel zu hastig und unbeherrscht gewesen, so daß mein Mund auf ihr unter der Kapuze verborgenes Ohr traf, *durchschlug*, mein in der Aufregung heftig heranfahrender und halb geöffneter Mund die Form ihres Ohrs beinah ganz in sich aufnahm – ein Kuß wie ein Ruck. Ihr kleines, wunderbar gebogenes Ohr war dabei so überwältigend deutlich hervorgetreten unter der wundersam weichen Kapuze, daß mir der Mund auch noch ein paar Schritte weiter offen stehenblieb, als hielte ich es noch zwischen meinen Lippen, so vorsichtig und behutsam wie möglich ...

Langsam waren wir die Treppe nach oben gestiegen, noch immer nebeneinander, Stufe um Stufe, Heike und ich, ich und Heike, die mich weder weggestoßen noch sonst irgend etwas von sich gegeben hatte, auch keinen Schrei, wie es die Mädchen im Spiel gewöhnlich taten. Heike hatte überhaupt nichts getan. War es so, fragte ich mich, daß ein Kuß auf die Kapuze nicht zählte und deshalb unbewegt hingenommen werden konnte? Andererseits: Niemand hätte es gewagt, sich außerhalb des Spiels einem Mädchen zu nähern – ein Kuß außerhalb des *Küssens*, das war unmöglich, und ich wußte es.

7 Ein Toter

»Aufgrund eines bedauerlichen Unglücksfalls ...«, auf
diese Weise erfuhren wir davon. Es war wie in einer Geschichte, einem Buch. Der neue Hausmeister habe den
alten Hausmeister auf der Treppe gefunden, mit nur
einem seiner Stiefel an den Beinen – ein Detail, das uns
sicher nicht zustand; Frau Kringler, unsere Klassenleite-
rin, schien sehr verstört. In wirrer Folge erhielten wir
Mitteilung, daß der Obere gestürzt war und wie: die
Stiege hinunter, die vom Ende eines der oberen Flure
bis an seine Wohnungstür heranführte, und dann – kopf-
über – noch ein Stück weiter hinab ins steinerne Treppenhaus, weshalb die betreffende Etage mindestens für
diesen Tag gesperrt bleiben müsse ... Im Stiefelknecht
hätte noch immer der andere Stiefel gesteckt, neben
der Leiche, im Blut, hauchte Frau Kringler in den Klassenraum, im Blut hätte der Stiefelknecht gelegen, vollkommen schwarz, mit Schuhcreme verschmiert, denn
der Stiefelknecht, nein, die Schwelle sei einfach zerbro-
chen, wo der Stiefelknecht aufgeschraubt gewesen war,
seit Jahren, Jahrzehnten wahrscheinlich – das Holz sei
eben doch irgendwann morsch gewesen, *müde*, so hätte
es der neue Hausmeister gesagt. Mit dieser Erklärung
der Dinge gewann unsere Lehrerin ihre Fassung zurück,
aber nur, um sie im nächsten Moment wieder zu verlieren. Wohl beim Einstemmen seines Stiefels, sagte sie
und bewegte dabei ruckartig ihr rechtes Bein, sei der
alte Hausmeister gestrauchelt, mit dem Stiefelknecht
aus dem Türrahmen gestürzt, hinunter ins Treppenhaus,
wo er wahrscheinlich schon eine ganze Weile gelegen

hätte, allein, im Dunkeln, nein, um diese nachtschlafende Zeit sei eben noch niemand da oben in den Gängen, da sei eben noch gar keiner hier ... Aber der alte Mann – und jetzt beherrschte sich unsere Lehrerin –, der alte Mann sei sofort seinen Verletzungen erlegen ... Nur aus Filmen kannten wir diese Formulierung, und noch nie hatten wir unsere Lehrerin so reden hören. Sicher hatte sie einfach vergessen, daß sie nur mit uns sprach, ihren Schülern, Kindern der Unterstufe.

Während Frau Kringler sich mühte, einen Übergang zur Mathematik zu finden, traf der Leichenwagen ein, ein schwarzer *Barkas* mit Milchglasscheiben. Unter dem Geknatter seines Zweitaktmotors rangierte der Wagen vor und zurück, bis er endlich mit dem Heck zur Schultür stand, auf deren Schwelle ich versucht hatte Heike zu küssen.

Ein Toter im Schulhaus – das übertraf Kuba und alles, was wir uns sonst ausgemalt hatten. Ich spürte, wie die Sensation Raum griff, wie sie von allen bereitwillig eingeatmet und rundum genossen wurde. Nur ich selbst war ausgeschlossen. Unentwegt stand mir der verbogene Schatten des Alten vor Augen. Wie er mit den drei oder vier Armen gewunken hatte, zum Abschied gewunken ... Fieberhaft suchte ich nach einer Möglichkeit, mit diesem letzten Gruß nicht allein zurückzubleiben, dem Gruß eines Toten, einer Art Fluch – so jedenfalls glaubte ich damals und geriet in Panik. Ich erinnere mich nicht mehr genau, was mir dabei im einzelnen durch den Kopf schoß; ich suchte nach einem ersten überzeugenden Satz, der mich berechtigt hätte, endlich selbst den Arm zu heben (als winke ich erst jetzt, immerhin jetzt zurück) und dann, nach Aufforderung Frau Kringlers, endlich zu sprechen. Ich benötigte nur diesen ersten Satz, um dann von Satz zu Satz meine Verborgenheit aufzulösen, aus meinem erbärmlichen Versteck herauszurücken, mich freizusprechen und schließlich freigesprochen zu werden, hier im Klassenzimmer, vor den anderen, vor Heike, vor unserer Lehrerin, die heute ja auch ganz anders war als sonst. Zuerst mußte ich mein verfrühtes Eintreffen an der Schule und dann mein Verstecktsein erklären, zugleich mußte ich um Entschuldigung bitten für die damit verbundenen *Verstöße*. Nur für einen Moment würde ich mich erniedrigen müssen, aber in diesem Fall würde es niemand wagen, darüber zu lachen. Und warum sollte meine Rede sich zum Abschluß nicht an Heike wenden, um auch sie um Verzeihung zu bitten? Wie ein Held nach seiner Tat vor derjenigen niederkniet, für die er das alles auf sich genommen hat ...

Bis heute tauchen der Obere und der Untere in meinen Träumen auf, und noch immer frage ich mich, was ich wirklich gesehen und gehört haben kann an diesem Morgen angesichts der Dämmerzustände, die ich mit der schund&schmutzschwangeren Morgenluft in mich eingesogen hatte ... Ein ums andere Mal nahm ich Anlauf; je länger ich es aber nicht vermochte, mich vor meiner Klasse zu Wort zu melden, um so heftiger summte mir das Blut in den Ohren ... Ich erkannte die Hilfeschreie, die ich für ein verzerrtes Morgenecho der Gebind gehalten hatte. Als könnte ich mich von dort aus erinnern, tastete ich nach meinen Narben. Immer deutlicher traten aus den vermeintlichen Echos der Atomsiedlung die Hilferufe des gestürzten Alten hervor. Durch irgendein offenstehendes Oberlicht, vermutete ich, waren sie bis zu mir herüber ins Versteck geklungen. Und *spielend* mußten sie im Hall des Treppenhauses auch nach unten, bis an die Tür des Unteren, bis vor seinen Ofen gedrungen sein ... Und endlich sah ich, was geschehen war: Abermals hatte der Untere das Anheizen unterbrochen, im Dunkeln, benebelt, betäubt vielleicht von den Ingredienzien unseres Schunds, war er dem Rufen gefolgt. Vorsichtig hatte er den großen Schädel des Oberen in seine Hände genommen, ihn ein wenig aufgehoben und gewogen und sein Ohr gegen das Flüstern gedreht. Aufmerksam hatte er den Worten des Dankes gelauscht, die der Alte, entkräftet vom Rufen und schon etwas beruhigt über die nahe Hilfe, noch hervorbrachte, um den Schädel dann mit ganzer Wucht gegen die Kante der Treppe zu schleudern ...

Heike saß eine Bank vor mir, doch weit entfernt, in der Wandreihe. Auch jetzt sah sie sehr schön aus, ihren Kopf hatte sie an den dunkelgrünen Ölsockel gelehnt, den ich mir kühl vorstellte ... Eine falsche und eine fehlende Aussage, der Untere und ich, die Tat und das Schweigen – war es nicht so, daß ich mich melden *mußte*?

Wie lange aber, fragte ich mich, würde der neue Hausmeister im Gefängnis sein? Und überhaupt, wer würde mir glauben, daß ich weit vor Unterrichtsbeginn in einem Versteck vor der Schule hockte? Das Verstecktsein und der Hausfriedensbruch – würde ich am Ende nicht selbst Gegenstand der Verhandlung? Das Motiv des Unteren lag auf der Hand: *Wohnungsnot*. Mein Vater selbst hatte davon gesprochen. Wohnungsnot sei eines der we-

nigen gesellschaftlich anerkannten Probleme, an jedem
Tag sei davon die Rede, immer wieder, in allen Zeitun-
gen, auch im Fernsehen, unentwegt würde das Problem
anerkannt. Konnte unter diesen Umständen eine Tat
wie die des Unteren nicht fast verständlich, jedenfalls viel
eher entschuldbar erscheinen? Würde am Ende nicht
abermals der neue Hausmeister triumphieren und mich
täglich zur Ranzenkontrolle vor den Ofen führen?

Es hatte aufgehört zu schneien. Ich starrte nach draußen auf die Straße und die gegenüberliegenden Häuser.
Der Leichenwagen war abgefahren. Plötzlich hatte ich
Mitleid mit dem Alten, genauer gesagt, mit seiner spin-
deldürren Leiche, die ich mir sehr einsam und betrogen
vorstellte in ihrem Dunkel ... Bruno Kühn, unser letzter Antifaschist, heimtückisch ermordet ... und ähn-
licher Unsinn schwirrte in meinem Kopf. Drehte ich
mich etwas weiter nach links, konnte ich den Hof des
Bauern überblicken. Was hatte die Welt hier draußen
mit der Welt meiner Verstecke zu tun? Ihr Geheimnis
war mit einem Schlag verächtlich geworden. Ich spürte,
wie meine Gestalt, mein Umriß auf dem Stuhl immer
schwächer wurde. Von keiner Seite konnte ich Hilfe er-
warten. Ich klammerte mich fest an meiner Bank und
schloß für einen Moment die Augen. Als ich sie wieder öffnete, sah ich, daß das Schuppentor geöffnet war –
Schälerelli mußte unterwegs sein.

8 Essen

Am Ende der fünften Stunde nahm uns eine der Hortnerinnen in Empfang und führte uns in den Keller. Die Wand entlang, dicht gedrängt, in Zweier- oder Dreierreihen standen wir dann mit den Schülern der bereits eingetroffenen und immer noch eintreffenden Klassen die Treppe hinunter.

Da es in unserem Alter einfach zu viele Kinder gab, eine regelrechte Kinderschwemme, wie öfters erklärt wurde, hatte man den eigentlichen Speisesaal zu einem Unterrichtsraum gemacht. Die Essenausgabe war provisorisch im Keller eingerichtet worden. In einem Raum, der früher als Waschraum gedient hatte, lagen jetzt schmale, hölzerne Platten über den Waschbecken, die Wasserhähne hatte man abmontiert. Entlang der gekachelten, mit Spiegeln besetzten Wände saßen wir dann wie an langen, festlichen Tafeln, wenn auch nur einseitig, nur mit dem eigenen, braunfleckigen Spiegelbild als Gegenüber, in dem man sich kaum wiedererkennen konnte und immer etwas krank aussah.

Der Waschraum stammte aus jener Zeit, in der die Schule zugleich ein Internat gewesen war mit Kindern aus ganz Thüringen, einige Berühmtheiten darunter, von ihnen hatten wir bereits während unserer Einschulungsfeier gehört. Wenn die Rede darauf kam, wurden immer dieselben drei oder vier Namen genannt, die ich augenblicklich wieder vergaß bis auf den des Malers Otto Dix. Dix sei ein *moderner Maler* gewesen, trotzdem – erst heute verstehe ich den Ton: Es klang, als wäre noch nicht ausgemacht, was davon eigentlich zu halten sei – *trotzdem* habe Dix ein Bild unserer Schule angefertigt und es dem damaligen Direktor zum 100. Jahrestag seiner Anstalt geschenkt.

Es handelte sich um genau jenes rätselhafte Kunstwerk, das wir nur bei Ablieferung verbotener Dinge zu sehen bekamen. Das Bild hing unmittelbar über der dafür vorgesehenen Sammelkiste im Lehrerzimmer. Ich erkannte darin, daß ich mit meiner Orientierungslosigkeit nicht allein auf der Welt war, insbesondere, was die Umrisse des Schulgebäudes, die Lage der Türen und Fenster betraf – bei Dix fand kaum ein Ding an seinen angestammten Platz zurück. Dafür zogen sich manche Korridore tief bis in die angrenzenden Mischwälder und andere wieder wie freifliegende Brücken über die stark dahinströmende Elster hinweg ... Im Grunde, das mußte ich zugeben, hatte Dix unsere Schule vollkommen auseinandergenommen, um nicht zu sagen: gesprengt. Nur Hans und Margarethe waren zusammengeblieben, aber den Ball, das Buch und das Strickzeug hatten sie fallen gelassen, und jetzt hielten sie sich gegenseitig, eng umschlungen.

Zentimeterweise rückte die Essenschlange in die Tiefe, Stufe für Stufe, es konnte außerordentlich lange dauern, bis wir vor den Speisekübeln anlangten, die zu jedem Mittag angeliefert und von den sogenannten Essenfrauen (mächtige, weißbekittelte Wesen) in Empfang genommen wurden. Zu jeder Essenfrau gehörten ein oder zwei Speisekübel, aus denen sie bei der Essenausgabe schöpfte – *Essenskübel*, wie die Essenfrauen die stählernen Behältnisse nannten, deren Deckel mit Hebeln verschlossen waren, die denen an der Tür des Luftschutzkellers glichen.

Um den Hunger zu dämpfen und die Wartezeit zu überbrücken, kam es vor, daß eine unserer Mittagshortne-
rinnen (Frau Grabbe oder Frau Bakuski) mit schrillem
Ton ein Lied anstimmte. Meist war das »Auf der Mauer,
auf der Lauer« oder »Freude, schöner Götterfunken,
Tochter aus Elysium, wir betreten feuertrunken Himm-
lische, dein Heiligtum ...«, was wir dann aus voller
Kehle sangen auf unserem ewigen Weg in den Keller.
»Wem der große Wurf gelungen ...« – berauscht vom
Hall des Treppenhauses, das weit über uns in die Höhe,
bis in den Himmel zu reichen schien, stimmte ich ein
und versuchte, meine immer noch wachsende Verzweiflung zu übertönen. Ich träumte, der Alte läge noch dort
oben, ich stellte mir vor, wie unser mächtiger Chor seinen Körper auf der Treppe zum Beben bringen, wie seine Augenlider leise anzittern, wie sein Herz, stotternd
zunächst und holpernd, doch dann mit ganzen vollen
Schlägen wieder in Gang kommen, wie er sich dann auf-
stemmen, seinen Stock ergreifen und sich langsam, blut-
verschmiert, Stufe für Stufe zu uns hinunter klopfen
und ohne besondere Hast, im Rhythmus der *Ode an
die Freude* unsere Reihen abschreiten würde. Auf meiner Höhe würde der Obere für einen Moment innehal-
ten, um mir einen der Arme, die ich aus meinem Versteck hatte winken sehen, auf die Schulter zu legen und
damit meine Zeugenschaft zu unterstreichen; augenblicklich fiele alle Schuld von mir ab. Dann aber würde
der Obere weitergehen, das kleine Stück noch den Kel-
lergang hinunter und vor das Büro seines Mörders treten ...
Wie ich es bei Heike gesehen hatte, lehnte ich mich mit

einer Wange an die kühle, mit Ölfarbe überstrichene Wand. Ein übermächtiges Verlangen nach Trost verdrängte die kaum abgeklungene Scham über meinen Kapuzenkuß. Am Ölsockel entlang versuchte ich, mich in Heikes Nähe zu schieben. Durch die Reihen der Klassen, vor und zurück, summten die Gerüchte über den Tod des Oberen. Aus den Berichten der einzelnen Lehrer und eigenen Vermutungen wurde eine neue, große Saga zusammengefügt, locker genug, daß auch Kuba, der Ernstfall und einige plötzliche Regierungsreisen auf der A 9 ihren Platz darin fanden – so jedenfalls erinnere ich mich.

9 Schlafen

Aufgrund des Platzmangels schliefen wir im Klassenraum. Wie der Frühhort, der Unterricht, die Schulspeisung oder die Hofpause bildete der Mittagsschlaf einen selbstverständlichen Abschnitt im Tagesablauf der unteren Klassen, gefolgt nur noch von der »Stillen Selbstbeschäftigung«, einer Zeit für Hausaufgaben oder Spiele, während deren wir früher oder später abgeholt und wieder nach Hause gebracht wurden.

Zuerst mußten alle Bänke und Stühle an den Längsseiten des Zimmers aufgestapelt werden. Dann wurden die Pritschen ausgeklappt. Den ganzen Tag über lehnten sie griffbereit an der Rückwand des Klassenzimmers. Beim Ausklappen geriet man zwangsläufig mit den Gestellen ineinander, klemmte sich einen Finger oder quetschte etwas Haut, wobei man ja *absolut leise* sein mußte; dann das Geschiebe und Gescharre der ausgeklappten Pritschen auf den Dielen, die Jagd nach einer guten Schlafposition. Trotz aller Mühe ließen sich die Pritschen nicht einmal annähernd nach Sitzordnung aufstellen, und am Ende bedeckten sie die gesamte verbleibende Fläche. In jedem Fall hatten die Fußenden zur Tafel zu zeigen, damit die Hortnerin in unsere Gesichter sehen konnte beim Schlafen. Die mit Abstand unbeliebteste, vorderste Reihe der Pritschen reichte mit den Fußenden bis unter den Lehrertisch. Wenn man erwachte, erblickte man zuerst die schweren Unterschenkel der Nachmittagshortnerin, meist war das Frau Fritsch.

Sich zum Schlafen etwas auszuziehen war nicht vorgesehen. Nur die Schuhe stellten wir zu Paaren unter die Pritschen, und die Uhren mußten abgegeben werden – eine Vorsichtsmaßnahme, wie es hieß. Niemand sollte wissen, wieviel Zeit vom Mittagsschlaf bereits vergangen war oder noch bevorstand, was nur Unruhe bedeuten konnte, so hatte es Frau Fritsch erklärt. Frau Fritsch war es auch, die uns ab und an von einem Schüler mit guten Leistungen erzählte, der, statt zu schlafen, immerzu auf die phosphoreszierenden Ziffern seiner Uhr gestarrt hatte. Schließlich war aus dem guten Schüler ein übermüdeter und aus dem übermüdeten ein schlechter und kranker Schüler geworden. Wenn ich im Halbdunkel unseres Klassenraums an diesen Jungen dachte, sah ich ihn mit einem gelbleuchtenden Zifferblatt im Gesicht. Die Uhren landeten in einem kleinen Pappkarton, der wortlos von Pritsche zu Pritsche weitergereicht und schließlich am Lehrertisch abgeliefert wurde. Meist fanden sich darin nicht mehr als vier oder fünf Exemplare –

wer besaß schon eine Uhr! Vom Tafeldienst wurden die Vorhänge geschlossen.

Erstaunlich blieb, wie nach dem Tohuwabohu des Liegenaufstellens, der Kämpfe um die Decken und Kissen, die im Grunde alle gleich aussahen mit ihrem stumpfen, blaugrauen Muster, aber unterschiedlich ausgewaschen und abgenutzt waren, wovon ausgehend sich Ansprüche auf eine *eigene*, nämlich die Decke des Vortages und des Vorvortages entwickelt hatten, schließlich doch Ruhe einzog.

Wenn ich einschlief, verflüssigte sich zuerst das Gesicht der Hortnerin über mir und dann die graue Tafel in ihrem Rücken. Ich sah, wie wir mit unseren Pritschen auf dem Wasser eines großen Flusses trieben, eng beieinander wie rohes, frisch gefälltes Holz. Die Hortnerin in Gestalt des Flößers schaute mit ernstem Blick voraus auf die Stromschnellen und Wasserfälle, die uns auf unserem Weg ins Sägewerk noch bevorstanden.

Es kam aber auch vor, daß ich, noch ehe das Fließen begann, betäubt von den säuerlichen Ausdünstungen der Dielen und benebelt von einer Wolke aus Kinderfurzen, wegsackte wie ein Kiesel im Wasser, sobald ich nur die Augen geschlossen hatte. Und das, obwohl das Kaffeegeschirr der Hortnerin unentwegt klirrte – sobald sie ihre Tasse absetzte, klirrte es, aber auch, wenn sie die Tasse aufnahm, bei jedem ihrer zahllosen und offenbar winzigen Schlucke. Manche stritten, ob es überhaupt möglich sei, daß die Hortnerin dabei noch trank, oder ob sie nur die Lippen spitzte am Porzellan ... Oder nur den Geruch des Kaffeesatzes am Grund ihrer Tasse einatmen wollte, wie ich es mir heute vorstellen kann, vielleicht sogar, daß Frau Fritsch ein wenig davon auf die Zungenspitze genommen, um den verborgenen Geschichten über die eigene, längst vergangene Jugend hinterherzukauen, während wir schliefen. Herzog meinte, die Hortnerin hielte sich nur selbst wach mit dem Geklimper ihrer Tasse, andere sagten, sie wolle denen, die nicht schliefen, demonstrieren, daß ihr nichts, *aber auch gar nichts*, entginge. Kaum aber war die Tasse verstummt, kippte ihr der Kopf in den Nacken, der Unterkiefer sackte herunter, das feine Blinken des Metalls in ihren Zähnen wurde sichtbar und die Nase, ihre beiden tiefen, stark behaarten Gänge lagen dann für alle, die ihren Schlaf nur vorgetäuscht hatten, ganz offen da.

10 Zum Trost

Ich war erschöpft. Ich hatte Kopfschmerzen, und meine Narben schienen zu glühen unter dem Haar. Im Halbschlaf empfing ich leise das Rufen: Ich erkannte es, und jetzt wollte ich hinaus, zum oberen Flur, jetzt wollte ich helfen, aber bleiern hielt mich etwas zurück auf meiner Pritsche. Das Unglück hatte sich am Tag meines allerersten Kusses, ja, beinah im Moment dieses Kusses gezeigt, obwohl es doch nur ein Kapuzenkuß gewesen war.

Vier Pritschen trennten Heikes und meinen Schlafplatz an diesem Tag, aber unsere Köpfe lagen auf gleicher Höhe, was mich für einen erstaunlichen Moment beinahe glücklich machte. Als das Geschirr der Hortnerin verstummt war, hob ich vorsichtig den Kopf: Heike schaute mich an. Ihre Augen waren noch dunkler, ihr Haar noch

schwärzer, und für die Schlafenszeit trug sie es offen –
wie isoliert vom Rest der Welt lag ihre helle Stirn im
blaugrauen Muster, sie leuchtete im Kissen.

Wie genau dann alles begonnen hat, kann ich heute
nicht mehr mit Sicherheit sagen. Ich hatte nicht mehr
gewollt, als einen heimlichen Blick auf die schlafende
Heike zu werfen. Leicht anzunehmen, daß mir, nach allem, was geschehen war, ein hilfloser Ausdruck ins Gesicht geschrieben stand, etwas Erschöpftes, Ergebenes,
Hündisches vielleicht.

Einen Moment schien es so, als schliefe Heike mit offenen Augen. Aber dann bewegte sie etwas den Mund,
ihre Lippen rundeten und spitzten sich, als wollte sie
ein Pfeifen, irgendein Geräusch andeuten. Gleichzeitig
zog sie ihren Arm unter der Decke hervor, und ich sah,
daß sich ihre Hand schloß und wieder öffnete, daß sie
die Finger bewegte, die Hand insgesamt ein wenig schüttelte, flattern ließ und wieder verschloß – ohne nach-
zulassen, machte sie eine Lockbewegung in Richtung
des Hundes, den sie ohne weiteres in mir erkannt haben
mußte und den sie nun auf eine stumme, gütige Weise
herbeirief.

Vier Pritschen lagen zwischen uns und über uns eine
vom Schlaf vielleicht nur für Sekunden erschossene Hortnerin. Zuerst hatte ich sehr darauf zu achten, daß das
leichte Holzgestell meiner Pritsche nicht plötzlich in
die Höhe schnellte oder einfach umkippte, während ich
mich langsam zu Boden gleiten ließ. Gleich großen toten Fischen im Netz zeichneten sich an den Unterseiten
der Liegen, in ihrem breitbandigen Kreuzgeflecht, die
Körper der Mittagsschläfer ab. Eine Wange mußte ich

auf die Dielen pressen; mit meinem blind nach vorn aus-
greifenden Arm versuchte ich, die Schuhe der Schläfer
aus dem Weg zu schieben. Nach oben hatte ich keinerlei
Spielraum, im Gegenteil. Es kam vor, daß ich, während
ich mich seitwärts unter die schwer durchgebogenen
Liegeflächen schob, die Last der Schläfer im Nacken
oder auf dem Rücken spürte. Manchmal hob ich sie etwas, stemmte sie aus im Vorwärtsgang, für wenige Millimeter nur, so daß sie leicht zu schaukeln begannen;
manche streckten sich dann im Schlaf oder warfen sich
herum, was mich augenblicklich in neue Schwierigkeiten brachte ... Aber das alles würde Heike von oben
verfolgen, dachte ich, und wäre so in der Lage, meine
Position zu bestimmen. Ein Gedanke, der mich mit
Stolz erfüllte und ein Lächeln hervorlockte, das jedoch
nicht wirklich zustande kam, so fest war mein Gesicht
auf den Boden gepreßt. Glück auf, Glück auf! – jetzt
zeigte es sich: Nicht umsonst war ich der Abkömmling
einer ganzen Familie von Bergarbeitern, die sich, wenn
es darauf ankam, wie Würmer in engsten Stollen und
Tausende Meter unter der Erde fortzubewegen verstanden, mit einer Lampe am Kopf, Dynamit am Gürtel und
den schwarz glänzenden Erzen vor Augen ... Während
der Rest der Welt ahnungslos oben herumspazierte, rück-
sichtslos die Füße in den Boden stemmte oder kindisch
herumsprang ...
Bald schmerzte mich der verdrehte Hals, und ein Stechen im Rücken begann; ich war erst unter der dritten
Liege. Welch ungeheure Versuchung, den toten Fisch in
hohem Bogen aus seiner selbstzufriedenen Lage zu stoßen, am besten, sich ganz und gar aufzurichten, aus der

Tiefe hervorzubrechen und lachend, stark wie der Roboter aus *Orion*, mit zwei, drei großen Schritten über den Strom bis vor Heikes Pritsche zu treten ...

Ich verfluchte meine Knickerbocker. Die eisernen Schnallen unterhalb der Knie, sie waren deutlich hörbar beim Nachziehen der Beine auf dem Boden. Doch irgendwie gelang es mir, ihr Schaben einzupassen in den Gesamtrhythmus der Schnarch- und Atemgeräusche, der ächzenden Pritschen, des Traumgestöhns und der Seufzer, die das Raumschiff unseres Klassenzimmers beschwerten auf seinem schlingernden Kurs. Als ich im Spalt neben der Liege Heikes auftauchte, spürte ich eine klare, kräftige Berührung auf meinem Kopf. Und von dort eine Strömung, die warm durch meinen verkrampften Körper zog und mich lange ausatmen ließ. Ein Laut des reinen Wohlbehagens entwischte meinem in der Überraschung halb geöffneten Mund, der jenem kehligen Winseln, jenem leise-heiseren Juchzen geglichen haben muß, wie es Hunde im Moment der Belohnung von sich geben und damit zugleich um weitere Zuwendung betteln. Trotz der Gefahr, durch einen plötzlich erwachenden Schläfer oder unsere Wächterin am Lehrertisch entdeckt zu werden, nahm Heike ihre Hand keine Sekunde von meinem Kopf, im Gegenteil: Ich spürte einen kurzen, raschen Griff im Nacken, ein wenig drückte sie mich nach unten, zog mich nach oben, schüttelte, zupfte und beruhigte das Tier, das ich für uns spielte. Dabei flüsterte sie etwas, ein beinah unhörbares Gemurmel, das auch nicht wirklich aus Worten zu bestehen schien.

Es dauerte eine kleine, besinnungslose Weile, bis ich begriff, daß Heike nach meinen Narben tastete. Über den

Tag waren sie wie winzige Hahnenkämme angeschwollen. Das Tier machte nicht den geringsten Versuch, ihrer Berührung auszuweichen. Langsam, fest, genau und immer wieder strich Heike über die mit feinen, sich lösenden Krusten bewachsenen Linien, erst so, als könne sie ihren Fingerspitzen nicht glauben, dann so, als wolle sie dort etwas niederschreiben. Ich war folgsam, ich atmete kaum, und auf jeder Zeile las ich: *Hier bist du bei mir, hier geschieht dir nichts.*

Dann schob sie ihre Hand weiter nach unten, bis über die Stirn, den Kopf entlang, den ich noch immer zum Boden gesenkt hielt. Jetzt war ich vollkommen aufgehoben; in Heikes geöffneter Hand versammelte sich augenblicklich mein ganzes Unglück: das Verkappte, Kapuzenhafte meiner Liebe, das erbärmliche Geheimnis meiner Verstecke, die gesamte Anstrengung, die es bedeutete, sich zu halten in dieser Welt, an diesem Tag in dieser Schule zwischen dem Oberen, der tot war, aber noch winkte, und dem Unteren, der mich verfolgen und zur Strecke bringen würde – das alles schrumpfte in der warmen Hohle ihrer Hand auf einen winzigen Punkt, den ich mit einem leichten Gegendruck meiner Stirn zerstäuben konnte. Gern wäre ich ewig so geblieben.

Nach einer Weile aber zog Heikes Hand bis über meine Augen, und schließlich bis unter meinen Mund, wo sie sich streckte, als böte sie etwas dar. Mit den Lippen und dann mit der Zunge berührte ich die salzige Feuchte, die sich dort zu sammeln begann; und während Heike mit ihrer offenen, ausgestreckten Hand ganz ruhig unter meinem Mund blieb, fraß der Hund, der ich war, seine eigenen Tränen: wie zum Trost, die ganze Belohnung.

Die Schuldamsel

Serkin träumte. Er warf und warf wieder, seine Knüppel waren gut. Oben in den Kronen geriet das Licht in ein untermeerisches Fließen, das die Szene überschwemmte. Jede der alten, riesigen Kastanien war von zwei oder drei Werfern umlagert, eng beieinander, aber im Innengewölbe der Bäume existierte man nur für sich, als einsamer Jäger, verschmolzen mit der Jagd. Serkin warf ... und erwachte.

Er stand auf, ging zum Fenster und schmiegte sein Ohr an das kalte Glas. Nach einer Weile wurde ihm taumelig zumute, sein Ohr begann zu schmerzen. Die Scheibe beschlug, und um den Rand seiner Ohrmuschel bildete sich ein winziges Rinnsal. Wie etwas Außerirdisches schnitt der Lockruf eines Vogels durch die Nacht.

Serkin dachte daran, welchen Genuß ihm allein das Geräusch bereitet hatte, wenn der kreiselnde Knüppel ins Geäst der Kastanie schnitt. Dann das gedämpfte Prasseln, der warme Regen, das Gehüpf der braunen Perlen auf dem Pflaster der Reimannstraße. Einige Früchte steckten noch in ihrer Schale. Oft war die Schale an einer Stelle aufgeplatzt und in dem feuchten Spalt ein frisches, braunglänzendes Auge sichtbar geworden, das ihm aus seiner Unberührtheit entgegensah. Wie ein bleiches Augenlid lag noch etwas Innenhaut über der Frucht. Am Spalt setzte er die Daumen an und drückte die beiden mit Stacheln besetzten Hälften der Schale auseinander. Langsam, behutsam. Er hatte gut darauf zu achten, daß das blanke Auge nicht plötzlich hervorspritzte und in den Dreck fiel. Denn es ging um genau diesen Moment, in dem er der erste war, der die seidigfeuchte, fast etwas fettige Frucht empfing, sie zwischen seinen Fingern gleiten ließ, zum Handteller hin, sie schließlich fest umschloß und preßte: Es ging um diese tiefe Befriedigung im Inneren der Faust, ein Gefühl, das ihn mit dem Zentrum seiner Lust verband. Und ab und zu, wenn es ganz bestimmt niemand sehen konnte, steckte er sich eine der braunen Augenperlen in den Mund und schmeckte ihre kaum wahrnehmbare Süße – das Ganze dauerte nur Sekunden, dann war die Kastanie verbraucht, dann war ihre Unschuld verdampft.

Unter dem Lockruf des Vogels pulsierte ein feines, körniges Rauschen, ein Geräusch, von dem Serkin zuerst angenommen hatte, es sei das Schlafgeräusch des Hauses, oder war es in ihm selbst? Rasch trat er einen Schritt zurück ins Zimmer und öffnete das Fenster. Wie ein glattes Stück Metall legte sich die Nachtluft auf seine Stirn. Trotz des betäubenden Tiergestanks, der an jedem Abend aus den Moosen und Gräsern stieg, roch Serkin den Schnee und die Nässe des Holzes. Er sah dunkle Flecken, der Schnee war übersät damit, dunkle Umrisse, die sich in der Lichtlosigkeit des Gartens wie eine stumme, konzentrierte Zuhörerschaft ausnahmen. Als er sich auf das verzinkte Fensterblech stützte, jagte ihm die Kälte einen Schauer über den Rücken. Er streckte seinen Kopf ins Dunkel und blickte dorthin, wo er die Spitzen der Bäume vermutete.

»So hätte es sein müssen, so, nur so«, murmelte Serkin, »wenn es wenigstens so gewesen wäre.«

Wie ein großes, stummes Glockenspiel, aber nur verhalten, nur ein wenig, gerade wie im Anläuten begriffen, begannen die Flecken im Schnee hin und her zu schwingen. Es ist eine Amsel, dachte Serkin. Er spitzte die Lippen, er wußte, daß es mißlingen würde: Ein Ton, der einem Zischeln, einem Prusten glich, dann verschluckte er sich.

Der Vogel, der bis dahin immer weiter gesungen hatte, setzte schlagartig aus. In seinem Verstummen war etwas wie Verwunderung hörbar. Auch Serkin hielt inne. Das Schweigen der Amsel durchdrang jetzt in sanftesten Wellen den Vorhang, der sich zwischen ihm und dem, was in seinem Leben geschah, gesenkt hatte.

Tatsächlich hatte sich alles mit dem Ernst der großen Jagd abgespielt, und auch Serkin war dem Jagdfieber erlegen, das zum Ende jeder Sommerferien unweigerlich einsetzte. Dabei gab es immer geschicktere, technisch bessere Werfer als ihn, und auch solche, die mit einem ungleich besseren Wurfholz antraten. Knüppel, denen man ohne weiteres ansehen konnte, daß sie nicht einfach unterwegs aufgelesen worden waren. Diese Knüppel strahlten Ruhe und Selbstgewißheit aus. Sie erzählten von der Geduld ihrer Werfer, die das Holz den Sommer über im Wald auf dem Hausberg oder an der Charlottenburg gesammelt und zugerichtet hatten; und sie erzählten etwas über Väter. Väter, die ihre Söhne bei der Jagdvorbereitung unterstützten, die selbst einmal Jäger gewesen und auf diese Weise noch einmal *dabei* waren. Wenn es sich ergab – und bei ihnen ergab es sich –, standen sie an einem der letzten verregneten Spätsommersonntage in ihren Fertigteil-Garagen unten am Fluß und schnitten ihren Söhnen das Wurfholz auf Länge.

Einige dieser Leute kannte Serkin gut, sie wohnten in seinem Block, nur ein oder zwei Aufgänge weiter, aber gerade in diesen Tagen, in der Vorfreude auf die Jagd, war es nicht möglich, einfach in den Schatten eines der über Kopf geschwenkten Stahltore zu treten und »Hallo!« zu rufen oder »Guten Tag, Herr Groschupf ...!«. Im Gegenteil, wenn er jetzt an der Front der geöffneten Garagenmäuler vorbeikam, denen der süßsaure Geruch von Öl, Elaskon und Zufriedenheit entströmte, mußte er etwas schneller gehen. Über die Werkbank gebeugt, mit den Händen ruhig im Lichtkegel der Werklampe und nicht nachlassend in ihrer Präzisionsarbeit (jede ihrer Arbeiten war Präzisionsarbeit), beobachteten sie ihn; sie schauten ihm nach, das wußte Serkin, und mit Sicherheit gab es Väter, die beiläufig fragten »Na, was macht Serkin denn so?«, und immer wieder begann Serkin sich Antworten auszumalen, die geeignet waren, seinen Haß zu entfachen.

Welcher Aufwand – für nichts! Je größer und gezielter aber seine Verachtung ausfiel, desto unkontrollierter wucherte in ihm die Vermutung, daß nur *bei ihnen*, den Werfern mit den sägenden Vätern und den guten Knüppeln, das wahre, richtige Leben stattfand und er auf der falschen Seite gelandet war. Er war bei den *Halbseide-*

nen gelandet, die nichts richtig machten, ein Dasein nur
vortäuschten und alles ohne den nötigen Ernst taten.
Halbseiden war ein Lieblingswort seiner Mutter. Sie gebrauchte es oft. Vieles verdiente, halbseiden genannt zu
werden. Ein Beweis für seine eigene halbseidene Natur
war, daß ihn der Gedanke an *Vorbereitungen* lähmte.
Daß er immer nur werfen und Beute machen wollte.

Übergangslos sprang die Amsel in einen vollkommen
anderen Ton. Ihr Ruf war jetzt kehlig und klangstark –
eine Goldammer, dachte Serkin, die Amsel versuchte
ihre Zizizizi-zihee-Strophe, während er etwas zu sehen
begann: Wie er im Klassenraum der sechsten Klasse
mit dem Rücken zum Gang gestanden hatte, gestützt
auf seine Bank; er sah, wie er im letztmöglichen Moment einen Fuß nach hinten ausgestellt und das größte
Mädchen seiner Klasse, Kerstin Holzapfel, in vollem
Lauf darüber zu Boden gestürzt war. Kerstin – ein Mädchen, das er mochte, nicht nur, weil sie zu denen gehörte,
die über seine Späße lachten. Schon das krachende Geräusch ihres Hinschlagens war ihm seltsam unwirklich
erschienen – zuerst hatte er es nicht glauben können.
Im nächsten Moment sah er sich neben ihr knien, ihr
Körper kam ihm jetzt noch größer und stärker vor (eine
Riesin, dachte er, und etwas ungerecht war, daß sie sich
so leicht hatte zu Fall bringen lassen), lang ausgestreckt
zwischen den Bänken. Kerstin wimmerte, sie hielt ihr
Gesicht zum Boden und weigerte sich, aufzustehen oder
sich auch nur umzuwenden – ein Bild des Elends, zu
dem Serkin beitrug, indem er weiterhin vollkommen hilflos neben ihr hockte, obwohl er ihr gern über den Hin-

terkopf, über das halblange Haar gestrichen hätte, obwohl es genau das war, was er unbedingt wollte, mußte, am Ende aber nicht wagte, nicht vor den anderen und nicht vor sich selbst.

Auch als man ihre Schneidezähne wiederhergestellt hatte, als er und das Mädchen sich später versöhnt und selbst als sie die Schule schon lange hinter sich gebracht hatten und ebenso in den Jahren danach, war er, wie Serkin jetzt mit allergrößter Klarheit erkennen konnte, immer dort zurückgeblieben, am Boden zwischen den Bänken, neben der wimmernden Riesin, mit einer glühenden, unbewegten Hand. Zizizizi-zihee, immer besser gelang der Amsel der Goldammer-Ton; und beglückt lauschte Serkin in diese kostbare, abgelegene Strophe seiner Schuld.

Wenn er an einem der ersten Kastanientage in die Reimannstraße gekommen war, deren Chaussee bis ins Elstertal reichte, sah er, wie die Söhne der Garagenväter ihr Lager aufschlugen, wie sie ihre Knüppel nicht nur ablegten, sondern auch anordneten, nach Größe und Stärke zurechtrückten und das Ganze ihre *Waffenkammer* nannten. War das etwa nicht zuviel? Mit Neid roch er ihre Zuversicht, aber ihr Glück verstand er nicht.

Unter den Jägern hatte es niemanden gegeben, der das, was sie taten, als »Kastaniensammeln« oder auch als »Kastanienjagd« bezeichnet hätte, man sagte *die Jagd*, und jeder wußte, was gemeint war – ein heute restlos vergessenes und im Rückblick nahezu unverständlich wirkendes Geschehen, das nicht nur die Bäume in Mitleidenschaft zog. Immer wieder gab es Knüppel, die aus dem Geäst der Kastanie mit größerer Wucht zurückkehrten, als sie hineingeschleudert worden waren. Im Jahr zuvor hatte es Andreas Petzold, einen Jungen mit Garagenvater, erwischt. Im Eifer der Jagd hatten sie das Ausbleiben seiner schrillen *Treffertreffer*-Rufe lange nicht bemerkt. Als sie ihn entdeckten, auf dem Pflaster, wie verkrochen zwischen ein paar großen, heruntergefetzten Kastanienzweigen, war bereits etwas Blut in seine blonden Locken gesickert. Sie hatten ihn an allen vieren, fast im Dauerlauf, den Berg hinauf nach Hause getragen und wie eine Beute vor der Wohnung seiner Eltern abgelegt, den Kopf auf die Fußmatte. Erst unten, an der Haustür, hatten sie geklingelt und waren verschwunden.

Ein gutes Jagdgerät war dreißig bis vierzig Zentimeter lang und im Durchmesser so stark wie der Griff jener altertümlichen Handgranate, mit der Serkins Klasse im Sportunterricht den Weitwurf übte; der Metallkopf dieser Übungsgranate (noch aus Vorkriegszeiten, wie es hieß) war rostig und eingebeult, ihr Holzgriff glänzte dunkel und elfenbeinglatt.

Zu jung eingeschult, hatte Serkin in den ersten Jahren Mühe gehabt, im Unterricht mitzuhalten – nur im Handgranatenweitwurf zählte er von Anfang an zu den Besten. Je weiter, um so sicherer würde das im Falle des Falles für sie selbst sein, hatte Komarek, ihr Sportlehrer, erklärt. *In der Vergangenheit* – einen Augenblick war Komareks Stimme dunkel und beinah festlich gewesen – hätte man sich oft mit der eigenen Waffe verletzt. Dabei hatte Komarek sie angeschaut, als begrüße er sie in einer anderen Welt. Dann hatte er die Granate senkrecht in die Luft geschleudert, hoch über ihre Köpfe, wo sie kreiselte und einen Moment unsichtbar wurde im Gegenlicht, um ihm plötzlich wieder aus der Hand zu wachsen: »Werfer, die zu kurz bleiben, gefährden vor allem sich selbst!« – ein Satz, dessen Bleiben-Gefährden-Melodie Serkin tief ins Ohr kroch. Er sah den steil ansteigenden Hausberg und den Wald rund um den Sportplatz und darin ein paar erschöpfte Soldaten aus der Vergangenheit, die verzweifelt versuchten, ihre kleinen Bomben zwischen die Bäume zu schleudern. Er sah Äste, von denen die gezündeten Granaten mit größerer Wucht zurückkehrten, als sie hineingeschleudert worden waren. Ob er, Serkin, in diesem Leben in der Lage sein würde zu bestehen, war die Frage.

Nach der Umstellung auf die sogenannte Eierhandgranate, die man das *Sahnekännchen* oder den *Zuckerstreuer* oder kurz V1 nannte, hielt Serkin mit 54 Metern den Schulrekord. Anlauf, Wurfhaltung, Abwurfwinkel – für die Kastanienjagd die beste Schule, so schien es jedenfalls. Und insgeheim hoffte Serkin, mit ein paar guten Würfen, mit Armkraft und dem richtigen Schwung, das Halbseidene seines Daseins aufzuwiegen.

Mit einem zittrigen Ablaut, einem Schnörkel, der in ein einziges Schnirpsen gepreßt und mißlungen schien, beendete die Amsel ihre Strophe und verstummte. Besorgt atmete Serkin ins Dunkel, und als wäre die Reihe erneut an ihm, begann er zu sprechen, sinnlose Sätze, nur um sich zu beruhigen.

Zeit verstrich, Serkin fror. Er flüsterte, er sprach zu den Bäumen und den Flecken im Schnee, plötzlich schlug

der Vogel wieder an; eine Art Aufschrei zuerst, der das
Gewölbe, das die Kiefern über der Lichtung bildeten,
zu sprengen schien – dann ein langgezogener Pfiff. Serkin erkannte den Personaltisch vor dem Ausschank,
und noch ehe ihm auch dieses lange vergangene und vergessene Bild ganz vor Augen stand, fühlte er eine Scham,
die ihn augenblicklich überschwemmte: Satz für Satz
mündete in jenes Gespräch, bei dem sein Kellnerfreund
P. verdächtigt worden war, Geld aus der Kasse gestohlen zu haben. Ohne dabei seine Arbeit am Ausschank
zu unterbrechen, hatte Serkin begonnen, P. zu verteidi-
gen. Mit halb gesenktem Kopf, fast bedächtig und mit
einer Sicherheit, der Serkin sich im Grunde nicht für
fähig hielt, sprach er zu dem Personaltisch hin, an dem
die Geschäftsführerin mit zwei Teilhabern Platz genommen hatte. In ihrem Schweigen war hörbar, daß man bereit sein würde, seinen Worten zu glauben. Aber plötzlich hörte Serkin sich selbst; es gefiel ihm, wie er redete,
und zu diesem Gefallen gehörte, daß er Einsprengsel
und Nebensätze benutzte, die dem Verdacht gegen P.
eben soviel Spielraum ließen, wie nötig.
Ein paar Tage später, morgens um fünf Uhr, hatte Serkin auf P. in seinem Auto gewartet. Nach einem gemeinsamen Nachtdienst fuhren sie oft noch in eine Bar in
der Sophienstraße, um eine halbe Stunde Billard zu spielen und einen, wie P. es nannte, *Absacker* zu nehmen.
»Mach bitte mal das Handschuhfach auf«, hatte Serkin zu ihm gesagt. Beide waren erschöpft, und in ihren
Köpfen drämmerte die Musik, die in den letzten Stunden auf sie eingestürzt war. Selbst die eigene Stimme
hörte sich dumpf an, wie schlecht synchronisiert und

eingebettet in ein unablässiges Meeresrauschen. Als P.
das Handschuhfach aufschnappen ließ, rutschte eine
Flasche *Ballantines* heraus, die Serkin für ihn aus dem
Lager gestohlen hatte. Serkin lächelte. Er sah, wie die
schöne, goldgelbe Flasche mit einem dunklen, runden
Glucksen auf die Fußmatte fiel, direkt vor die Füße seines Freundes, der wenige Tage später entlassen werden
sollte – ein großer, schöner Bernstein, in den sein Ver-
rat sauber und auf Dauer eingeschlossen war.

Erleichtert hob Serkin seinen Kopf und atmete tief ein
und aus. Dabei massierte er mit der rechten Hand seinen
Hals, als gäbe es dort eine Enge oder als könnte er so
dem Geflüster seines Selbstgesprächs einen besseren,
geschmeidigeren Ausgang verschaffen. Aber es gab dort
keine Enge, im Gegenteil, gerade jetzt gab es sie nicht.
Es gab etwas wie Glück: eine neue, kristallklare Schuld.
Er fühlte sie, am Hals, in der Hand und auf der Gänse-
haut, die sich jetzt vom Nacken her über seinen Kopf
zog wie eine Mütze – er mußte nur weiterhin sehr ruhig stehen, damit ihm diese Mütze nicht vom Kopf rut-
schen konnte, damit die Amsel noch ein wenig weiter-
machte.

Es war gleich bei seinem ersten Wurf geschehen, am
allerersten Kastanientag. Er wollte jagen, wo niemand
jagte, wo er der Konkurrenz und dem Anblick ihrer Waf-
fenkammern entging. *Elsteraue* hieß ihre alte, seit Jahren wegen Baufälligkeit geschlossene Schule. Er kletterte
über eine Absperrung und rannte, halb geduckt, das
kurze Stück bis unter die Bäume, die den Schulhof über-

wölbten. Er genoß es, im Verbot zu sein – das Verbot und die Abgeschiedenheit gingen im Blätterrauschen der Kastanien eine Verbindung ein, die ihn wunderbar durchströmte und tröstete. Zufrieden atmete Serkin die Ruhe des Ortes, um dann, ohne genauer Maß zu nehmen und mit der ganzen Wucht seines 54-Meter-Handgranatenwurfarmes, einen Knüppel ins Geäst zu schleudern. Wie gewohnt sah er dabei kaum nach oben, sofort konzentrierte er sich auf den Boden, um keine der abgeschossenen Früchte aus den Augen zu verlieren. *Na bitte, alter Racker!* rief er leise und lief bereits los, als er sah, daß – verzögert, wie in Zeitlupe – noch etwas anderes zu Boden ging, eine schwarze Faust, die sich torkelnd abwärts drehte, ausfranste und größer wurde, und noch ehe er verstand, was geschehen war, landete sie vor seinen Füßen.

Ihr Körper lag auf der Seite, wie umgekippt. Der Flügel, den die Amsel im Fallen ausgeklappt hatte, stand jetzt schräg in die Luft und schlug hektisch weiter, der andere aber blieb regungslos, weshalb sich der Vogel wie ein Derwisch auf der Stelle zu drehen begann.

›Sie hat vor Schreck vergessen, daß sie Füße hat‹ – noch vor dem Einbruch seines Entsetzens, dachte Serkin diesen Satz, und er hatte ihn sogar ausgesprochen, vor allem, um wieder zu atmen, um den im Schreck angestauten Atem entweichen zu lassen: *vergessen, daß sie Füße hat.* Schon im nächsten Moment war er wie betäubt vom Anblick des Tiers. Als bettele sie inständig um irgendein lebensrettendes Futter, hatte sie ihren kurzen, goldenen Schnabel so weit wie möglich aufgerissen, gab aber keinen einzigen Laut von sich. Serkin starrte in den unfaßbaren, schwarzglänzenden Kreisel und flüsterte unentwegt »Entschuldigung, Entschuldigung, bitte Entschuldigung ...«.

Irgendwann ermattete der Vogel, seine Drehung verlangsamte sich. Seine Federn hatten eine fast kreisrunde Spur auf den Boden des Schulhofs geschrieben. Der abgespreizte Flügel winkte nur noch leicht, um Kopf und Brust zuckte es.

Lange hatte Serkin gezaudert; dann schob er langsam eine Hand unter den gefiederten Körper, mit der anderen versuchte er den abgespreizten Flügel anzulegen. Der Vogel schrie – fast hätte er ihn fallen lassen. Es war kein normaler Schrei, eher der Schrei eines Babys oder einer Katze. Serkin preßte den Vogel an die Brust – noch einmal war es ihm gelungen, seinen Schreck zu überwinden.

Auf dem Heimweg trug er die Amsel unter dem Anorak. Er ging am Bahndamm und hinter den Garagen entlang, wo er sicher sein konnte, keinem der anderen Jäger zu begegnen. Die Amsel bewegte sich unter der Jacke. Sie hakte ihren kurzen Schnabel in den Bund seiner Hose, und Serkin spürte ihre Füße, die sich an seinem Bauch abstützten.

Ein Haustier war undenkbar, das wußte Serkin. Die Vergangenheit seiner Familie war voller Tiere. Schweine, Rinder, Tauben, Schafe, Hasen, Ziegen – zum Füttern und Schlachten. Aber seit ein paar Jahren lebten sie in der Stadt, und damit war es, wie seine Mutter bei jeder Gelegenheit betonte, *endgültig vorbei mit dem Viehzeug*. Er würde nicht einmal Gelegenheit haben, seinen Wunsch vollständig auszusprechen. Zudem galt er als ein Kind, das, wie es von allen Seiten hieß, gerade eine *schwierige Phase* durchmachte.

Auffälligstes Merkmal dieser Phase war, daß er spontan Dinge tat, die falsch waren. Er tat sie, »ohne im mindesten darüber nachzudenken«, wie es sein Vater sehr ruhig zusammenfaßte, bevor er die Geduld verlor.

Vor einigen Wochen hatte Serkin die Bahnschranke am einzigen Bahnübergang ihres Ortes zerstört. Mit Beginn der Aufwärtsbewegung hatte er sich auf die Schranke geworfen; es war keine Mutprobe gewesen und keine Prahlerei, er hatte es allein, ohne Zuschauer und ohne Not getan – nur mittels angespannter Bauchmuskeln und wild balancierender Arme und Beine. Die Schranke schaffte es mit ihm bis auf halbe Höhe, dann riß der Seilzug – und ja, er hatte *nicht im mindesten* darüber nachgedacht, was geschehen wäre, wenn der Seilzug standgehalten hätte. Auch in der Schule ging es seit längerem bergab. Es gab Lehrerbesuche zur Abendbrotzeit, bei denen er vom Tisch aufstehen und in sein Zimmer gehen mußte. Später durfte er an den Tisch zurück, der dann bereits abgeräumt war. Nur sein eigener Teller mit zwei vorgeschmierten, exakt halbierten Mischbrotscheiben war übrig und trieb wie eine viel zu kleine Rettungsboje im Meer seines Ungenügens.

Im Wechsel erhielt er Fernsehverbot oder Stubenarrest, manchmal auch beides. Trotzdem verschwand ständig sein Sportzeug, und dreimal innerhalb des letzten Monats hatte er seinen Haustürschlüssel verloren. Lange hatte er darauf warten müssen, zum Schlüsselkind aufzusteigen, jetzt erwies er sich als nicht würdig.

Langsam begann Serkin zu verstehen, daß sich etwas

ändern mußte, *aber grundlegend!*, wie sein Vater es ausdrückte. Er begriff, daß er selbst ein anderer werden mußte, jemand, den seine Eltern, die Schule und der Schrankenwärter akzeptieren konnten. Daß er sich darum im Grunde schon seit Beginn seiner Schulzeit bemüht hatte, wurde ihm erst viel später bewußt. Erst später verstand Serkin, daß die Müdigkeit und Unkonzentriertheit, die ihm jedes Schulzeugnis schriftlich bescheinigte, unmittelbare Folgen dieser Anstrengung gewesen waren – die ganze Verstellung seiner Person hatte ihn einfach vollkommen erschöpft. Die Dinge, die er spontan und auf so unverständliche Weise falsch gemacht hatte, waren nur Notausgänge gewesen, kurze Momente des Luftholens vor dem erneuten Abtauchen in sein verändertes Dasein, zuerst als gutes Kind und dann immer weiter im Leben. Was blieb, war die Angst, entdeckt und bestraft zu werden: Sein Schuldgefühl wuchs, mit der Zeit wuchs es ihm über den Kopf, wie eine zweite Haut, in die er sich eingewöhnte, die ihn absorbierte und auf gewisse Weise unempfindlich machte, so daß er sich bald für nichts, was er tat, tatsächlich schuldig *fühlen* konnte.

Aber in diesem Moment hatte der Junge mit dem Vogel unter der Jacke andere Probleme. Er dachte daran, daß er, zu allem Überfluß, wieder zu spät nach Hause kommen würde. Zwar besaß er noch keine eigene Armbanduhr, aber seine Mutter sagte: Wozu hast du einen Mund?

Vornübergebeugt lief er die kurze, bröckelnde Asphaltstraße bis zum Hauseingang und schlich dann, so lautlos wie möglich, die Treppen bis zum dritten Stock hinauf.

Er nahm den Schlüssel aus seinem Versteck und öffnete den Elektroschrank. Der Elektroschrank war ein vom Boden bis zur Decke reichender Wandschrank rechts neben ihrer Wohnungstür, im Grunde ein von dünnen Zwischenböden unterbrochener Schacht, der sich vom Keller bis unter das Dach zog. Hier, im Halbdunkel, kamen die Kabel zusammen, die ihre Etage mit Strom versorgten, dazu die Verbindungen zwischen den Stockwerken, dicke, schwarzglänzende Bündel, von metallenen Spangen zusammengehalten, darüber die Sicherungskästen, die ihm Respekt einflößten. Etwas höher, knapp über seinem Kopf schwebten die beiden Drehstromzähler, zwei mattschwarze, aus der Wand vorgestreckte Zyklopenschädel, in deren weitgeöffnetem Wächterauge sich ein Rädchen drehte – auf dem Zähler ihres Nachbarn, der in jedem Moment auftauchen konnte, lagen ein paar durchgebrannte Sicherungen.

Vorsichtig kniete sich Serkin auf den Steinboden des Flurs und öffnete den Reißverschluß seiner Jacke. Die Amsel lag in seinem Schoß. Wenn sie jetzt ihren Kinderschrei ausstößt, dachte er – doch nichts geschah. Sie wußte, daß es darauf ankam. Bereits unterwegs, unter dem Anorak, war die Amsel zu einer Vertrauten geworden, einem Wesen, vor dem er sich nicht zu verstellen brauchte und das er schon jetzt besonders mochte. Er betrachtete den feinen goldenen Ring, von dem ihr Auge eingefaßt war, und sein Blick begegnete ihrem Blick, genauer gesagt, jenem mattbraunen Knopf mit einem schwarzen Punkt in der Mitte; tatsächlich ging kein Angeschautwerden von ihrem Auge aus. Es war, als sähe die Amsel nichts Bestimmtes oder als sähe sie alles –

alles, was ihn und *sie beide* betraf, und vielleicht auch das, was noch kommen würde.

Im Elektroschrank liefen die Geräusche des Hauses zusammen. An manchen Tagen hatte er hier heimlich gehockt und gelauscht, und jetzt hörte er seine Mutter. Er hörte das Schlagen von Geschirr, dann das dunkel rasselnde Rollgeräusch ihres Servierwagens auf dem Weg durch den Flur, unterbrochen von jenem Moment Stille, in dem der Wagen über die Schwelle in die Stube gehoben werden mußte. Es war Abendbrotzeit, und das hieß, daß er eine ganze Stunde zu spät kommen würde.

Mit beiden Händen, als schöpfe er Wasser, hob er die Amsel in den Schrank. Ihr Gefieder war glatt und etwas fettig. Sie konnte jetzt wieder stehen, was Serkin für ein Zeichen der Besserung hielt. Stolz flüsterte er ihr etwas zu wie: »Warte nur kurz, ganz kurz ...« Dabei dachte er an das Mischbrot im Brotfach, er dachte an Brotkrumen in Milch getunkt, die er heimlich, nachts vielleicht, wenn alle schliefen, in den Flur schmuggeln würde. Schon sah er sich alle kommenden Nächte mit der Taschenlampe vor dem Elektroschrank hocken, und er spürte etwas Warmes in der Brust, er fühlte eine kleine, heilige Freude in sich aufsteigen, fast ein Lebensretterglück. Leise tickerte das Relais für die Zeitschaltung, die das Flurlicht nach Ablauf von drei Minuten zum Erlöschen bringen würde.

Es war acht Tage später gewesen, schon sieben Uhr abends, als seine Mutter ihn aufforderte, die Hausordnung zu erledigen. Dabei ging es um das Fegen und Wischen der Treppe und auch des Kellergangs, was er nicht gern tat, was aber, wie seine Mutter es ausdrückte, zu seinen regelmäßigen Aufgaben im Haushalt gehörte.

Er öffnete den Elektroschrank und stellte das Relais für die Zeitschaltung aus. Das Tickern verstummte. Er dachte nichts weiter. Er wollte jetzt nur den Lappen in den Eimer tauchen, er seufzte, und indem er sich bückte, entdeckte er sie.

Sie stand aufrecht, gerade, noch immer auf dem kleinen Absatz am Boden des Schranks, beinah genauso, wie er sie vor über einer Woche abgesetzt hatte; im allerersten Moment glaubte Serkin, sie atme noch. Ihren Schnabel hatte die Amsel seitlich in den Kabelbaum geschoben und sich auf diese Weise aufrecht gehalten. Immer noch zeigte sie ihm, daß sie Füße hat und stehen kann. Er hatte nicht an sie gedacht. Er hatte sie von Anfang an und über alle acht Tage vollkommen vergessen.

Erst jetzt nahm Serkin den feinen Hauch von Verwesung wahr, der ihm aus dem Elektroschrank entgegenwehte. Der Blick des Vogels war ergraut, sein Auge wie mit einem feinen Pelz bedeckt. Vorsichtig zog er den Schnabel aus dem Kabelbaum und wickelte das Tier, das nur noch ein Flausch aus Luft zu sein schien, in den Wischlappen. Umständlich versuchte er dabei, den gebrochenen Flügel nicht zu berühren.

Er trug das Tier die Stufen nach unten, vom Lappen tropfte eine Spur. Er trug es in sein Versteck unter der Kellertreppe. Dort bewahrte er auch seine Kastanien auf, die gesammelte Beute, zu der in diesem Jahr noch nichts hinzugekommen war.

Er mußte sich strecken: Langsam tastend schob er die

nasse Amsel über die Kastanien, die den Boden des winzigen Raumes fast vollständig bedeckten, ganz nach hinten, in den äußersten Winkel, wo die Unterseite der Treppenschräge und der Kellerestrich aufeinandertrafen und es eine kleine, unsichtbare Öffnung ins Fundament gab.

Eine Weile blieb er so liegen, reglos unter der Treppe, auf den vertrockneten Kastanien der letzten Saison, die sich hart gegen seine Rippen preßten. Jemand kam die Treppe hinunter, mit links wie rechts betonten Schritten, ein Dröhnen, das anschwoll, dann schlug die Haustür ins Schloß. Nichts mehr, was seine Tränen halten konnte.

Statt zu verstummen, fiel die Amsel auf einen ihrer eigenen Basislaute zurück, ein Pfiff auf zwei Tönen, wie von einem Menschen gemacht, der am Zaun steht oder vorübergeht. Im Ausschnitt des Himmels, den das Kieferngewölbe über der Lichtung mit dem Haus, dem Garten und der Garage offenließ, erkannte Serkin das Sternbild, das er *seines* nannte oder früher so genannt hatte. Der Orion – schon das Wort hatte wunderbar geklungen. Er erinnerte sich an Situationen, in denen nichts passender gewesen war, als »Da, mein Lieblingssternbild!« zu rufen und im nächsten Moment, wenn der Blick zum Nachthimmel ging, eine Hand zu berühren oder rasch über eine Wange zu streichen. Serkin wunderte sich, wie hemmungslos er einmal vorgegangen war.

Mitten im Orion, scheinbar reglos, lautlos, stand eine rot und grün blinkende Linienmaschine in ihrer Warteschleife. Wie einen silbernen Fühler hielt sie den Lichtkegel ihrer Landescheinwerfer in die erste Dämmerung. Serkin war versteinert, und er spürte etwas von unschätzbarem Wert. Er dachte an den Bernstein aus *Ballantines*, an Kerstin, die schöne Riesin, und dann noch einmal an den Vogel im Elektroschrank. Er hätte jetzt gern ein paar Worte ins Dunkel gebrüllt, hinüber *zu ihr*, über die stinkende Lichtung mit den schwankenden Flecken: »Du bist gut!, gut!« oder einfach »Du Vieh!«. Aber nur solang er derart still und bewegungslos ausharrte, bestand die Möglichkeit, daß sie noch zwei oder drei Strophen mit ihm machte.

Der Stotterer

Es ist die Garage, und trotzdem wirkt der Wagen fremd im Raum. Wie ein riesiges, glattes Fossil, das man berühren möchte.

Was ich bis heute besitze: die Maulschlüssel, die Steckschlüssel, die Elektrodenbürste, die Zünduhr, den Abstandsmesser – mein gesamtes Werkzeug, mitgeschleppt durch die Zeit in einer Werkzeugkiste. Die Kiste steht neben dem Spind. Vom Haus aus sind es nicht mehr als zwanzig Meter bis hierher. Eine Weile stehe ich unbewegt im Halbdunkel und atme den Geruch von Metall und Benzin ein. Dann hocke ich mich vor die Kiste und greife mir irgend etwas heraus, zum Beispiel den Abstandsmesser. Seine verschiedenen Fühler, die man Zungen nennt, zwanzig Zungen, die sich ausklappen lassen. Mit der 0,4er-Zunge wurde der Abstand zwischen Anode und Kathode einer Zündkerze gemessen, man sagte *gefühlt*. Der Abstand stimmte, wenn die Zunge sich knapp zwischen die Elektroden schieben ließ, am besten war es, wenn sie noch ein wenig stockte dabei.

Wenn ich heute meinen Abstandsmesser (*Fühllehre* sagte man auch dazu, seltener *Fühlerlehre* oder *Spion*) zur Hand nehme, wenn seine noch immer etwas öligen Zungen wie von selbst aus dem Haltebügel fahren und einen

Fächer bilden, wenn ich das Metall der Zungen berühre, den Fächer öffne und schließe, kann es geschehen, daß ich zurückfinde in den Zustand der alten Andacht. Beim Zusammenklappen, wenn die Zungen wieder in den Bügel gleiten und aufeinandergepreßt werden, knirscht es leise – ein wundersames Geräusch, eine Erregung. Also klappe ich den Fächer noch einmal aus und dann wieder ein, nur viel langsamer und diesmal jede Zunge einzeln, langsam, und jede einzelne knirscht leise anders, ein und aus.

Manchmal bleibe ich hier; ich kauere mich auf das weiche, graue Polster der Rückbank und höre Radio. Das Licht im Armaturenbrett und die Stimmen aus dem Radio – was immer da draußen geschieht, denke ich, es hat nichts mit mir zu tun. Ich schiebe mir einen Arm unter den Kopf, ich liege eingerollt, die Knie angehockt, wie das Kind auf Reisen. Die Scheiben beschlagen, und was zu sehen ist, sind Bäume, Häuser, Telegraphenmasten, die vorüberziehen – das endlose Band, und über mir der weiße, kühle Himmel des *Shiguli*.

Es war im Sommer, die Ferien hatten noch nicht begonnen. Seit ich allein in die Garage ging (im Arbeitsanzug meines Vaters und auch in seinen Garagenschuhen – niemand konnte mich davon abbringen, das zu tun), verbrachten der Stotterer und ich die Nachmittage und ganze Sonntage (Garagensonntage) nebeneinander. »Dieser Sprachfehler«, wie mein Vater mir einmal erklärt hatte, »das ist, wenn du von Kindsbeinen an nicht richtig hören kannst, dann kannst du auch nicht richtig sprechen, verstehst du das?« Ich verstand, zweifellos mußte

der Stotterer beinahe taub sein, aber schon damals wußte ich, daß mein Vater sich irrte.

Der Stotterer – nicht nur mein Vater, alle in unserer
Garagenzeile nannten ihn so. Ich kann mich nicht erinnern, daß dabei Spott oder irgendeine Gehässigkeit
im Spiel gewesen wäre; der Stotterer, das war nur sein
Name. Seinen wirklichen Namen habe ich nie zu Ohren bekommen.

Ich sah in ihm einen Mann, der offensichtlich am liebsten allein war. Allein mit seinem weißen *Saporoshez*,
den er, wenn das Wetter es zuließ, auf dem Schotterplatz
vor der Garage parkte. Ab und zu umkreiste er den Wagen, er tänzelte etwas herum, einen Schritt vor, zwei zurück, und seine Hüfte machte einen kleinen Schwung,
wenn er mit der Hand über das Blech der Karosse fuhr,
nur andeutungsweise; dann konnte es sein, daß er plötzlich auf die Knie fiel und mit schief gelegtem Kopf in
die Finsternis eines Radkastens starrte, als hätte er dort
irgend etwas Seltenes, Überraschendes entdeckt. Oder
er warf sich der Länge nach auf den Schotter, um den
Unterboden seines Wagens zu betrachten. Dabei redete er unentwegt etwas vor sich hin in die Luft, halblaut,
in unverständlichen, aber erkennbar geschlossenen Sät-
zen.

Entweder hatte er mich vergessen, oder es machte ihm
nichts aus, wenn auch ich dort hockte, vor den Garagen.
In seinen Augen war mein SR 1 vermutlich ein lächer-
liches Gefährt. Für mich war es ein Moped, mein erstes
Moped, im Grunde ein Fahrrad mit Hilfsmotor, aber
einen Motor gab es, und also einen Vergaser, eine Zündkerze, einen Tank, eine gutgefettete Kette und Bremsen

mit Bowdenzügen. (*Bowdenzüge* – wie ich dieses Wort noch immer liebe, eigentlich müßte das doch genügen, *Bowdenzüge*, und alles wäre gesagt.) Mit Sicherheit war ich für den Stotterer noch immer nur der »Sohn von Manne«, wie er meinen Vater, dessen Vorname Manfred gewesen war, genannt hatte, ich war ein Kind, also niemand, der besondere Rücksicht verlangte, und niemand, von dem irgend etwas zu befürchten war.

Das unaufhörliche Geplapper des Stotterers schien eine Menge Fragen zu beinhalten, auf die kurze Pausen folgten, oder eine Entgegnung, die er wiederum selbst intonierte, nur in einer anderen Tonlage und Sprechweise – seinen Gesten und Bewegungen nach zu urteilen, war es der Wagen, der ihm geantwortet hatte und ihn manchmal auch zur Rede stellte. Passagen, die, so wie ich es verstand, zur Rede des Wagens gehörten, klangen überwiegend ängstlich, wenigstens unsicher, während in die Rede des Stotterers *als er selbst* ein vorwiegend begütigender, mahnender, ab und zu auch sanft verneinender Beiklang gemischt war – sein Tonfall schien besorgt und väterlich.

Vielleicht war es das, was mich zuerst in Bann geschlagen hatte. Aus der Entfernung (vier Garagen lagen zwischen uns) konnte ich kaum etwas klarer verstehen, und regelmäßig wurde seine Litanei überdröhnt von dem Gleis, das nur wenige Meter hinter den Garagen entlanglief. Kam ein Zug vorbei, wurde der Stotterer lauter, und am Ende brüllte er fast, als dürfe das Gespräch mit dem Wagen niemals abreißen oder als gäbe es gerade in diesem Moment noch viel zu sagen. Wenn er dann in seiner Anstrengung oder Selbstvergessenheit versäumte, die Stimme rechtzeitig wieder zu dämpfen, verstand ich ein paar Worte oder eine Wendung, etwas wie *Manioko-kio-kio* oder *Kawei-kaweiweso* … Aber genauer erinnere ich mich nicht, und schon damals wäre es mir schwergefallen, etwas von den Garagengesprächen des Stotterers und seiner Sprache wiederzugeben, obwohl ich darin ganze Geschichten hörte.

Endlose Male glitt mein Lappen über dieselbe Stelle eines glänzenden Schutzblechs, ohne daß ich es noch bemerkte. Ich folgte der auf- und abwogenden Melodie seiner Stimme, alles in allem eine ganz normale Stimme, aber es gab auch eigenartig hohe, silbrige Töne darin, geformt in jahrhundertelanger Isolation, fern jeder Zivilisation … Regungslos phantasierte ich in die fensterlose Tiefe der Garage, wo sich die Eingeborenen versammelten, um dem Palaver ihres Ältesten zu lauschen.

Der *Saporoshez* des Stotterers und der *Shiguli* meines Vaters – oft hatten nur diese beiden Fahrzeuge, nur *unsere Wagen*, wie wir sie nannten, auf dem Schotterplatz vor den Garagen gestanden, mit geöffneten Motorhauben und aufgeklappten Kofferräumen, in denen die Werkzeuge lagen, sauber aufgereiht, daneben ein Häufchen Schmutzlappen und daneben ein Häufchen *gute Lappen*, meist waren das Kleidungsstücke aus meiner Kindheit, die zu gleichmäßigen Stücken zerrissen oder geschnitten worden waren. Vieles erkannte ich wieder, ein altes Lieblingshemd, einen Pullover, jedesmal mußte ich mich überwinden, meine Hände daran abzuwischen; ich begriff das flaue Gefühl nicht, das mich dabei unweigerlich erfaßte.

Über Jahre waren mein Vater und ich an jedem Sonntag in die Garage gegangen. Oft läuteten gerade die Glocken, wenn wir auf unserem Weg den Berg hinunterkamen, um dann kurz vor den Mauern des ehemaligen Friedhofs abzubiegen und der Straße ins Elstertal zu folgen. Jeder hatte seine eigene Werkzeugkiste und jeder seine Arbeitsdecke. Immer war alles bereit für die sich endlos wiederholenden Pflegemaßnahmen, Rostschutzbehandlungen, Reparaturen, die endlose Inspektion, die immerwährende Durchsicht. Zu allem die Anweisungen meines Vaters, ruhig und kurz, und seine Anerkennung, wenn ich ihm begründen konnte, weshalb ich dieses oder jenes zu zerlegen, zu reinigen oder zu konservieren beabsichtigte, alles Dinge, die ich so ja nur von ihm gehört hatte und nun bereitwillig wiederholte. Mit der Zeit war das Sprechen immer weniger wichtig geworden, was blieb, war jene Form des andächtigen Tätigseins: Die Beschwörung benötigte vor allem etwas Werkzeug, etwas zum Abschrauben, Zerlegen und Zusammensetzen. Einzelne Worte und Wendungen hielten sich eine Zeitlang im Raum, kunstvoll gestreut, Verzierungen in der Stille des Geschehens, wie »na komm schon« oder »verdammt« oder »na bitte«. Und manchmal war mein Vater von seinem *Shiguli* hinübergeschlendert, jene vier Garagen weiter, und hatte mit seiner verölten Hand auf den Motorblock des *Saporoshez* geklopft. Alle anderen Mitglieder unserer *Garagengemeinschaft* hatten längst aufgegeben, die langwierigen und schwerverständlichen Erwiderungen des Stotterers abzuwarten – niemand sonst hielt das aus. Man grüßte lieber aus der Ferne, winkte, rasch und fast verärgert, als wollte man seine Erscheinung beiseite wischen.

Obwohl der Stotterer ausschließlich mit seinem *Saporoshez* beschäftigt schien, glaubte ich entdeckt zu haben, daß er mich ab und zu aus den Augenwinkeln beobachtete, daß er meine Arbeit verfolgte und prüfte, meine Handgriffe, meine Haltung, wie ich mit dem Werkzeug umging. Ich rutschte ab mit dem Maulschlüssel, ein jäher Schmerz, aber zuerst huschte mein Blick zu ihm hinüber. An jedem Tag rechnete ich damit: Daß er plötzlich herankäme, um etwas zu sagen oder es zu versuchen, etwas wie »Ungeschick verlaß mich nicht!« oder »Deine Zünduhr steht schief!« oder »Nimm doch einen dreizehner Ring, Junge!«. Aber das geschah nie.

Mit dem Abstandsmesser in der Hand schlurfe ich ein paar Schritte über den Estrich. Unweigerlich verzieht sich dabei mein Gesicht (die zusammengekniffenen Augen, die Lippen schmal und in die Mundwinkel gezogen), nicht anders als bei meinem Vater, sobald er eine kompliziertere Arbeit in Angriff genommen hatte; wahrscheinlich handelt es sich dabei um eine Art Reflex, eigenartig, aber vollkommen unwillkürlich. Ich schiebe meine Füße eine Runde um den Wagen herum, vorbei an den ausrangierten Kinderfahrrädern mit ihren überdimensionierten Gangschaltungen und verrosteten Speichen, vorbei an den Flaschen, Gartengeräten, Holzkohlesäcken, und stehe schließlich wieder vor meiner Kiste neben dem Spind. Ich gehe gern so, natürlich nur, wenn niemand dabei ist. Es ist das angenehm Heruntergekommene dieser Bewegung, das mir guttut. Beim Gehen hebe

ich etwas die Arme, ich gehe mit auf und ab schlagenden Armen, wie ein zu schwerer Vogel. Dabei fächele
ich mir etwas Luft unter die Achseln, denn im Sommer
ist es heiß hier. Ich schlurfe zwei oder drei Runden,
und irgendwann bin ich wirklich allein, abwesend von
allem, was vorn geschieht, vorn im Haus, auf der Straße
oder sonstwo *vorn* auf der Welt.

Beim ersten Mal war es ein Zufall gewesen. Ich war
schon zu spät und wollte nach Hause, ich sah den Stotterer vor mir am Berg, eng um seine Schultern die Gara-
genjacke, ein braunes, an den Ellbogen schwarz geriebe-
nes Wildleder. Es hatte bereits zu dämmern begonnen,
das Laternenlicht glomm an. Fast war ich auf seiner
Höhe, zögerte aber noch, ihn zu überholen; ich wußte,
daß ich dann nicht umhinkommen würde, ihn zu grüßen, nachdem wir den halben Nachmittag stumm nebeneinander *gearbeitet* hatten, jeder vor seiner Garage.
Womöglich würde er seine Schritte beschleunigen, um
sich für den Rest des Weges anzuschließen ... Nein, unvorstellbar, das würde sicher nicht geschehen, überlegte
ich, aber wenigstens war es nötig, im Vorübergehen ein
Wort zu wechseln, zumindest einen Gruß, um die Pein-
lichkeit, in die uns mein Überholmanöver unweigerlich
bringen mußte, zu überbrücken. Im nächsten Moment
wurde mir klar, daß gerade das unmöglich war. Unmöglich konnte ich dem Stotterer im Vorbeiziehen etwas
zurufen und dabei doch wissen, daß für ihn nicht die ge-
ringste Chance bestand, auf die Kürze meiner Passage
eine irgendwie entsprechende Entgegnung über die Lippen zu bringen.

Ratlos war ich hinter ihm geblieben, in seinem Rükken, auf seinen Fersen. Ich hatte den Rauch seiner Zigarette eingeatmet, mich umfing ein Geruch von Tabak, Schweiß und Verlassenheit – ich atmete, ich füllte meine Lungen, und ein seltsam wohliges Gefühl kehrte ein.

So hatte es angefangen.

Dazu das Gleichmaß seines Gehens, seine Gestalt und die Wärme, die sein Wildlederrücken abzustrahlen schien, als pulsierte ein warmer, dunkler Fleck zwischen seinen Schulterblättern, der sich bei näherem Hinsehen als Schriftzug entpuppte, nichts Fremdes, nicht die unverständlichen Mandalas der Eingeborenen, nur etwas wie *Hier entlang*, und *Alles gut* ...

Ich sah, wie er sich entfernte:

Seine groben Nagelschuhe mit dem eingearbeiteten Metallstück an den Kuppen, die Größe seines sich in den Hüften unmerklich wiegenden Körpers, das Geräusch, wenn er die Sohlen über die von den Wurzeln der Kastanien aufgebuckelten Stellen des Gehwegs zog, als wolle er gewaltsam irgend etwas abstreifen.

Ich blickte ihm nach und blieb zurück.

Ich holte auf, ich kam näher. Ich hatte jenes angenehme, beinah wollüstige Ziehen in den Knien, das sich einstellt, wenn man nah an einem Abgrund geht.

Er war nicht viel größer, dabei weitaus kräftiger als ich, vermutlich hat er einmal geboxt, dachte ich, hatte er nicht die Figur eines Boxers, und ich dachte an die breite, vom Steg an verschobene Nase, die in meiner kindlichen Vorstellung mit seinem Gestotter und dem stumpfen Blond seiner Locken, die ihm kreuz und quer auf der Stirn klebten, eine logische Einheit bildete. Nicht selten

hatte ich eine Art Abscheu, manchmal fast Ekel empfunden, wenn der Stotterer nah bei uns, am Eingang unserer Garage gestanden und versucht hatte zu reden, teilzunehmen am endlosen und alles umfassenden Gespräch
über Ersatzteile und Zubehör; all diese Dinge, von denen nichts jemals ausreichend vorhanden war, meist
war es gar nicht vorhanden.
Alles beruhigte sich, während ich hinter ihm ging.
Ich beruhigte mich.
Deutlich sah ich seinen Nacken, das sich kräuselnde
Haar. Seit Wochen hatte ich mich gehalten, ich hatte
mich nicht beschwert und niemanden beschuldigt, jetzt
aber begann ich Luft zu schöpfen. Ich füllte meine Lungen, der Rauch seiner F6 brannte mir in den Augen,
und schon auf halber Strecke flossen die Tränen und
dann für den ganzen Rest des Wegs.

Vom Fenster meines Zimmers aus konnte ich sehen,
wo der Stotterer wohnte; am Abend verfolgte ich seinen Umriß hinter den Übergardinen. Zwei Fenster im
unteren Block, zweiter Stock, das waren Küche und
Schlafzimmer, das Wohnzimmer ging zur anderen Seite
hinaus. Ich hatte keine Vorstellung vom Alltag eines
Menschen, der, wie ich es empfand, endgültig aus der
Gemeinschaft gefallen war. Ich malte mir ein paar Dinge aus, aber weit kam ich nicht damit. Ich stellte mir
vor, wie er etwas einkaufte für sich. Und wie er allein
beim Essen saß und vor sich hin kaute.
Es hieß, der Stotterer sei Maurer von Beruf, arbeite aber
in einer Konservenfabrik. Im Grunde wußte ich nichts
von ihm, nur, was er mit seinem Auto anstellte und was

er rauchte. Ich selbst hatte noch nie geraucht. Ein einziger, sehr früher Anlauf in der Außentoilette unserer Schule: Zuerst die Angst vor der Hofaufsicht (»Wer hat heute Dienst? Gotthardt oder Kriebitsch? Ich glaube Kriebitsch ...«), dann das vollkommen überhastete Inden-Mund-Stopfen der Zigarette, fast hatte ich sie verschluckt. Das Zigarettenpapier war sofort bis zur Hälfte durchnäßt gewesen, schließlich der mißglückte Versuch, sie zu entzünden – ich hatte noch nicht verstanden, daß man dabei *ziehen*, saugen, durch das gelbe, befestigte Ende dieses Stäbchens einatmen mußte.

Eine Weile stand ich so, mir war kalt. Jede Nacht blieb das Fenster einen Spaltbreit geöffnet und eingehakt. Eines der schönsten Nachtgeräusche: das dumpfe Anrucken des Hakens in der Öse bei Wind; die Öse war mit Bindfaden umwunden, »damit du besser schlafen kannst«, so hatte es mir mein Vater begründet. Oft war es längst über die Schlafenszeit hinaus, wenn ich auf Posten stand und zurückblickte in mein Zimmer, das mir jetzt fremd vorkam, und dann wieder hinunter zur Höhle des Stotterers. Die grün leuchtenden Zeiger meines Weckers, sein scharfes, metallisches Ticken, der ganze Raum, die ganze Nacht war ein Uhrwerk, und die Zeiger, ungelenk und spitz, wie das Geläuf frisch geborener Tiere stakten sie herum in der Finsternis, sie stakten durch den Fluß über den Bahndamm, durch die Straßen, und ab und zu erwischten sie ein schlafendes, ein im Schlaf ganz ruhig vor sich hin pochendes Herz und stachen hinein, zufällig, ohne Absicht, mitten im Schritt ... Ein Frösteln legte sich auf meine Oberarme, ich berührte mein Geschlecht und war abwesend. Ich starrte nach draußen, ich hörte das Fispeln der Birke, die Jahr für Jahr ein Stück weiter heranrückte. Ich hörte die Stimmen aus den Türeingängen, dann Stille und das Dunkel über den Wäscheplätzen mit ihren für den folgenden Waschtag vorgespannten Wäscheleinen, und dann noch einmal die Stimmen: ein Aufschreien, kurz, ein Lachen, wie verzweifelt, wie erschossen ... Es gab ein paar Mädchen, die ich mir vorstellte dabei, denen ich zutraute, um diese Stunde noch auf der Straße zu sein.

Die Zigarette hielt er in der Linken, zwischen Zeige- und Mittelfinger. Am Anfang seines Wegs war sie gerade nach unten, auf den Boden gerichtet. Im Vor-zurück-Schwung seiner Hand bewegte sie sich jedoch noch einmal ein wenig für sich, wie ein kleiner, kreiselnder Zauberstab, der immer wieder dieselbe magische Figur beschrieb.
Ich richtete es ein, daß ich bereit war, wenn er sein Werkzeug einsammelte und sich auf den Heimweg machte – möglichst leise, wie im Verbot, verschloß ich das schwere Garagentor, ich zog es über Kopf aus seiner Halterung, fing es auf und ließ es langsam bis zum Boden gleiten. Inzwischen war jeder meiner Handgriffe in der Garage Teil eines Prologs, und das dunkle, angenehme Rollgeräusch, mit dem mir das Stahltor auf seinen gutgefetteten Schienen entgegenkam, war die stille Fanfare, mit der mein Heimweg im Schatten des Stotterers begann.
Die ersten Male hatte ich mich einfach mitziehen lassen.

Ich hatte Witterung aufgenommen; ich folgte seiner Fährte.

Sein Gehen war gleichmäßig, massiv, als sei er selbst von seinem Schicksal unberührt, fast war es ein Marschieren. Jedenfalls folgte seine Zigarettenhand mit einem kurzen, festen Schwung dem Schritt, vor-zurück, vor-zurück. Auf diese Weise war es nicht schwer, mit einer einzigen Zigarette den ganzen Ort zu durchqueren, von den Garagen am Bahndamm bis zu den Neubaublöcken auf dem Berg, wo wir wohnten.

Es konnte sein, daß der mit seinem Atem frisch ausgestoßene Dunst mir direkt ins Gesicht schlug, ein bläulich-dichter Schwaden seines Atems noch im selben Moment bei mir anlangte, mich umnebelte und begierig von mir aufgeschnappt und eingesogen wurde, sein Ausatmen also beinah in eins fiel mit meinem Einatmen; ein Glücksfall, bei dem mir von der Bitternis des Rauchs übel werden konnte.

Von Anfang an spürte ich die Sucht oder das, was ich dafür hielt. Eingepaßt in die Schablone seines Gehens und halb betäubt von meinem ständigen Bemühen zu inhalieren, benötigte ich keine eigene Identität. Ich war in seinen Dunst gehüllt, geborgen in seiner leeren, bitteren Sprechblase. Erstmals empfand ich das gute Gleichmaß der Verlassenheit. Das Gehen, die Schritte, die Wildlederjacke. Ich war nur ein Tender, ohne eigenen Antrieb, ein kleines Schiff, das im Kielwasser eines größeren trieb. Wie etwas Kostbares schloß ich seinen Atem in mich ein.

Nach zwei oder drei Wochen änderte sich etwas. Meine Tränen blieben aus; ich gewöhnte mich an den Rauch der F6, und ich hatte gelernt, im richtigen Moment die Augen blitzschnell zu Schlitzen zu verengen oder auch für einen Moment geschlossen zu halten. Inzwischen bereitete es mir keinerlei Mühe mehr, meine Schritte seinem Tempo anzugleichen. Hier und da brach ich ein wenig aus, um einen Fetzen seines Qualms besser abzufangen. Ein möglichst geräuschloser Ausfall, dann das Strecken, das Fischen, der weit geöffnete Mund, meine immerwährende Bereitschaft, einzuatmen, im richtigen Moment nichts als *Luft zu schöpfen.*

Gleichgültig und wie in gutgemessenen Abständen, führte der Stotterer die Zigarette an seine Lippen, doch dann gab es die verschiedensten Arten des Ausatmens und damit der Rauchverteilung, der Wolkenbildung. Senkte er seinen Kopf auf die Brust und stieß den Rauch vor sich hin, zerstäubte der Schwaden, und nur ein paar dünne Schlieren, im Grunde unbrauchbare Reste, kamen bei mir an. Am besten war es, wenn er den Kopf hob und den Rauch langsam ausblies. Auf diese Weise entstand ein dichtes, blaues Band, das ich fast ohne Verluste in mich einfließen lassen konnte. Es kam aber auch vor, daß er den Qualm einfach aus sich heraussickern ließ, offenbar ohne zu atmen, wie ein antriebsloser Quellgrund, dessen Umgebung langsam, aber sicher versumpfte. Dann blieb sein Schädel in eine dichte Wolke gehüllt, die im Weitergehen unschlüssig um ihn herumwaberte und unter den frisch angesprungenen Laternen zu einem diffusen Heiligenschein erleuchtet wurde.

Mal kam ich ihm sehr nah – ich hätte meine Wange auf seine Wildlederschulter legen können –, dann ließ ich mich wieder zurückfallen. Ich hatte Rücksicht zu nehmen auf andere Fußgänger, und ich mußte darauf achten, daß mein Schatten ihm nicht vor die Füße fiel. Und auch den Weg selbst mußte ich im Auge behalten: An manchen Stellen fehlte ein Stück Pflasterung, oder eine Gehwegplatte stand in die Luft, und überall gab es Platten, die wippten und ein schmatzendes oder schlagendes Geräusch machten, wenn das Gewicht eines Schrittes auf sie fiel. Manchmal suchte ich die Deckung eines Baums am Weg, oder ich trat momentlang in einen Hauseingang.

Wenn er stehenblieb, blieb auch ich stehen. Und ich ging weiter, wenn er weiterging. Einmal hatte der Stotterer sich urplötzlich umgewandt. Geistesgegenwärtig wirbelte auch ich herum und machte schnell ein paar Schritte in die entgegengesetzte Richtung. Ich war vollkommen sicher, unentdeckt geblieben zu sein.

Der kalte, saure Dunst zog mir die Schleimhäute zusammen und machte sie trocken. Ich schob meine Zunge langsam über die Schneidezähne und verstärkte so den Geschmack. Manchmal mußte ich husten; ich versuchte, den Reiz hinunterzuwürgen, ich schluckte, ich preßte die Hand vor den Mund, ließ mich zurückfallen, und wenn es nicht anders ging, stieß ich irgendeine Haustür auf am Weg und brüllte hustend in den Treppenflur – alles mit einem Mal heraus, ein ohrenbetäubendes Gedröhn, ein Aufschrei, ein Gelächter, schallend, steigend, eine einzige Befreiung, und schon zwei Sekunden später pirschte ich mich wieder heran an das Wildledertier.

In Abständen rollte der Stotterer heftig seine Schultern unter der Jacke. Vielleicht war das ein Spleen, ein Tic, aber auf Dauer glich es mehr einem einfachen Zucken, das er nicht im Zaum halten konnte. Manchmal zog er seinen breiten Daumen langsam, fast zärtlich über das Ende des Filters, was ein anhaltendes Vibrieren an der Spitze seines Stäbchens bewirkte. Zugleich kümmerte er sich nicht besonders darum – die Asche krümelte gegen sein Hosenbein, und es kam vor, daß mir etwas davon vor die Brust flog oder in die Augen stäubte. »Wie gut die Zigarette ist, erkennst du immer an der Asche«, hatte mein Vater einmal zum Stotterer gesagt, und der Stotterer hatte geantwortet: »... ...« – Unmöglich, es hier wiederzugeben.

Auf der Mitte des Berges, etwa auf Höhe des Altstoffhandels, änderte sich die Richtung seiner Zigarette. Der kleine Zauberstab, der inzwischen an Länge eingebüßt hatte, deutete nicht mehr auf das Pflaster des Gehwegs, sondern nach außen, auf die maroden, in meiner Erinnerung wie ausgestorbenen Häuser und Hauseingänge – und als löste sich damit etwas in ihm, bekam sein Gang etwas Schlenderndes. Aber das war nur eine Täuschung, der Eindruck des Schlenderns ging allein von der veränderten Haltung seiner Zigarette aus.

Ich behielt meine Angst. Doch selbst die Gefahr, entdeckt zu werden, tat mir gut, der Übermut, die Verrücktheit, die beinah unmittelbar auf die Beruhigung gefolgt war, die sein Wildlederrücken auf mich abgestrahlt hatte und weiterhin abstrahlte.

Inzwischen war ich sicher, daß meine Anhänglichkeit einer verhängnisvollen Sucht entsprang, die bei dieser Gelegenheit erstmals zutage getreten war. Wahrscheinlich war es das, wovor die Hofaufsicht, wovor Kriebitsch und Gotthardt gewarnt hatten. Zugleich spürte ich Stolz: Die Sucht bewies, daß ich, trotz allem, erwachsen wurde. Sie war das Zeichen einer neuen Reife. Auf meinem Weg von der Garage nach Hause entfernte ich mich auf unumkehrbare Weise von dem, was mein bisheriges Leben ausgemacht hatte. Ich betrat einen leeren, erinnerungslosen Raum und kam gut darin voran, Schritt für Schritt und, gewissermaßen, Zug um Zug. Je tiefer ich einatmete, um so entschlossener fühlte ich mich. Im Rücken des Stotterers hatte ich den guten, bitteren Vorgeschmack einer künftigen Zeit auf der Zunge. Und mehr: In dem Gewölk aus blauglänzenden Luftmolekülen, in deren Obhut ich mich begeben hatte, oszillierten winzige Momente von Verheißung – ich richtete mich auf, ich ging gerade, die Häuser links und rechts blieben zurück, die Bäume, der ganze schäbige Vorort, mit dem ich jetzt kaum noch etwas zu tun hatte – mein Herz wurde weit. Ich war unterwegs, *ein Mann*, der vorankam, und federnd rollte ich über die leeren Spitzen meiner Garagenschuhe.

Zuallererst ist es immer dieses Bild, dem ich bis heute folge: Wie der Stotterer die Zigarettenhand ein paar Schritte lang ganz ruhig vor dem Bauch behielt, eine Haltung, von der ich annahm, daß sie mit irgendeiner Erwägung, einem Nachdenken verbunden war, vielleicht mit der Bemühung, einen Satz zu bilden, ohne zu stocken, eine Übung im stillen. Und dann der Moment, in dem er die Hand wie einen Stein, wie irgend etwas Fremdes oder etwas, das er für immer aufgegeben hat, wieder zur Seite fallen ließ.

Ich schlurfe herum und lausche: das Geräusch der Zeit, Schritt für Schritt, die endlose Inspektion, die immerwährende Durchsicht. Von dem, was mich damals bewegte, drang wenig nach außen. Im Alter von vierzehn war ich die Verborgenheit selbst. Andererseits ahnte ich bereits, wie grotesk alles war. An jedem Freitagabend erkannte ich etwas davon wieder: Verfolger und Verfolgter, Hintermann und Vordermann, ein Witzbild, eine Stummfilmkomödie: Buster Keaton, Charlie Chaplin, Oliver Hardy ... Jeden Freitagabend nach dem Baden (Freitag war Badetag) und vor dem Abendbrot hatte ich das mit meinem Vater gesehen; Laurel und Hardy, eine halbe Stunde, die wir uns ausschütteten vor Lachen und auf die Armlehnen unserer Sessel schlugen vor Vergnügen, während meine Mutter nicht verstand, was uns derart aus der Fassung bringen konnte, und wenn ich die Filme heute sehe, weiß ich es auch nicht mehr. Ich war ein Kind, frisch gebadet, und es war Freitag, der schönste Abend in der Woche. Aber jetzt stehe ich hier, in meiner Garage hinter dem Haus; ich nehme einen siebzehner Maul und sage »Stellen Sie sich vor ...«, oder ich schwenke den größten Schraubendreher über dem Kopf und rufe »Das glaubst du nicht ...«, während die Dinge ihren Gang gehen, vorn im Haus und vorn auf der Straße und sonstwo vorn in der Welt.

Anfang August 1981 überschwemmte ein Hochwasser der Elster die Garagen. Die halbe Nacht hatte sich das Wasser am Bahndamm gestaut, dann war es durchgebrochen. Am nächsten Morgen ging ich zum Fluß oder zu dem, was aus dem Fluß geworden war. Ich stellte mich zu den Männern der Garagengemeinschaft, die schon seit Stunden am Ufer auszuharren schienen, gestützt auf ihre Schaufeln und Spaten und gebannt vom Anblick des Unglücks. Gegen Mittag begann der Pegel zu sinken. Wie ein riesiges schwarzglänzendes Floß lag das Dach der Garagenzeile im Wasser. Dahinter die Kronen einiger junger Birken, die sich ab und zu ein wenig bogen in der Strömung.

In voller Montur, wie man es später erzählte ... Der Stotterer war einfach losgegangen. Seine ersten Schritte hatte niemand bemerkt. Erst als er schon bis über die Hüfte in der braunen, strudelnden Wassermasse stand, hatte man ihn gerufen, aber vielleicht nützte das nichts, man wußte nie, wieviel er überhaupt noch hören konnte. Einer der Männer wollte ihm nachstürzen, aber die anderen hielten ihn zurück, denn in diesem Moment hatte die Strömung den Stotterer bereits erfaßt.

In voller Montur ... Erstaunlich war, wie gut der bereits Abgetriebene (sein wehrloser Schädel zwischen anderem Treibgut) gegen das Wasser anstand, wie er es schaffte, sich wieder heranzukämpfen, und schließlich das Geländer der Fahrzeugrampe am Ende der Garagenzeile zu packen bekam. Eine Weile hielt er sich dort, und einige am Ufer riefen schon »Bravo!«, und ein paar Lacher gab es auch, während der Stotterer selbst etwas brüllte, mehr zu den versunkenen Garagen als zu uns hin, etwas wie »Zunder-Ihr-Hunde!« und dann etwas wie »Kawei-kawei!«, immer wieder, aber verstanden hatte das keiner genau. Nur, daß es in einem einzigen Zug gesprochen worden war, darüber waren sich später alle einig gewesen; und manche behaupteten, daß es das erste Mal überhaupt gewesen sei, daß sie den Stotterer hätten fließend sprechen hören.

Inzwischen waren die Oberkanten der Garagentore sichtbar geworden, und das Wasser schien weiter zu sinken. Einem Felskletterer gleich klammerte sich der Stotterer in ihre grauen U-förmigen Stahlprofile und zog sich daran gegen die Strömung, die halbe Garagenzeile entlang, bis er zu tauchen begann. Wie ein Wunder hob sich das Schwenktor seiner Garage aus dem Wasser – im Grunde unmöglich, »unvorstellbar«, wie man es später erzählte, »vollkommen sinnlos ...«. Das Tor jedenfalls stand schräg und nur knapp über seinem Scheitel, es hatte sich nicht vollständig ausschwenken lassen, wahrscheinlich wegen des Schlamms oder irgendwelchen Treibguts, und der Stotterer war gerade unter dem Tor, als er plötzlich mit dem Hinterkopf dagegen zu hämmern begann. »Ein dumpfes, unheimliches Getrommel war das inmitten des braun schäumenden, vor sich hin strudelnden Flusses, der jetzt ein seltsames Geräusch von sich gab, es war, als hätte jemand unter Wasser die Motoren der Wagen angelassen, und wir haben dagestanden, und niemand konnte etwas tun. Der Krampf ließ ihn lange nicht los, aber vielleicht empfand er bereits nichts mehr, sein Gesicht war vollkommen leer.« – So erzählte ich es. Später. Nicht, daß ich in die Knie gegangen und einfach weggesackt war, daß ich *ganz unverhältnismäßig* reagiert hatte, wie G., der Vorsitzende der Garagengemeinschaft, es meiner Mutter gegenüber ausdrückte, als die Männer mich nach Hause brachten.

Ein paar Tage lag ich mit Fieber im Bett. Der Regen hatte aufgehört, es wurde heiß, und ein Geruch von Verwesung füllte das Tal, der bald auch zu uns hinauf, bis zwischen die Neubauten wehte.

Meine Mutter berichtete mir von den Aufräumarbeiten. Als der Schlamm, eine zähe, fasrige Masse, beiseite geschaufelt und alle Tore endlich geöffnet waren, hatte man die Fahrzeuge verdreht und verkantet wiedergefunden. Zuerst stellten die abgeschabten Dächer der Wagen ein Rätsel dar, aber bald hatte man dafür eine Erklärung: die Luftblasen in den Fahrgastkabinen (man sagte es so) hatten die Karosserien gegen die Betondecke der Garagen gedrückt. Daß ihre Autos *geschwommen*, daß sie, wie große, ungeduldige Tiere gegen Wände und Decken gestoßen waren, beschäftigte die Garagenmänner. Sie diskutierten noch eine Weile darüber, über den Auftrieb, die Strömung, den physikalischen Effekt; eine Art Hochstimmung setzte ein und hielt an über all die Wochen, während deren die Männer mehr als jemals zuvor in Anspruch genommen waren vom Zerlegen, Säubern und Einölen, der endlosen Inspektion, der immerwährenden Durchsicht ...

Den Stotterer fand man erst Tage später. Die Strömung hatte ihn in eines der verstopften Rohre unter dem Bahndamm gezogen.

Wind kam auf, und das Rucken des Fensterhakens in der Öse wiegte mich in den Schlaf. Das erste Mal hatte ich jenen Traum, den ich bis heute träume: Es ist gefährlich, trotzdem bin ich unachtsam. Ich stolpere über eine der von den Baumwurzeln aufgebuckelten Wellen im Gehweg und stürze in seinen Rücken. Mit einer nicht enden wollenden Drehung wendet der Stotterer sich um, er wächst und wächst und übersteigt mich am Ende um einige Meter. Ohnmächtig vor Angst bitte ich zu ihm hinauf: Ich würde immer auf seiner Seite sein, ich hätte doch schon immer bei seinen Truppen gestanden, als einziger schon immer *für ihn* gekämpft ... Das Monster lächelt. Ja, wir sind Brüder. Und gut, dann solle ich es also umarmen. Ich bin linkisch, voller Angst, und ohne zu wissen, wie ich etwas umarmen soll, dessen Knie sich auf Höhe meines Kopfes befinden, mache ich einen vollkommen überhasteten Schritt auf das Wesen zu, das aus dem Stotterer geworden ist, und trete ihm dabei auf die Füße – zierliche, gläserne Krallen, von denen die kleinste sofort zerbricht. Dem Schrei nach zu urteilen, muß der Schmerz ganz unglaublich sein.

Ich erwachte, schweißgebadet, und wieder sah ich seinen Wildlederrücken: Nur wenige Tage zuvor, betäubt von unserem Gehen, Atmen und den herben Schwaden seiner F6, war ich tatsächlich auf ihn aufgelaufen. Blitzschnell, als hätte er nichts anderes erwartet, hatte sich der Stotterer umgewandt; er packte meinen Kragen, ließ aber plötzlich wieder ab. Offensichtlich wollte er gern etwas sagen: Seine Lippen spannten sich, das breite Gesicht, eine Ader, vorspringend und blau über der Stirn.

Auch ich war sprachlos. Noch nie hatte mir der Stotterer so nah vor Augen gestanden, sein von irgendeinem tonlosen Wort halb geöffneter Mund, das Schlucken, sein Kehlkopf, der auf und ab ging, als müsse er einen Ausgang finden, die vom Tabak geschwärzten Zähne ... Ich bückte mich, rasch, um dem Stotterer die Zigarette, die ihm bei unserem Zusammenstoß aus der Hand gefallen und ein Stück über den Gehweg gerollt war, zurückzugeben; es war das, was mir am dringendsten erschien in diesem hilflosen Moment. Er selbst hatte den Verlust wohl noch nicht bemerkt. Mehr als verlegen, mit gerötetem Gesicht starrte ich zu Boden und dann auf seine Zigarette – die Maserung seiner öligen Finger auf dem Papier, ein Schimmer von Feuchte am Filter. Noch immer wollte der Stotterer mir etwas sagen. Etwas, von dem in endloser Folge nur das dumpfe, stokkende Anrucken eines »U« oder »O« zu ahnen war. Zehn, fünfzehn Sekunden standen wir so, vielleicht waren es sogar Minuten.

Heute wünsche ich mir oft, ich hätte ausgehalten – bis zum Wort; ich hätte die Geduld, genauer gesagt, den Mut dazu gehabt, um so mehr, da der Stotterer das Atemholen in seinem Schweif schon lange, längst bemerkt haben mußte ...

Unter ein paar zu Boden gemurmelten Floskeln war ich davongestürzt, fast gerannt, und erst ein ganzes Stück weiter, schon kurz vor unserem Haus, entdeckte ich die Zigarette oder das, was davon übrig war, in meiner Hand – noch einmal erschrak ich; ich sah mich um und machte einen schnellen, aber endlos tiefen, wunderbar tiefen Zug.

Erst heute, wenn ich meine Runden schlurfe durch den hereingefahrenen Dreck, durch die zerknitterten Parkscheine und das Laub, das es im letzten und vorletzten und die vorvorigen Herbste hereingeweht hat, gelingt es mir endlich, stehenzubleiben. Dann, nach einer

Weile, höre ich das Wort. Aber es ist immer ein anderes, also nie das richtige, nicht das *wahre* – das Wort, um das der Stotterer gerungen, jenes, das er *für mich* auf der Zunge gehabt hatte, von dem ich nun für alle Zeit allein das dumpfe, stockende Anrucken eines »U« oder »O« in den Ohren trage.

Bevor ich wieder nach vorn muß ins Haus, lege ich den Abstandsmesser zurück in die Werkzeugkiste. Ich ziehe das Päckchen, das hier immer auf mich wartet, aus seinem Versteck hinter dem Feuerlöscher und zünde mir eine Zigarette an. Ich betrachte die kleine, pulsierende Glut und ihren Widerschein auf dem Lack der Motorhaube. Ich stelle mir vor, daß er das Wort ausgesprochen hat – *für sich allein*. Nachdem ich davongestürzt und verschwunden war, hat er es ausgesprochen, ohne zu stocken, immer wieder. Und dann hat er seine Zigarette vermißt.

Der Badgang

Ein Werk! Wie tat man ein Werk?
Thomas Mann

Die Hand tastete zur Lampe neben dem Bett, C. war
erschöpft, hatte aber trotzdem, wie an jedem Abend,
ein paar Seiten gelesen, eigentlich nur herumgeblättert,
auf brauchbare Stellen überflogen, als ihm einfiel, daß
er vergessen hatte, seinen Badgang zu machen.
Jetzt lag er da, halb aufgestützt und schon umstellt von
seiner Müdigkeit. Eines der Dachfenster war geöffnet.
Er starrte in den großen, kaum erleuchteten Schlafraum,
die leichte Brandung der Autobahn über dem Wald, das
Rauschen der Kiefern, die beiden Stämme, die sich aneinander rieben. Irgendwo da draußen gab es Spanten,
Masten, einen Hafen, dämmerte C. – und so hätte er
in den Schlaf segeln können.
Am Ende siegte die Angst. Sollte er den alltäglichsten
Dingen nicht mehr nachkommen, und zu diesen zählte
das Waschen und das Putzen der Zähne am Abend (seit
seiner Kindheit hieß das *der Badgang*, jedesmal vor dem
Schlafen hatte seine Mutter ihn gefragt: Hast du den
Badgang gemacht?) wäre es nicht mehr sehr weit bis
zur Niederlage, zur Gesamtniederlage. Aber noch hielt
er sich; er wollte noch etwas, viel sogar.
Daß der Badgang zu den Bedingungen seines Werks
gehören sollte, war absurd, zwanghaft, das wußte er,
aber was nützte ihm das? Seit Monaten kam er nicht

152

voran, im Gegenteil, er hatte das Gefühl, abzudriften, langsam, aber sicher an Boden zu verlieren. »Ich bin die lockere Erdscholle am Rand eines schäumenden Flusses, am äußersten Ufersaum ...«, sollte er sich das notieren? Er konnte alles schaffen, wenn er wollte, wirklich wollte, das fühlte er. Oder fühlte er es nicht mehr?

Er griff in das Moskitonetz, das schlapp über dem Bett hing, um den Ausgang freizulegen, was sich, wie so oft, als schwierig erwies. Erst sortierte er lange und mit einiger Vorsicht das Netz zur einen, dann zur anderen Seite, fand aber kein Ende. Sich darüber aufzuregen würde bedeuten, nachher nicht einschlafen zu können, dachte er, also blieb er geduldig. Aber das Netz (das elendige) war undankbar; selbst dieser billige Fetzen war gegen ihn, wollte ihn hindern, fesseln, »E-len-des!« hörte C. sich rufen, dann war Schluß. Er packte die Gaze und riß daran, sofort wurde ein Ausgang sichtbar, er schnellte empor, mit einem einzigen Ruck ...

Schon oft in seinem Leben hatte C. sich den Kopf gestoßen, zwei oder drei Mal auch an der Kante über seinem Bett, aber nie war ein Schlag derart heftig gewesen, das wußte er sofort. Augenblicklich war er zu Boden gegangen. Ein erstes, pulsierendes Feuer riß ihm den Mund auf; das Feuer fand schnell einen Rhythmus und verwandelte sich in ein gezieltes Stechen, das sein Innerstes abtasten wollte. Bei jedem neuen Anlauf umrundete das Stechen zunächst den Knochenbogen seiner Augenhöhlen und setzte seine Erkundung dann an der Innenwölbung seiner Schädeldecke fort. Er versuchte zu atmen, er versuchte Geräusche gegen den Schmerz zu machen, ein Schnaufen, ein Knurren ... und verlor das Bewußtsein.

Er sah seine Mutter, die sich über ihn beugte, um ihm gute Nacht zu sagen, aber dann erkannte er, daß er gar nicht gemeint war, ja, daß er gar nicht recht vorhanden war. Seine Mutter wollte nur ihr Gesicht ins Kissen drücken, sie stöhnte zufrieden und rieb die Wange am Bettbezug, und er störte dabei überhaupt nicht, er war ohne festen Umriß.

Als er wieder zu sich kam, am Boden, auf Knie und Ellbogen gestützt, senkte er seine Stirn vorsichtig auf das, wie ihm schien, eiskalte Laminat: Ich bin allein im Haus, allein, allein – doch das Gefühl, das dieser Gedanke verbreiten wollte, erreichte ihn nicht. Es war, als hätte er nicht selbst gedacht, nur grob über den Wortlaut eines Gedankens hinweggeschaut, genauso, wie er am Abend vor dem Schlafen in seinen Aufzeichnungen las, obwohl er dafür längst zu müde war, zu erschöpft.

Das Stechen blieb, aber es vertiefte sich nicht. Es hatte jetzt weniger mit ihm selbst zu tun. Etwas anderes, überraschend Angenehmes, strömte in ihn ein, eine unbeschreibliche Erleichterung, die ihn bald vollkommen ausfüllte. Auch seiner auf den Kopf gepreßten Hand tat sie gut. »Scheiße Scheiße Scheiße«, flüsterte er zum Laminat und schloß die Augen; noch einmal verlor er das Bewußtsein.

... Lamalpuh, Lamalpuh! Puh puh ...

An seinem Kopf zitterte etwas, und es rauschte in seinen Ohren.

»Pusten, laß mal pusten ...«, tönte es noch einmal, es

war eine Art Gesang. Er kam aus dem Wasser, aus dem Fluß, an dessen Ufer die Erdscholle noch immer versuchte, sich zu halten.

»Ihr falschen Sirenen!« stöhnte C. zu den Stromschnellen hinüber, wo die Gesichter wie helle, höhnische Steine in der Strömung lagen.

Aber er brauchte den Trost. Ich brauche den Trost unbedingt, dachte C., und wenn ich ihn habe, dann – kann ich alles schaffen. Wütend schlug er mit der flachen Hand ins Wasser, das ihm in die Augen spritzte, und wie erschrocken stockte der Fluß. *Heile, heile Segen . . .*

Das Zittern an seiner Stirn verebbte. Es war nur ein Güterzug gewesen, nur ein Güterzug ist vorübergefahren, dachte C., einer dieser schweren, endlosen Nachttransporte, mit Kohle, Erz und Abraum – der Trost war unentbehrlich.

Als er die Augen wieder öffnete, sah er, daß sich eine kleine dunkelrote Pfütze um seinen Kopf gebildet hatte. Noch immer wagte er nicht, seine Hand zu bewegen; krampfhaft hielt er sie auf die Stelle des Aufpralls gepreßt und undenkbar war, sie jemals wieder davon zu lösen. Das Weiche, Flüssige, das langsam zwischen seinen Fingern hervorsickerte, war angenehm; ein geschmeidiger, etwas fettiger Stoff, ein warmer Faden im Gesicht. Nicht einmal ansatzweise hatte ihn das übliche Erschrecken gepackt; im Gegenteil, die ganze Zeit über hockte er einfach da, am Boden – im Grunde vollkommen ruhig. Und er war bereit, noch weiter nachzugeben. Behutsam rollte er seine Stirn auf dem Laminat, und ein leise schmatzendes Geräusch entstand.

Tatsächlich war er seit Jahren nicht in der Lage gewesen abzulassen, eine Atempause einzulegen – *irgend etwas Schönes*, einen Ausflug, eine Reise, wie es ihm A. oft geraten hatte. Sie hatte Vorschläge gemacht, und anfangs war er darauf eingegangen, er hatte teilgenommen am Schönen, die Berge, das Meer, Triest, Trévignon, sogar Amerika. Aber nie war es ihm wirklich gelungen, sich zu entfernen. Und vielleicht war es gerade das, was einen Fortgang seiner Arbeit verhinderte, daß er niemals die Möglichkeit hatte, von irgendwoher zurückzukehren und, wie es hieß, *frisch ans Werk* zu gehen. »Meine ganze Verfaßtheit, Verfassung, ich meine Verfasserschaft ...« – er wollte es A. gern erklären, beichten, ihr Vertrauen gewinnen, verstieg sich dabei aber schnell in eine wirre, unzugängliche Rede voller halbseidener Sätze und mangelhafter Wendungen, von denen er sich bald nur wieder selbst in Bedrängnis gebracht sah; im Glücksfall gelang es ihm abzubrechen und zu verstummen, aber nicht selten übermannte ihn das Gefühl seines Unvermögens; dann endete alles in einem regelrechten Wutausbruch, dem A. sich anfangs staunend ausgeliefert und schließlich entzogen hatte. Es war unmöglich. Das Dickicht seiner verstockten, in sich stockenden Verfasserschaft hatte ihn überwuchert, hatte sich ausgewachsen zu einem imaginären Verhau, aus dem er nicht mehr herauskam. Es ist eine Schmach – öfter dachte er diesen veralteten Ausdruck; es war, als ob er aufgrund eines unlösbaren Pakts die Verfasserschaft auf sich genommen und ihr das Werk versprochen hatte ... Und jetzt drang diese Verfasserschaft (oder das, was er noch immer dafür halten mußte) auf ihn ein, sie hatte begonnen, von ihm zu zehren, ihm beim Wort *zu nehmen*, und sie tat es, immer wieder, beim Wort, aber es war nicht genug, nichts genügte.

»Essen fassen! Essen verfassen!«

Das mußte vom Wasser gekommen sein, von den höhnischen Sirenen, die offenbar noch immer nicht verstanden hatten, was jetzt unbedingt nötig war.

»Essen fassen, Essen verfassen!«

Ein- oder zweimal leckte C. sich die Lippen. Der warme Faden – er schmeckte nach nichts. Und er hatte auch keinen Hunger.

»Elende Sirenen!«

C. entspannte sich und ließ es zu, daß von der Pfütze rund um seinen Kopf eine Zunge der Neigung des Fußbodens folgte. Ich darf nicht immer so ungeduldig sein, dachte er. Aus dem Augenwinkel sah er Stuhl- und Tischbeine, Staubflusen, verlassenes Gebiet; er sah, wie die Zunge sich zur Treppe hin dehnte, ein dunkler, schimmernder Finger, der länger und länger wurde und ihm den Weg aufzeigte.

Schritt für Schritt, dachte C., noch einmal alles wie früher, frühmorgens, noch unter dem Nebel ... Das Werk war in den Kronen der Kiefern gewesen, dampfend, glänzend, frei, oder abends auf dem Gehweg, im Licht der vorübertosenden Züge; er war gegangen und hatte geträumt, nur Schritte und ihr Geräusch, so war es doch einmal am Anfang, ganz am Anfang gewesen.

Vielleicht nur zwei, vielleicht zwanzig Minuten – er hätte nicht sagen können, wie lange er so am Boden gekauert hatte, als das Stechen zurückkehrte und der Schmerz ihn in den Arm nehmen und niederdrücken wollte. Er öffnete den Mund: *Heile, heile Segen* ... wieder war es mehr ein Schnaufen, ein Knurren, sehr leise, vorsichtig, denn jede kleinste Bewegung zerrte an den Rändern seiner Wunde, *morgen gibt es Regen* ... Eine kurze, vollkommene Stille trat ein. Dann hörte er das Lied. Es war ein guter ferner Maschinenton, ein Brummen aus der Tiefe der Maschine, das sich auf alle Teile seines Rumpfes übertrug, es summte rund um die Wunde und aus ihr heraus und trieb ihn voran:

> *Heile, heile Segen*
> *Morgen gibt es Regen*
> *Übermorgen Schnee*
> *Dann tut's schon nicht mehr weh* ...

Auf Knien und Ellbogen schaffte er es bis zu dem Stuhl, wo er vor dem Zubettgehen seine Sachen abgelegt hatte; mit der freien Hand zog er das Unterhemd von der Lehne. Einen Moment hielt er inne, dann löste er endlich die klebrigen, verkrusteten Finger aus seinem Haar; hastig preßte er statt ihrer das Unterhemd auf die Wunde. Er hoffte, zunächst bis zur Treppe und dann bis ins Bad zu kommen. Irgendwo da unten, unter Deck, zwischen Mauern aus Wasser, saß jetzt der Trost und arbeitete für ihn: *erst Regen, dann Schnee, dann nicht mehr weh* ...

Als er sich aufgestemmt hatte, schien alles sehr ruhig, sehr klar um ihn herum. Alles war wohlgeordnet. Die Dinge traten deutlicher als sonst hervor, als hätten sie an Körperlichkeit gewonnen oder als hätte der Schlag gegen die Dachkante seine Augen geschärft. Stückchenweise erfaßte er die Strecke. Das Tönen aus der Maschine, die unnachgiebige Arbeit des Trosts, schaffte ein Unentschieden gegen die Arbeit des Stechens in seinem Kopf. »Uiii, uii, uiii . . .«, murmelte er, jeder Schritt, so vorsichtig er die Füße auch setzte, stieß gegen seine Schädeldecke.

Am Treppengeländer ließ C. sich gleiten, er versuchte, aus dem Schmerz herauszugleiten: morgen Regen, übermorgen Schnee. In seinem Rücken baumelte das Unterhemd, es war feucht und streifte seine kalten Schultern. Nicht ich, warum ich, nur ein Darsteller, der zufällig in diese Wohnung geraten . . . Der Darsteller suchte im Medizinschrank über der Toilette nach einer Kompresse, er hatte offenbar Zeit, es gab genug Zeit für diese Szene, und seine Handbewegungen waren sehr ruhig. Er mußte seinen Kopf nur ganz aufrecht, ganz gerade halten. Nichts brachte er durcheinander. Er fand die sterile Verpackung, riß sie langsam mit den Zähnen auf, warf das blutgetränkte Unterhemd in die Dusche und drückte die Kompresse auf die Wunde. Schnell war sie durchnäßt, also griff er zur nächsten und nächsten und unter dieser kam das Bluten zum Stillstand. Er war sehr zufrieden; er stand vor dem Spiegel und betrachtete sein Bild. Sein Mund war offen.

Und langsam kam er wieder zu Sinnen. Das blutverschmierte Gesicht, die verklebten Haare, die Kompresse – ein dunkelroter Punkt lag im Zentrum einer hellroten Insel. C. wußte, daß der Mull der Kompresse in diesem Moment eins wurde mit der Wunde, der Mull nahm das Blut auf, leitete es weiter und brachte das Fließen in seinen Fäden zum Stillstand. Der erste vernünftige Gedanke, flüsterte C. und beobachtete die vorsichtigen Bewegungen seiner Lippen. Morgen und übermorgen, das waren zwei Tage, nicht mehr. Draußen fuhr ein Auto vorüber, sehr schnell, das Donnern der Reifen auf dem Pflaster, der Nachhall; er mochte dieses Vorbei-Geräusch, er spürte es jetzt auch auf seinem Kopf, ein feines Vibrieren, das langsam verstummte. Für einen Moment hatte C. ein Bild von den Menschen im Wagen. Ein Mann, eine Frau und ein Kind auf der Rückbank. Heile-heile-Gesichter, Segen-Gesichter, dachte C.

Er holte einen Waschlappen aus dem Schrank und begann sich das Rot aus dem Gesicht zu wischen und, so gut es ging (fast ohne Berührung), aus den Haaren zu streichen. Indem er sich Stirn und Wangen rieb, sehr behutsam und bedauernd, kam er auch selbst wieder ans Licht – die Szene ging langsam zu Ende.

Er nahm ein Handtuch, kroch damit die Treppe hinauf und zurück unter das halb heruntergefetzte Moskitonetz, breitete das Handtuch über sein Kissen, und erst jetzt, bevor er einschlief, spürte er den Schock. Als wehte eine leichte, frostige Starre durch alle seine Knochen; er dachte an das Werk. Oder war es das Werk, das an ihn dachte. Was das betraf, hatte C. ein gutes Gefühl.

Tage später, als man ihn endlich fand, auf allen vieren und noch immer mit der Stirn auf dem Laminat, inmitten eines schwarz schimmernden Flecks, hatte er sehr klein ausgesehen, klein wie ein Hund.

Schachtrilogie

Das letzte Mal

Es war am 20. November 1976, ich war dreizehn Jahre alt und hatte meinen Vater das erste Mal im Schach besiegt. Es war das letzte Mal, daß wir miteinander spielten.

Der Sieg war ein Triumph, der mich noch lange wach hielt in dieser Nacht, aber ich mußte sehr ruhig liegen dabei, weil meine Pritsche bei jeder Bewegung entsetzlich knarrte oder quietschte mit ihren angerosteten Federn. Ich versuchte, mir einzelne Spielzüge in Erinnerung zu rufen, was sich als schwierig erwies und meinen Verdacht bestärkte, daß mein Erfolg ein Zufall gewesen war. Nicht selten hatte ich den Eindruck, daß mir die Dinge nur zufällig gelangen und ich die damit verbundene Anerkennung im Grunde nicht verdiente. Mein Leichtsinn (beständige Sorge meiner Eltern) war es, der den Zufall lockte, der ihn, wie ich wußte, geradezu heraufbeschwor.

Aber das wirkliche Leben war ernst, langsam begann ich das zu begreifen, und bald entwickelte ich mich zu einem Meister der Verstellung. War das Glück wieder einmal auf meiner Seite gewesen, aber nur als notwendige oder erwartbare Fortsetzung des Ablaufs erschie-

161

nen, fühlte ich eine unsichtbare Hand auf meiner Schulter, die mich ermahnte und schweigen ließ. Vor dem angespannten Gesicht meines Vaters zum Beispiel, vor seinem schweren Ausatmen und dem bedächtigen Einsammeln der wenigen auf dem Spielfeld zurückgebliebenen Figuren (das letzte Mal, daß er die Figuren vor meinen Augen einsammelte), wäre es absolut unmöglich gewesen, von etwas wie Glück oder Zufall zu schwadronieren. Beängstigend blieb, wie dünn das Eis war, auf dem ich mich, wie mir schien, von Tag zu Tag weiter hinausbewegte.

Im Schnaudertal, einer etwas heruntergekommenen Gegend zwischen Zeitz und Meuselwitz, hatten meine Eltern günstig einen Garten erworben. In diesem Garten gab es ein paar uralte Obstbäume, denen nach und nach die Äste herunterbrachen. Dazu Brombeeren, Himbeeren, Stachelbeeren, allerhand zähes, überaltertes Gesträuch, das den verfaulten Zaun in sich aufgenommen hatte und die Grenzen des Grundstücks unsichtbar machte. Es gab einen Werkzeugschuppen, daneben ein sogenanntes Plumpsklo und eine Steinhütte, die manchmal auch *die Laube* genannt wurde. Die Laube hatte einen kleinen, hölzernen Vorbau, der nach vorn und an den Seiten verglast war (man hatte einfach ein paar ausgediente Fenster aneinandergefügt), was ihr das Aussehen einer Kommandobrücke oder wenigstens der Steuerkabine eines Kutters verlieh, der in diesem Moment aus dem Berg ausfuhr, über den sich unser Garten erstreckte. Der einzige Raum dieser Hütte oder Laube faßte wie abgemessen die Metallgestelle unserer drei Campingliegen, auf denen wir schliefen.

Ich lag vorn an der Tür, dann mein Vater in der Mitte und meine Mutter ganz hinten, an der Wand. Meist schlief sie schon, während wir noch spielten, mit einem handtellergroßen Steckschachspiel, das aus der Kindheit meines Vaters stammte; er hatte es gewonnen, als Preis bei irgendeinem Turnier. Im unsteten Licht einer Stabtaschenlampe, die auf seinem Kopfkissen lag – nie war es sicher, daß ihre Batterien bis zum Ende der Partie durchhalten würden –, begannen die Schatten der winzigen Holzfiguren zu pulsieren, ihre Umrisse wurden lebendig; mal zerstreuten sie sich ins Unsichtbare, mal gerieten sie übereinander und vermengten sich, dann plötzlich wurden sie wieder scharf und standen ihren Figuren bei, ernsthaft und dunkel, wie es sich für einen Schatten gehörte.

Unter den Hohlbetondielen, aus denen das Oberdeck unseres Kutters gebaut war, lag eine Art Keller, ein von Feuchtigkeit triefendes Loch, in dem die Vorpächterin ihre Äpfel gelagert hatte. Von diesem Vorrat war, wie sich bei einer ersten Besichtigung herausstellte (entdeckt hatten wir das Kellerloch erst nach einigen Wochen), eine schwarze, vergorene Masse geblieben, ein mumifizierter Haufen Ontario, der Hauptfrucht unseres Gartens. Das vermoderte Obst hatten wir längst hinausgeschafft, mein Vater hatte angeordnet, Tücher vor Mund und Nase zu binden, um den aufstäubenden Schimmel, der die schwarzen Haufen wie mit einem fein glänzenden, fasrigen Schnee bedeckte, nicht einzuatmen, wenn wir die Kisten über Kopf aus dem Kellerloch ins Freie stemmten; eine Treppe gab es nicht. Die leergekratzten Stiegen, vollgesogen mit dem fauligen Sud des Ontarios,

kehrten in den Keller zurück, und wie so oft hörte ich
die unbestimmt, aber stark in unsere Zukunft deutende
Geschichte vom Irgendwann-noch-mal-gebrauchen-Kön-
nen. Unsere Baumwollschlafsäcke mit ihrem phantasti-
schen, großblumigen Muster, die winzigen Kissen und
die Stoffbahnen der Pritschen waren bald vollkommen
durchdrungen von dem Dunst, der unablässig aus dem
Bauch unseres Kutters aufstieg, Ergebnis einer sich im
Holz der Stiegen und im Gemäuer des Kellers fortsetzen-
den Verwesung. Ich war nicht empfindlich. Und Zustän-
de, die innerhalb unserer Familie nicht bezweifelt wurden, betrachtete auch ich als normal – noch war es so.
Sicher hatte ich mich flüchtig gefragt, ob wir nicht, während wir schliefen (oder spielten), nach und nach selbst
untilgbar mit diesem süßsäuerlichen Ontariogeruch ver-
schmelzen müßten; aber das war alles viel weniger wichtig als das Spiel, das Schachbrett und die Lampe. Schach
war schließlich das einzige Spiel, das mein Vater mit mir
spielte. Und Hauptsache war, wir spielten.
Vielmehr sorgte ich mich also um die Leuchtkraft unserer Lampe und rätselte, warum sie solchen Schwankungen unterlag. Wie ein magisches Auge zog ihr trübes,
zerschrammtes Lampenglas, hinter dem, halb vergraben
und wie verloren am Grund eines schon rissigen, an den
Rändern geschwärzten Reflektors, die kleine, tiefgelb
leuchtende Glühbirne saß, meinen Blick an. Ihr winziger Glühfaden führte ein Eigenleben – je länger ich ihn
betrachtete, um so stärker schien er sich zu biegen und
zu zittern und blendete derart, daß er mir, wenn ich
mich wieder dem Spiel zugewandt hatte, noch lange auf
der Netzhaut herumgeisterte und schließlich den Stein,

164

den ich ziehen wollte, markierte. Wenn ich dann zog, verschmolz der Lichtwurm mit der Figur – ein Bauer, ein Turm, eine Dame, die für den Moment meines Spielzugs wie erleuchtet war.

Schwarz oder Weiß. Die Figuren waren aufgesteckt. Der Kutter fuhr aus. Ein paar Züge genügten, und alles ringsum, außerhalb unseres Spiels im Taschenlampenlicht, verschwamm, fiel zurück, die Wände der Hütte, meine leise schnarchende Mutter auf ihrer Liege, der Garten, das Tal, die Geräusche der Braunkohlebagger, die bei Ostwind herüberwehten – alles trieb ab ins Wesenlose. Während wir uns hielten, zwei letzte Spieler, die letzten in dieser endlosen Nacht, gemeinsam zwischen dem Pol der Lampe und dem Spiel, dabei jeder für sich, zurückgebeugt und allein in seinem Dunkel, aber doch *zusammen*, zusammen unterwegs durch die Leere, die sich um den Rand unserer Pritschen oder noch enger, um unsere eigene Gestalt, ballte – so jedenfalls empfand ich es. Das Schachspiel in der Steinhütte, in der Laube, auf dem Kutter durchs Schnaudertal, es bedeutete eine Umschließung, eine Nähe, die nur mich und meinen Vater enthielt.
Einmal stießen über dem Spielbrett unsere Hände zusammen. Ich hatte geträumt, war erwacht und meinte am Zug zu sein. Ich entschuldigte mich sofort. Mehr wurde nicht gesprochen. Nicht nur, weil es üblich war, beim Schach den Mund zu halten; das Sprechen ging in der Regel von meiner Mutter aus. In ihrer Abwesenheit gab es selten etwas zu sagen.
Das Knarren seiner Campingliege – entweder es bedeu-

tete nichts oder, daß meine Bedenkzeit abgelaufen war. Anhaltend: das dünne Pfeifen, wenn der Wind durch die Fensterfugen der Brücke fuhr. Es war dasselbe feine Pfeifen, das die weiten Sprünge der Sprungfedermenschen begleitet hatte, wenn sie aufgetaucht waren aus ihren unterirdischen Quartieren und über die Hügel und Wasserlöcher der Tagebaue angeflogen kamen ... Im Thüringisch meines Vaters waren sie mir als *Huppmännel* oder *Hupfmännel* überliefert worden; lebensbedrohliche Gestalten, die sich mittels riesiger Spiralfedern an ihren Stiefeln fortbewegten, dabei mehrere Meter hoch und weit durch die Luft sausten und Bahndämme, Lastwagen und die Absperrungen der Polizei übersprangen – sie waren es, die man in den Nachkriegsjahren verantwortlich gemacht hatte, wenn ein Laden ausgeraubt oder eine junge Frau tot am Straßenrand aufgefunden worden war ... Nicht selten, so erzählte es mein Vater, sei zu hören gewesen, es handele sich dabei um versprengte Einheiten der SS, die im Untergrund wieder zusammengefunden und sich neu organisiert hätten, eine Legende, wie er meinte, um Verbrechen der Besatzer zu vertuschen ...

Zur Besonderheit unserer Spielbeleuchtung trug bei, daß die doch auffällig große Stabtaschenlampe (vier große Rundbatterien in einem starken, fast halbmeterlangen Metallrohr) ursprünglich nicht uns gehört hatte. Neben ein paar Werkzeugen, einer Holzbank, einem Holztisch und einigem Haushaltsgerät war sie Teil des Inventars gewesen, das meine Eltern für den Preis von 34 Mark bei der Pacht des Grundstücks übernommen hatten.

Die Vorbesitzerin der Lampe war, wie es hieß, durch einen *bösen Unfall*, ums Leben gekommen. Andernfalls hätte man uns vielleicht noch um vieles länger auf eines der begehrten Wochenendgrundstücke warten lassen; entsprechende Wartelisten gab es überall, wobei die Plazierungen (wir begannen mit Platz 42 oder 43) ständig wechseln konnten und Verschiebungen unterlagen, deren Beweggründe unklar blieben.

Meine Mutter und mein Vater, die beide vom Land kamen, jung in die Stadt geflüchtet waren und nun doch wieder ein Stück *zurück ins Grüne* wollten, bemühten sich sehr. Ein paar freiwillige Arbeitseinsätze zur Pflege der Gartenanlage, bei der man sich um Aufnahme beworben hatte, konnten den, der sich als kundig erwies im Umgang mit Hecken und Bäumen, immer ein paar Listenplätze voranbringen, so jedenfalls sagten sie es sich öfter, wenn wir nachmittags in unserer Stadtwohnung beim Kaffee saßen und Pläne schmiedeten. Auch, daß man sich dabei in einem wie zufällig und ungezwungen zustande kommenden Gespräch mit einzelnen Mitgliedern des Vorstands (jede Gartenanlage hatte einen solchen Vorstand, der die Liste der Bewerber überwachte und über die Gartenvergabe entschied) in Erinnerung brachte, möglichst namentlich, schien erfolgversprechend.

Meine Mutter übernahm das Kommando und nutzte ihre Fähigkeiten. Blitzschnell hatte sie die Mitglieder des Vorstands der »Kleingartenanlage Schnaudertal« identifiziert, ihre Eigenarten herausgefunden und eine entsprechende Gesprächsstrategie entwickelt. Mal sprach sie mit *dem Lehrer*, mal mit *dem Doktor* und sogar mit *dem Elektrischen* – sie hatte sich angewöhnt, die Vorstandsmitglieder nach ihren Berufen zu sortieren. Das ermöglichte ihr eine leichtere Zuordnung in unseren Gesprächen, die in dieser Zeit oft, andauernd und mehr oder weniger hochgestimmt (je nach aktuellem Listenplatz) um die Möglichkeit eines eigenen Gartens kreisten. Trotzdem tat sich jahrelang nichts Entscheidendes. Im Gegenteil, mit jeder Nachfrage fand sich unsere Bewerbung (zwischenzeitlich hatten wir einmal auf Platz drei gelegen und darüber bereits gejubelt) auf einem schlechteren Listenplatz. Meine Mutter zog daraus den Schluß, daß es besser war, den Vorstand nicht zu häufig um Auskunft anzugehen. Wann, wie oft und in welchen Abständen es mutmaßlich günstig sei für diese Nachfragen, auf die man doch nicht ganz verzichten konnte, wenn man die Sache ernsthaft betrieb, entwickelte sich zu einem nahezu unerschöpflichen Gesprächsthema, das irgendwann, um meinen dreizehnten Geburtstag herum, schlagartig abgesetzt wurde. Meine Mutter hatte das Schnaudertal aufgegeben. Wenig später kam der Bescheid: Platz 1.

Über den bösen Unfall unserer Vorpächterin und, wie gesagt, Vorbesitzerin der Stabtaschenlampe, kursierten innerhalb der Gartenanlage einige seltsame Gerüchte. Diesen Gerüchten hing ich nach, wenn ich meinen nächsten Spielzug hätte bedenken sollen und in den Reflektor starrte. Das Auge der Lampe wurde fremd dabei. Es beobachtete uns. Es leuchtete aus dem Jenseits der Vorpächterin. Und seine Schwankungen, die plötzliche Helligkeit, dann wieder dunkler und dunkler, dann aber doch nicht verlöschend, erschienen mir immer wie Kommentare zu unserem Spiel, vielleicht sogar zu jenen, oft abstrusen Dingen, die ich gerade gedacht, von denen ich in diesem Moment geträumt hatte … Manchmal fragte ich mich, ob mein Vater es bewußt vermied, über die doch augenfällige Eigenart unserer Lampe eine Bemerkung zu machen.

Unter seiner Pritsche, am Kopfende, hatte mein Vater eine kleine Axt deponiert. Ihr Zweck war klar, und auch darüber (eventuelle Gefahren und ihre Bekämpfung) mußte nicht gesprochen werden. Neben der Axt lag das Schachbuch, eine *Schachfibel*. Sie war in eine braune, abwaschbare Pappe gebunden und trug den Stempel einer Schulbibliothek. Ich kann mich nicht erinnern, daß wir die Fibel irgendwann einmal benutzt hätten.

Den ganzen Tag über hatten wir an unserem Erdloch gearbeitet. Mit der Hand schachteten wir die Kellergrube für einen neuen, großzügigen Bungalow aus – im Grunde war es ein Haus. Der eigene Garten und der eigene Bungalow – damit verbanden sich unsere Zukunftsträume. Neunzehnhundertsechsundsiebzig.

An diesem Tag waren wir auf eine Lehmschicht gestoßen, die uns zwang, vom Spaten zur Spitzhacke überzugehen. Es war das erste Mal, daß ich mit einer Spitzhacke arbeitete. Ich war sehr stolz darauf, ich streckte mich und holte unnötig weit aus, ich war ein Titan – ohne Erfahrung. Auf ihrem Flug entwickelte das Blatt der Hacke seinen ureigenen Willen; es geriet ins Schlingern und scherte aus. Wie Bremsscheiben glühten die Innenflächen meiner Hände bei dem Versuch, die Lust zur Rotation, die in dem Hackenstiel plötzlich ausgebrochen war, zu stoppen. Zentimeter neben meinem Fuß

raste das Blatt mit der Spitze in den Lehm: Ich erschrak,
war aber schon wieder mit der Hacke in der Luft. Ich
war genau in jenem Alter, in dem ein Erschrecken nichts
bewirken muß. Wichtiger war, im Rhythmus zu bleiben, ein Titan zu sein, mit aller verfügbaren Kraft.
Die mit den Lehmbrocken gefüllte Schubkarre mußte
auf einem schmalen Gang bergab aus der Gartenanlage
hinausgefahren werden; das Ganze war eine Tortur, die
Monate in Anspruch nahm, Wochenende für Wochenende. An jedem Sonntagvormittag gegen 11 Uhr kam
ein Rollstuhlfahrer durch den Gang, und wir mußten
warten, bis er passiert hatte. Mir schien, daß er dabei
absichtlich langsamer fuhr. Der Mann war noch im
Sitzen groß genug, um über die Zäune in die Gärten zu
blicken; vom Garten her sah es oft so aus, als wandere
ein großer Kopf auf den Spitzen der Zaunlatten entlang,
und deshalb nannten wir ihn *den Kopf*. Der Kopf schaute lange, grüßte aber nie. Erst später erfuhren wir, daß
es sich um den ehemaligen Eigentümer des Landes handelte. Während der Bodenreform hatte man den Besitz
in über hundert Parzellen zerstückelt und an die Dörfler
des Schnaudertals vergeben. Es hieß, der Kopf sei sich
sicher, daß er eines Tages alles zurückerhalten und uns
dann vertreiben würde.
Mal war ich die Spitzhacke, mal mein Vater. Mal war er
die Karre, dann wieder ich. Hunderte Male den feuchten Weg hinunter bis an den Abhang zur Schnauder, diesem fast unsichtbaren Rinnsal, wo wir unseren Aushub
abkippten. Es war das erste Mal, daß ich längere Strek-
ken mit einer Schubkarre zurücklegte, die Füße gegen
den Berg gestemmt, die Brust voraus, das Becken steif,

die Wirbelsäule durchgedrückt, den Körper im ganzen aber leicht nach hinten gespannt und immer auf der Suche nach einem guten Rhythmus für die Last, die an den Armen abwärts zerrte.

Eintritt ins Bauwesen, Eintritt in die Arbeiterschaft: Von unserem Bungalowbau ausgehend entschied sich die Wahl meines Berufs. Vorsorglich. Und immerhin schien es doch so, als hätte ich Freude am Spaten, an der Hacke, am Anrühren von Beton mit der Hand. Ich hatte weit ausgeholt, und weit über Kopf, im stolzen Schwung mit der Hacke endete, im Grunde unbemerkt, meine Kindheit.

Abends lagen wir erschöpft in unserer Hütte und hörten noch etwas Radio im Dunkeln, oder wir spielten Schach.

Wie frisch lackiert glänzten die Steine im Lampenlicht. Meine Muskulatur war verspannt, noch immer summten die Schläge der Spitzhacke in meinen Knochen, und mir zitterten die Hände, wenn ich versuchte, einen der winzigen Steine zu setzen, das heißt, ihn mit einem gezielten Griff zweier Fingerspitzen aus dem engen Quadrat zu pflücken und den millimeterbreiten Stift am Fuß der Figur wieder ins Brett zu stecken.

Vor allem dieses Bild sehe ich heute vor mir: Das Gesicht meines Vaters, wenn er sich etwas vorbeugte, um einen Zug zu machen. Für jeden Zug erschien sein Gesicht im trüben Lichtkegel der Stabtaschenlampe, dann verschwand es wieder im Dunkeln, und von Mal zu Mal blieb es länger dort zurück. Ich war bemüht, mich auf das Spiel zu konzentrieren. Ich hörte den Gang seines

Atems und versuchte, das leise Knarren seiner Campingliege zu deuten: Ich war am Zug. Und gewann.

Der 20. November – warum ich das Datum wissen kann:
Am frühen Samstagmorgen auf der Fahrt von Gera ins
Schnaudertal hatten wir, wie immer, Bayerischen Rundfunk gehört. Eine Meldung besagte, daß noch soundso-
viel weitere Schriftsteller den Protest gegen die Ausbür-
gerung eines Liedermachers, dessen Namen ich noch
nie gehört hatte und auch sofort wieder vergaß, unter-
zeichnet hätten – eine Nachricht, die uns nicht weiter
kümmerte, mich aber für einen sich in der Zeit verkap-
selnden Moment berührte wie eine Stimme aus einem
benachbarten, aber vollkommen fremden Raum, eine
Irritation am Rande mit der Botschaft, daß es da draußen, jenseits des Schnaudertals noch eine andere Welt
gab, mit Liedermachern, Schriftstellern, Bestrafungen
und Protesten, eine ferne, fremde und wenig verlocken-
de Welt.

Nie hatte ich mich ernsthaft gefragt: Warum eigentlich, warum war das unser letztes Spiel gewesen? In all
den Nächten, die wir noch nebeneinander auf unseren
Pritschen zubrachten, während der Ausschachtung und
dem folgenden, sich über Jahre hinschleppenden Bau
unseres Bungalows, blieben das Steckschach und auch
die Schachfibel verschwunden. Wir sprachen nie wieder über Schach, ich forderte kein neues Spiel, nie, und
mein Vater keine Revanche – fast war es so, als hätten wir niemals gespielt, als hätte es all die Jahre meiner Niederlagen und seiner Siege nicht gegeben.

»Jetzt wird geschlafen.« Ich erinnere mich, wie mein Vater das Kästchen zuklappte, vorsichtig, ohne Geräusch,

und wie er den kleinen Messinghaken vorschob, der die beiden Hälften zusammenhielt. Dann richtete er sich auf. Unter ihrem jämmerlichen Knarr- und Quietschkonzert kletterte er von seiner über meine Liege und trat noch einmal hinaus in den Garten, um sein Wasser abzuschlagen.

Gavroche

1

Ich wohnte seit drei oder vier Wochen in den Barak-
ken, als ich Gavroche das erste Mal sah. Es war Ende
September. Sie spielte simultan an drei Brettern, in mehreren, rasch aufeinanderfolgenden Runden, dicht um-
standen von einigen Männern, Spielern verschiedener
Jahrgänge. Die Schränke hatte man in den Flur geschoben und mit ein paar Sprelacart-Tischen aus den Nach-
barzimmern eine Tafel gebaut. Gavroche trank Bier,
sie rauchte und redete, in einem mansfeldischen Dia-
lekt, in dem jedes »K« wie ein »G« gesprochen wird
(Gaffé und Guchen), und sie lachte, während sie spielte, ihr Lachen hatte etwas Derbes, Schmutziges, man
wollte es hören, immer wieder, nicht nur mir, jedem
ringsum schien es *darum* zu gehen. Dabei lachte sie
nie über das Spiel, sondern über belanglose Dinge, die
sie mit den Männern in ihrem Rücken besprach, beständig gab es zwei oder drei Männer, die sich über sie
beugten, als beugten sie sich über das Spiel. Ab und
zu, mitten in einem Lachen, das sie von Kopf bis Fuß
in Anspruch zu nehmen schien, hob Gavroche wie zum
Gruß ihre Hand und berührte – ohne sich umzublik-
ken – einen ihrer Bewunderer, der sich daraufhin noch
tiefer über sie beugte, während Gavroche mit schräg-
gelegtem Kopf und zusammengepreßten Lippen den

174

Rauch ihrer Zigarette aus den Mundwinkeln stieß. Ich bemerkte ein Lämpchen, das bei jeder dieser Berührungen aufleuchtete, einen Funken sinnloser Eifersucht. Ich mißgönnte ihren Bewunderern den Handrücken der kleinen, halb geöffneten Hand (Kinderhand, Koboldhand, dachte ich) am Bauch oder vor der Brust, zugleich war ich um Abstand bemüht; dem, was hier gespielt wurde, stand ich doch vollkommen fremd gegenüber. Und wenn es darauf ankäme, versicherte ich mir, würde ich ohne weiteres in der Lage sein, das Ganze zu verachten.

Zu Beginn meines Studiums in Halle wohnte ich in den Baracken am Weinbergweg – immer wurde in der Mehrzahl von diesem Ort gesprochen, niemand sagte »Ich wohne in Baracke 5« oder »Damals war ich in Baracke 7«, man wohnte und war *in den Baracken*. Hatte Gavroche die Baracken betreten, dauerte es nur Sekunden, bis einer ihrer Verehrer zur Handsirene stürzte und in ihr höllisches Auf- und Abjaulen etwas hineinbrüllte wie »Schachalarm!« oder »Achtung, Schachkontrolle!«. Die ursprünglich für einen Feuer- oder Fliegeralarm vorgesehene Handsirene war in der Mitte des Gangs angebracht, etwa auf Höhe unseres Zimmers. Kaum eine Nacht verging, in der das bestialische Gerät nicht von einem der betrunkenen Heimkehrer angekurbelt und irgendein Alarm ausgerufen wurde. Eine Zeitlang war »Atomschlag!« besonders beliebt. Bei denen, die ihre Zeit in den Kasernen gerade überstanden hatten, war es »Gefechtsalarm!«, immer wieder »Gefechtsalarm!« – ein Rufen im Übermut, das wahrscheinlich dem Vergessen dienen sollte und irgendwann tatsächlich dafür sorgte, daß man nicht mehr erwachte für jene Schrecksekunde namens Ernstfall.

Kam Gavroche, war Schachalarm. Sie trug eine Art Ballonmütze aus Kord, unter der sie ihren Haarschopf verbarg, sie war außerordentlich klein, wirkte aber trotzdem stabil, fast stämmig. Sie machte kurze, energische Schritte, bei denen sich ihre Füße kaum vom Boden hoben, während ihre schmalen Hüften ein Spiel spielten, für das sie eigentlich nicht gemacht waren. Ihr Auftritt hatte etwas Trotziges, Kindisches. Sofort sprangen ein paar Türen auf, die Türblätter schlugen gegen die Stahlgestelle der Betten, die Begrüßung war überschwenglich. Gavroches Stimme: laut, durchdringend, ihr Lachen gellte durch den Korridor wie der Schrei eines Meeresvogels. Lachte sie auf diese Weise, konnte es sein, daß sie sich dabei plötzlich nach vorn oder zur Seite neigte, und einer ihrer Arme ruderte orientierungslos durch die Luft.

Die Baracken waren, wie es hieß, einmal Wehrmachtsunterkunft, später Gefangenenlager und dann Flüchtlingslager gewesen, seitdem hatte sich ihre Ausstattung nicht wesentlich verändert: Ein Korridor, in dem auch nachts die Neonröhren brannten, sechzehn Zimmer (acht auf jeder Seite), eine Küche und ein riesiger Duschraum, wo die halbe Barackenbelegschaft gleichzeitig duschen konnte, das heißt, wenn der Wasserdruck ausreichte und die Duschköpfe nicht abmontiert waren. Als Hauptproblem galt die Kanalisation, von der bestimmte Abschnitte regelmäßig einstürzten, weshalb sich das Gelände zwischen den Baracken zu einem stinkenden Quellgebiet entwickelt hatte, aus dem an kälteren Tagen ein Dampf

aufstieg, der die hölzernen Flachbauten, die Wege, Park-
plätze und angrenzenden Straßen bis hin zum Biotech-
nikum und der sogenannten Arbeiter- und Bauernfakultät in einen wabernden Nebel tauchte.

Durch diesen Nebel kamen auch Fremde heran, Passanten, die von der Straßenbahnhaltestelle her den kleinen Abhang zu den Baracken hinunterstiegen (der Zaun
war nur noch ein Wrack und leicht zu überwinden), Arbeiter der Spätschicht, Angestellte und Patienten aus
dem benachbarten Universitätsklinikum Kröllwitz, die
vom kriegerischen Jaulen unserer Handsirene neugierig
geworden waren oder die das weithin hörbare Organ
Gavroches angelockt hatte. Mit erhobenen Händen wa-
teten sie dann durch das hohe Grasland ans Fenster (als
hätte man sie mit einer Waffe im Anschlag zum Näherkommen aufgefordert), oder sie balancierten auf dem
graugepolsterten Fernheizungsrohr entlang, das als eine
Art Steg über das sumpfige Erdreich von Baracke zu
Baracke führte: eine Brücke, deren breite Bandagen
aus Kunststoff an einigen Stellen bereits zertreten oder
durchstoßen waren, weshalb der schmutzig-schaumige
Dämmstoff wie eine verwesende Innerei herunterhing
und der braune, rostige Knochen des Fernheizungsrohrs
hervorschaute.

Wenn Gavroche zustimmte, war es möglich, sich noch
während des laufenden Turniers in die Liste der Herausforderer eintragen zu lassen. Bereitwillig schob man die
Milchbeutel mit den Lebensmitteln zur Seite, die das
Fensterbrett bedeckten (was im Kühlschrank lag, wurde
gestohlen), und ergriff die ausgestreckten Hände, um
die neuen Mitspieler ins Zimmer zu ziehen.

Beim ersten Mal hatte ich wie hypnotisiert an der Tür gestanden. Ich war blind für das Spiel, obwohl mein Blick dem Schachbrett nicht auswich. Ich begriff nicht, worüber es etwas zu lachen gab, hörte auch längst nicht mehr zu, ich hörte nur Gavroches derben, anzüglichen Vogelschrei, der wie durch einen Tunnel zu mir kam, von einem Tunnelende zum anderen.

Seitdem versäumte ich keinen ihrer Auftritte. Niemand konnte vorhersagen, wann genau Gavroche wieder auftauchen würde, also fuhr ich kaum noch nach Hause. Bisher hatte ich das an fast jedem Wochenende getan, vor allem, um den Baracken wenigstens kurzzeitig zu entkommen und ein paar Stunden in Ruhe zu arbeiten, an meinem eigenen Schreibtisch, in meinem eigenen Zimmer, ohne Atomschlag und ohne Gefechtsalarm. Schon beim folgenden Baracken-Turnier stand ich nicht mehr an der Tür – ich lag oben, aufgestützt oder ausgestreckt auf einem der eisernen Doppelstockbetten an der Wand, und machte mich unsichtbar. Ich schloß die Augen, ich sog am fremden, säuerlichen Geruch des Kissenbezugs und hörte auf den Vogel. Ich hatte begonnen, mir Sex mit Gavroche vorzustellen.

Vor allem Raßbach warb um Gavroche. Raßbach, der Zeremonienmeister. Oft war er es, der die Sirene anwarf und Schachalarm oder Schachkontrolle ausrief, er war es, der die Liste der Herausforderer bekanntgab und die Reihenfolge bestimmte, nach der gespielt wurde. Raßbach hatte den Ablauf dieser Turniere entworfen, und es gab niemanden, der das Raßbachsche Reglement und die damit verbundenen Gebräuche wirklich durchschaute. Aber letztlich zählte ohnehin nur, wie gut oder wie schlecht man sich hielt, während Gavroche gewann, wie gut oder wie schlecht man als Verlierer war. Obwohl alle andauernd und rasch verloren, kam die Liste der Herausforderer immer wieder zustande. Neben altbekannten tauchten immer neue Namen auf, Namen aus den Nachbarbaracken, Unbekannte aus anderen Jahrgängen und Studienrichtungen, Passanten und sogar Abiturienten aus der nahe gelegenen Arbeiter- und Bauernfakultät, obwohl *diese kleinen Genies*, wie Raßbach sie nannte, derart überhäuft waren mit Hausaufgaben, Russischvokabeln und Übungen zur Wehrerziehung, daß es ihnen zeitlich fast unmöglich war, in die Baracken zu kommen.

Raßbach stammte aus dem Eichsfeld und war schwer zu verstehen. Während er die Gesetze erklärte und Listen aufstellte, rieb er sich ununterbrochen die Stirn, mal mit zwei Fingern an den Schläfen, dann wieder mit der ganzen Hand. Er verursachte damit ein schuppiges Gegriesel, das ihm von der Stirn auf die Brillengläser rieselte und dort haftenblieb. »Finito, Ende der Fahnenstange!« Die Liste der Herausforderer wurde geschlossen. Seine Brille war innen wie mit feinem Schnee bestäubt.

Wovon jeder in den Baracken wußte: Gavroche trug den Titel einer Meisterin, und sie studierte in unserem Jahrgang. Irgendwann hatte Raßbach damit begonnen, die Meisterin *Gavroche* zu nennen. Der Junge auf seiner Victor-Hugo-Ausgabe, einer für den Schulunterricht gekürzten und illustrierten Fassung der *Elenden*, schien das gleiche ballonartige Barett zu tragen. Wie ein Schießhund lauerte Raßbach bei jedem Turnier auf die Frage nach dem Namen. Begeistert zog er dann die *Elenden* hervor – »Dieselbe Mütze, dieselbe Mütze!«–, um während des Turniers daraus zu zitieren: »Elf Jahre war der Junge, vielleicht zwölf … Er trug eine Männerhose und die Unterjacke einer Frau …« Oder: »Er war kein Kind und kein Mann; er war eine seltsam jungenhafte Fee …« Und so weiter.

Ich verachtete Raßbach für die Plumpheit, mit der er Gavroche vorführte, aber ihr schien es zu gefallen. Raßbach spielte den Direktor, mal großzügig, väterlich, dann wieder eine Art Dompteur, der die Peitsche knallen lassen konnte, wenn er es für nötig hielt. Und Gavroche zog ihre Runden, sie war das Mädchen auf dem Pferd. Vielleicht hätte ich damals die Gelegenheit gehabt, etwas von Gavroche zu verstehen, aber ich dachte nicht darüber nach. Ich war nur ein Besucher oben auf der Galerie, auf dem schwankenden Rang eines Doppelstockbettes, und konnte meine Augen nicht von ihr lassen. Dazu kam, wie sie sprach, wie sie lachte, ihre ganze, offensichtlich naive Art, ihre *Frohnatur* – das alles hob ihren Erfolg beim Schach ins Sensationelle. Jeder, der Gavroche das erste Mal sah, meinte sie besiegen zu können. Vielleicht auch, mit ihr ins Bett gehen zu können, am besten gleich, sofort im Anschluß, am selben Abend. Ein paar stolze Hähne kamen zum Fenster herein und wurden in hohen, schrägen Vogeltönen vom Brett gelacht. Manche versteinerten und erbaten *mehr Ruhe*. Daß beim Turnier geredet und getrunken wurde, irritierte sie. Aber auch das gehörte zu Raßbachs Regeln, und es war Raßbachs besondere Freude, *diese Intelli-*

genzbolzen, wie er sie nannte, verlieren zu sehen. Dabei lachte Gavroche niemanden aus, sie freute sich nur am Spiel, am Turnier, an den Männern in ihrem Rücken, die ihren Geruch einsaugten, heimlich ihre Haare oder, wie versehentlich, ihre Schulter berührten, die alle begriffen hatten, an welchem Wunder sie teilhatten, und auf das Entgegenkommen ihrer kleinen, halb geöffneten Koboldhand lauerten.

Ich erinnere mich, wie sie zwischenzeitlich den Kopf auf die Faust stützte und vollkommen unbewegt blieb. Und wie sich die Lichtverhältnisse im Raum zu verändern schienen, wenn Gavroche mitten im Turnier ihre Mütze vom Kopf zog und ihr der blonde, undurchdringliche Wust von Locken ins Gesicht fiel. Die rasche Bewegung: Mit einer Hand hält sie den Wust beiseite, mit der anderen ihr Zug.

Irgendwann begann ich, mit Raßbach zu reden. Obwohl ich kaum über Geld verfügte, beteiligte ich mich an einem Getränkedepot für das nächste Turnier. Raßbach erbot sich, mich auf die Liste der Herausforderer zu setzen – nichts lag näher, trotzdem war ich überrascht. Augenblicklich wurde mir klar, daß ich auf keinen Fall spielen wollte. Was ich wollte, war eine Art stille Duldung, ein Bleiberecht während der Turniere. Ohne zu zögern, behauptete ich, das Spiel nicht zu beherrschen. In diesem Moment erschien mir das nicht wie eine Lüge. Für eine Sekunde hörte Raßbach auf, sich die Stirn zu reiben, mißtrauisch sah er mich an durch sein Schneegegriesel. Ich begriff, daß ich nie darüber nachgedacht hatte: Seit meinem dreizehnten Lebensjahr hatte ich nicht mehr gespielt. Weder während der letzten Schuljahre noch während der Lehre und meiner Arbeit auf dem Bau und nicht einmal während meiner Armeezeit.

»Seit wann gibt's Regen als Grund?« Ausgiebig rollte Raßbach das *R* in Regen; es war gegen Mitternacht, mein achtes oder neuntes Turnier als Beobachter. Ich hatte mich an Halle gewöhnt, an die Baracken und sogar an die Monstren von Straßenbahnen, sogenannte Tatrabahnen, mit denen wir täglich von der Haltestelle Weinbergweg ins Zentrum fuhren, durch den Dunst über der Saale und den Saalearmen, ein Hauch von Verwesung und Kanalgestank, der sich mischte mit den ätzenden Auswürfen von BUNA oder LEUNA oder Bitterfeld – im *Chemiedreieck*, wie es hieß, gab es keinen einzigen Tag ohne die Abluft wenigstens eines der großen Werke, je nachdem, woher der Wind gerade wehte. Seltsamerweise erinnere ich mich vor allem an diese täglichen Fahrten mit der Tatrabahn, das dumpfe, ungefederte Gerumpel stadteinwärts über die Gleise, die staubgrauen Scheiben, der Blick auf die am Morgen mit einem feinen Nebelschleier verhangene Stadt, ein Nebel, der die Spitzen der Marktkirche vom Himmel her verschluckte und zugleich transparent machte im Gegenlicht, so lange, bis sich dieser Zauber weiter senkte, das Gemäuer herunter und man ihn endlich zu schlucken bekam und einem übel wurde davon ... – *Feininger* wollte ich denken, aber Denken war unmöglich in dem ohrenbetäubenden Gerüttel und Geschacker, das die Fahrgäste zu seltsamen Hüpffiguren machte und dabei ihre Gesichter verzerrte und den Waggon zu sprengen schien. Und dann, beim Aussteigen, wie ein Wunder: das betörende Westminster-Abbey-Glockenspiel des Roten Turms auf dem Marktplatz, das mich euphorisch stimmte, das mich erhob und beglänzte, wann immer ich es zu Ohren bekam. Auch-dorthin-dorthin-kommst-du-noch, schien es zu läuten. Dabei deutete nichts auf London und Westminster Abbey oder irgendeinen der anderen für unerreichbar geltenden Orte in diesem Frühjahr 1986, und ich dachte auch nicht wirklich daran; ich dachte an Gavroche. Ich hatte ihre Gesten studiert, und ich hatte ihr Lachen im Ohr – inzwischen erschien mir die Schachkönigin vollkommen vertraut, was das Wunder ihrer Erscheinung nicht verkleinerte, im Gegenteil. Nur das Spiel selbst war immer noch fremder und unverständlicher geworden. Sicher, ich hatte es versucht: Stellungen zu erkennen und einzelne Züge vorauszusehen, aber jede Bemühung versandete bereits im Ansatz, irgendein nicht zu ergründender Unwille behinderte mein Denken und machte die Augenlider schwer, sobald mein Blick auf die Figuren fiel.

Vom Fensterbrett spritzte Wasser ins Zimmer, die Kunststoffhülle des Fernheizungsrohrs glänzte im Barackenlicht. Einige Spieler, die sich zu Beginn des Turniers in die Liste der Herausforderer eingetragen hatten, waren zur vereinbarten Zeit nicht wiederaufgetaucht. In der letzten Runde blieb eines der drei Bretter, an denen Gavroche spielte, unbesetzt.

»Die kommen nie wieder ins Spiel, soviel steht fest, oder was, Gavroche!?« Raßbach war betrunken. Nach einer kurzen Pause, in der nur das An- und Abschwellen des Regens auf dem Dach und das feine Geräusch, mit dem

Gavroche den Rauch ihrer Zigarette aus den Mundwinkeln preßte, zu hören war, machte Raßbach eine Kopf-
bewegung nach oben, in Richtung des Doppelstock-
betts; es war das erste Mal, daß Raßbach mich während
eines Turniers ansprach.
»Der Nichtspieler! Muß der Nichtspieler eben spielen!
Wegen Regen!«
Ich kam nicht umhin, mich aus dem schützenden Halbdunkel zwischen Bett und Barackendecke vorzubeugen.
Gavroche unterhielt sich halblaut mit einem der Männer, der neben ihr stand und ebenfalls rauchte. Der Mann
hatte vor über einer Stunde nach beachtlichen 24 Zü-
gen aufgegeben, er hatte gut verloren. Jetzt unterbrach
er das Gespräch und sah zu mir hinüber, als hätte er gerade irgend etwas ausgesprochen Lästiges entdeckt.
»Du weißt, ich . . .«, sofort bereute ich meine schwache
Entgegnung.
»Scheiß drauf!«, brüllte Raßbach. »Das dritte Brett!
Spielen oder verschwinden!«
»Oh, das verflixte dritte Brett«, orgelte Gavroche und
stieß es vom Tisch. Sofort bückte sich der 24-Züge-
Mann, und zwei, drei andere der im Raum verbliebe-
nen Lakaien gingen zu Boden und sammelten die Steine
ein – während Gavroche bereits ihre ersten Züge mach-
te, zack-zack. Und so ging es weiter, zack-zack, zack-
zack.
Nach einer Viertelstunde waren die beiden restlichen
Spiele gespielt. Raßbach saß hinter Gavroche, mit dem
Rücken am Spind und atmete schwer. Sein Mund stand
offen. Gavroche zog ihm die Flasche aus den Händen,
die er vor sich im Schoß hielt, und trank einen Schluck.

184

Es war gegen Mitternacht. Aus der Ferne tönte der West-
minsterschlag.

»Wer nicht spielt, muß mich bringen.«

2

Woran ich zuerst denke: der Moment, in dem ihr Auf
und Ab plötzlich aussetzt, auf halber Höhe, und alles
steht still. Ihre Leichtigkeit, ihre Haare im Gesicht, ihre
Beine, die meine Hüften umschließen. Ich gehe langsam
bis zum Fenster und drehe mich um. Ihr linker Arm in
meinem Nacken, fest, eine Klammer, sie greift mit der
rechten Hand zum Fensterwirbel und stützt ihre Fersen auf das Fensterbrett: Ich stehe ruhig, angelehnt,
mit dem Rücken zum Fenster, und Gavroche kann sich
frei bewegen. Was zu sehen ist, über meine Schulter hinweg, in ihrem Auf und Ab, während ich still stehe mit
geschlossenen Füßen und meine Fußsohlen gegen die
Dielen presse und hineinwachse in die unbewegliche,
am Ende vollkommen starre Figur: der schmale, mit
Ziegelschutt übersäte Hof, die Schuppenzeile, ihr ver-
faultes, zerbrochenes Dach, dutzende Lagen von Pappe,
dutzendemal überteert und tonnenschwer, das Miets-
haus gegenüber, auf und ab, nach links der Anstieg,
steil, eine Böschung, ihre Wellen, Gavroches kleinere
Wellen, kleine Wellen, kein wirklicher Stoß, nur ange-
deutet und dann einzelne größere Wellen, aber dann
wieder kleine Wellen, die sie schwerer machen im Nakken, in den Beinen, auf dem Berg über der Böschung:
der Giebel eines langgestreckten Ziegelbaus, von dem
wir vermuten, daß es sich um ein Pflegeheim handelt,
der kleine Park ringsum, wüst und voller Auf-und-Ab-

Gestrüpp, und darüber schließlich das Fenster im Giebel, ein einziges Fenster, Abschluß eines Korridors, der, wie wir glauben, das Heim der Länge nach durchzieht, dieses Fenster, an dem zu jeder Zeit, Tag und Nacht, der Umriß irgendeiner Menschgestalt zu sehen ist, irgendein Mensch im Gegenlicht, ein Heimbewohner, der, wie es aussieht, hinausschaut, lange, ausdauernd hinausschaut ins Gestrüpp, das für ihn vollkommen stillsteht, still wie die Menschgestalt selbst auf ihrem Posten, diesem vielleicht äußersten Punkt ihres Daseins, von dem sie hinausschaut auf die Schuppen, unser Haus, und vielleicht auch auf uns, wie wir es manchmal zu erkennen glauben, ohne darüber zu sprechen.

Anfangs berührt mein Mund ihre Haut, meine Zunge streift ihr Auf und Ab, ihren Hals, ihre Wange, aber dann wende ich den Kopf zur Seite, und die ganze Zeit ist mein Blick im Raum. Nach und nach stellt sich ein Abstand her, bis hin zum bestmöglichen Abstand, in dem ich abwesend bin und das Zimmer (unser Zimmer) sehen kann, ohne es zu erkennen. Dieses Zimmer ist ärmlich, billig und kalt: Ich sehe zwei Sessel, die einzigen brauchbaren Sitzgelegenheiten, sie wurden jeweils mit einem Laken bedeckt, um die Fleckenränder, die an den Seiten doch sichtbar geblieben sind, zu kaschieren, dazwischen eine Kommode, darauf ein paar Bücher und überall kleine Stapel von abgerissenem Papier, Zettelhäufchen neben Zettelhäufchen und eine Zitronenpflanze, vor alldem ein Tisch, rund, dunkel und frisch lackiert und damit in einem seltsamen Kontrast zur Mattigkeit des ganzen Rests – auf dem Boden ein braungeschecktes Linol. Ich weiß jetzt, daß ich nicht kommen werde, daß ich Gavroche werde bitten müssen, es für mich zu tun, sobald sie es für sich getan hat, sobald sie sich noch einmal abgestoßen und es dann, fast ohne sich zu bewegen, nur mit zwei oder drei weiteren winzigen Wellen geschafft, wenn sie angekommen und abgelassen haben wird von dem Fensterwirbel, den ihre Faust jetzt noch umschließt, dann, wenn das Haus gegenüber, die Böschung und das Heim mit der ewigen Menschgestalt am Ende des Flurs zur Ruhe gekommen, wenn das alles verschwunden, wenn das Fensterglas vollkommen beschlagen sein wird vom Atem Gavroches.

Mit mir in der Hand (Koboldhand) geht sie durch die Wohnung, bis zum Bett, wo ihr Übungsbrett steht, ein faltbares Holzbrett, kostbar, mit Intarsien, ein Geschenk ihres vorigen Freundes. Sie zieht für Weiß und sieht mich an, und ich spüre den Druck ihrer Hand. *Liebend gern* möchte ich »gut« sagen oder »ein schöner Zug«, ich möchte zustimmen, ich möchte *dabei* sein. Wir stehen eine Weile dort, und Gavroche betrachtet das Spiel.

Drei Jahre waren wir zusammen. Gavroche war die erste Frau, mit der ich eine gemeinsame Wohnung bezog, Wolfstraße 18, Hinterhof, ein braunes Backsteinhaus in Halle/Saale.

In der Wolfstraße wohnten fast ausschließlich *Bunesen*, Chemiearbeiter aus dem Bunawerk, das Richtung Süden vor der Stadt lag. Bunesen – ich erinnere mich, daß die Arbeiter selbst mit diesem Wort voneinander sprachen, daß sie es selbstverständlich und nicht ohne Stolz verwendeten, wie man die Zugehörigkeit zu einem Volk unterstreicht, dessen Geschichte bekannt ist, ein Stamm, in den man hineingeboren wurde und von dem man sicher sein kann, daß es ihn noch lange geben wird. Neunzehnhundertsiebenundachtzig: wenige Erinnerungen, die deutlich sind. Für vierzig Mark kaufen wir der Vormieterin ihr gesamtes Küchengerät ab, machen aber kaum Gebrauch davon. Der Küchenschrank und der Küchentisch: hellblau überstrichen. Kein Bad. Gavroche bringt regelmäßig das Waschbecken in der Küche zum Glänzen, ihre einzige Arbeit im Haushalt, ihre Spatz-von-Paris-Stimme, wenn sie singt beim Polieren des Bekkens. Vormittags gehen wir gemeinsam aus dem Haus. Nachmittags im Café Corso. Wie Gavroche sich einhängt, unterhakt beim Gehen und sich dabei ein wenig anlehnt und zugleich nach vorn, den Weg voran zieht mit ihren kurzen, schnellen Schritten. Entwaffnende Heiterkeit. Jeder, der sie sieht, hält sie für ganz *fidel*. Nachts auf dem Hallmarkt, wenn wir uns streiten: Es beginnt, sobald unsere Freunde uns verlassen haben. Sie fordert etwas von mir, das ich nicht verstehe, etwas, das sie unbedingt braucht, um glücklich zu sein, aber nicht erklären kann. Wir besuchen Gavroches Eltern, wir sehen fern, das Gespräch geht über Gavroches letzten Freund und über Schach. Gavroche tut unerwartete Dinge. Sie geht voraus, sie dreht sich um, läuft auf mich zu und springt mich an: Ich muß sie fangen und festhalten in der Luft. Schon beim zweiten Mal habe ich Angst davor. Was Gavroche mit Leidenschaft tut, scheint nie ganz zu ihr zu passen, immer spürt man eine Art *Verschiebung*. Endhaltestelle Dölauer Heide, mitten auf der Wendeschleife: Gemeinsam sehen wir unseren ersten To-

ten – einen Mann unter einer Tatrabahn, das heißt, man sieht nur den halben Mann und sonst nichts, nur seine Beine und den Bauch, das Sakko ist noch zugeknöpft. In unserem ersten Sommer fahren wir nach Altefähr auf Rügen, ein überfüllter Campingplatz. Heimwärts im »Hotel am Bahnhof« in Stralsund, wo Gavroche ihre Mütze vergißt, weshalb wir über fünfzig Kilometer zurückfahren müssen, auf dem Motorrad, im strömenden Regen. Es ist schön, Gavroche im Arm zu halten. Andere Ausflüge: Quedlinburg, das Feiningermuseum, frisch eröffnet, auch das Klopstockhaus. Ihre Begeisterung für Mythologie. Gavroche, die sämtliche Götter und Halbgötter aufsagen kann und alle Göttergeschichten auswendig kennt. Ihr Faible für die Ägäis – »Wenn, dann dorthin, irgendwann ...«. Beim Lachen: eine Horde winziger Fragezeichen am Nasenansatz.
Meine Schachlüge hatte Bestand. Mehrmals erbot sich Gavroche, mir die Regeln zu erklären – Läufer, Springer, Turm ... Sie schmiegt sich an mich und sagt: »Komm, es ist nicht schwer«, und irgendwann: »Warum denn nicht?«

Sie sucht Wege, es mir beizubringen.
Die Duschkabine in der Küche mit dem Abflußschlauch ins Waschbecken. Sie duscht und ruft mir Züge zu, die ich setzen soll auf ihrem Übungsbrett. Ich bin im Wohnzimmer, die Türen sind offen. Ich muß aufstehen, in die Küche gehen, nachfragen, ob ich richtig verstanden habe, um dann zurück durch den Flur ins Schlafzimmer zu laufen und ihren Spielzug zu machen. Vor dem verschlossenen Plastikvorhang der Duschkabine wiederhole

ich den Zug: Richtig? Ihre Koboldhand schiebt sich unter den Duschvorhang und tastet nach dem Schalter für die Pumpe, die das Wasser aus dem Duschbecken ins Waschbecken pumpt. Die Pumpe ist zu laut, und ich weiß nicht, warum ich Angst habe, falsch zu setzen. Das Spiel – tatsächlich ist es so, als verstünde ich es nicht. Ich beginne mich zu ärgern. Gavroche schiebt den Vorhang beiseite. Der Vorhang ist steif, er gleitet zurück und streift ihre Brust.

»Kannst du mich tragen, bitte?«

Mein Unwille – anfangs so kindlich wie ihr Wille. Zu meiner Verweigerung gehörte, daß ich nicht darüber nachdachte oder es nicht vermochte. Alles, was ich dazu empfand, war ausweichend und ging sofort ins Diffuse. Von dort kehrte es dann verändert, monströs, als ein Gefühl des Ungenügens und der Überforderung zurück.

»Spielen oder Verschwinden.«

Silvester hatten wir die beiden Bunesen, die über uns wohnten, kennengelernt. Gavroche war auf die Idee gekommen, mit einer Flasche durchs Haus zu ziehen und mit allen anzustoßen, auf ein gutes neues Jahr. Ich war dagegen gewesen, denn *durchs Haus* konnte nur bedeuten, die in ihre Zweisamkeit und ihrem sich ständig ändernden Schichtrhythmus vollständig eingesponnenen Bunesen (*rollende Woche* war der richtige Ausdruck dafür, wie sie uns später erklärten) ohne Not aufzustören und damit, wie ich meinte, nur zu verunsichern. Beide, Mutter und Sohn, waren mir bis dahin ausgesprochen scheu vorgekommen, aber Gavroche ließ sich weder davon abbringen noch von dem Vorhaben, auch

mit Frau Krause, der verwirrten Alten, die unter uns
hauste und unentwegt laut vor sich hin sprach, Sekt zu
trinken. Meine Entgegnungen: ungelenk und ohne Überzeugung. Bald war in jeder unserer Meinungsverschie-
denheiten spürbar, daß ich, der Nichtspieler, etwas gut-
zumachen hatte.

Die Bunesen, Frau Krause und wir waren die letzten
Mieter in unserem Aufgang, von dem allerdings nur noch
eine Hälfte bewohnbar war. Die rechte Seite des Hauses (und damit leider auch unsere Toilettenkammer
auf halber Treppe) war von oben bis unten durchnäßt.
Seit Jahren hatte man versäumt, das Dach zu reparieren;
bei stärkerem Regen kam das Wasser die Stufen herunter. Mit kleinen Staudämmen aus ineinandergefloch-
tenen Handtüchern hielten wir es von unserer Wohnungstür fern – eine Technik, die wir bei den Bunesen
abgeschaut und übernommen hatten. Tagelang mußten die Fenster im Treppenhaus offenstehen, und gefährlich war es, eine Wand zu berühren – Kriechströme von
unberechenbarer Stärke waren auf allen Etagen unterwegs, und öfter, wenn ich im Dunkel heimkam und
durch das Tor in den Hof trat, schien mir das ganze
Hinterhaus beinah weihnachtlich zu leuchten oder zu
glühen, in einem blauen, zittrigen Schimmer.

Die Alte hatte nur etwas durch die Tür gerufen, ein ängst-
liches »Obje?« oder »Huchje?«, geöffnet hatte sie uns
nicht. Bei den Bunesen blieben wir den Rest der Nacht.
Der Sohn hatte zwei Freunde aus dem Werk mitgebracht,
die sich wie Schachinteressierte über Gavroche beugten und auf sie einredeten. Beide trugen glattes, halblan-
ges Haar, in der Mitte gescheitelt. Sie gebrauchten Aus-

drücke wie *Knäckerchen*, *Fresserchen* und *Fiesematen-te*, und Gavroche, die das Kauderwelsch offensichtlich gut verstand, vielleicht weil sie gebürtige Hallenserin war, nannten sie Radieschen. Die meisten ihrer Sätze enthielten das Wort *Gleche* oder begannen mit *Uff Gle-che*..., wahrscheinlich war das Bunesisch. Die Bunesen-mutter trank unentwegt »Auf das, was mir noch geblie-ben ist!« oder »Auf das, worauf ich jetzt noch aufpassen muß!«. Ab und zu rief sie etwas quer durchs Zimmer, in-dem sie Gavroche zuprostete. »Und Sie, Sie sind ja auch ein ganz Schmucker (sie sagte *Chmugger*), aber was re-de ich, das müssen Sie gar nicht so ernst nehmen, Sie...« Ihre Rede war begleitet von einem sanften Wippen ih-res ganzen Körpers, vor und zurück, und wenn sie nach vorn wippte, richtete sie es so ein, daß ihr Glas an mein Glas stieß; sie mußte etwa Mitte fünfzig sein.

Als wir die zwei Treppen zu unserer Wohnung hinunter-tappten, war ich betrunken und kurz davor, Gavroche herauszufordern – aber selbst in diesem Zustand gab es etwas, das mich zurückhielt, mein Geheimnis preis-zugeben, nein, kein Geheimnis, im Grunde ja nur jene Lüge, die von Tag zu Tag schwerer wog und unverständ-licher wurde und wie ein feines Gift sich einschlich in unsere Zeit in der Wolfstraße.

Vier Uhr morgens, immer wieder: der Lärm im Trep-penhaus. Durch das Glas in der Wohnungstür fällt Licht in den Flur, und von dort dringt ein Schimmer bis an unser Bett, bis an die Schachfiguren – die Bunesen bre-chen zur Frühschicht auf. Ich höre, wie ihre Schritte näher kommen; spätestens wenn sie unseren Treppenabsatz erreicht haben, wenn sie, wie es sich jedesmal anhört, fast vor unserem Bett stehen und auf uns hinuntersehen, bin ich vollkommen wach. Dann die Einbildung eines kalten Luftzugs, der über das schlafwarme Gesicht streift in dem Moment, in dem Mutter und Sohn an unserer Tür vorübergehen.

»Wer nicht spielt, muß mich bringen.«

Eine Weile halte ich das aus.

Ich streiche über ihren Rücken, ich stecke mir einen Finger in den Mund und berühre sie damit zwischen den Beinen.

»Du weißt, du darfst es zu jeder Zeit mit mir machen.«

»Was ist, wenn du gerade schläfst, und ich dich dabei wecke?«

»Mach einfach, ja?«

Ihr Verein, *Lokomotive Halle*, gehörte zur Reichsbahn, das Training fand in einem ausrangierten Speisewagen statt, der auf dem Abstellgleis hinter der Reichsbahndirektion stand, einem riesigen, schloßartigen Gebäude. Irgendwann hatte sie mich dorthin mitgenommen. Wir waren über ein paar Gleise gestiegen und eine lange Rampe mit stillgelegten Wagen entlanggegangen. Sie hatte mir alles gezeigt: Den *aus eigener Kraft* umgebauten Waggon mit dem Vereinsschild über der Tür und den orangen Gardinen im Fenster, die mit braunem Kunstleder gepolsterten Sitze, die Lampen, die Uhren, die Notizblöcke, auf denen jeder Spieler seine Züge protokollierte, die Kaffeetassen, dickwandig und schwer, mit dem blaßgrünen Streifen und dem Mitropazeichen darunter. Ihr Trainer war immer ihr Vater gewesen, Angestellter der Reichsbahnverwaltung, ein kleiner, fröhlicher Mann. Von ihrem vierten Lebensjahr an hatte er mit seiner Tochter gespielt, und sie war besser und besser geworden. »Es gab Zeiten, in denen er mich gezwungen hat. Das ganze Spiel über hatte ich Tränen in den Augen und konnte die Figuren nicht mehr erkennen. Ich hatte immerzu entzündete Daumen, die Nägel bis aufs Blut heruntergenagt.« Seitdem wickelte sie ihre Daumen in schmale Pflasterstreifen. Mit zehn oder elf Jahren hatte sie ihren Vater das erste Mal besiegt – und dann immer wieder.

Der Verein machte Reisen. Ich begleitete Gavroche auf eine Schachreise durch die Sowjetunion, Odessa, Kiew, Minsk und andere, kleinere Orte, die ich vergessen habe. Jeder Bahnhof ein neues Turnier: Blasmusik bei Einfahrt des Zuges, dann der Speisesaal mit den langen, festlichen Tafeln. Erst die Reden, dann das Essen, dann das Spiel; alles war sorgsam vorbereitet. Die Russen prosteten Gavroche zu und flüsterten »Bobby, Bobby!« über die Tische. Wieder wollte jeder gegen Gavroche spielen, aber diesmal war ihr Nachname der Grund: Fischer. Man wollte noch einmal Bobby gegen Boris, Fischer gegen Spaski spielen.

Zu jeder Zeit: Aber nicht am Morgen, nicht beim Erwachen, es ging ihr um den ersten Blick. Alles war darauf eingerichtet, daß dieser Blick auf das Schachbrett neben dem Bett fallen konnte – ein Spleen, wie ich fand. In einer Schachzeitschrift hatte sie ein Foto entdeckt, auf dem zwei kleine Männer Schach spielten, ein Philosoph und ein Schriftsteller. Unter dem Bild stand der

Satz »Das Schachspiel wartet auf Sie.«. Man wußte nicht genau, wer von beiden das gesagt hatte. Jedenfalls hatte Gavroche daraufhin begonnen, sich für den Philosophen zu interessieren, und inzwischen versuchte sie, dessen Überlegungen zur *Technik des Erwachens* auf das Schachspiel anzuwenden: »Das Jetzt der Erkennbarkeit ist der Augenblick des Erwachens.« Oder: »Das kommende Erwachen steht wie das Holzpferd der Griechen im Troja des Traums.« Solche Sätze hatte ich auf Zetteln entdeckt, auf denen sie lange Folgen möglicher Spielzüge von Schwarz und Weiß notierte. Diese Zettel lagen überall in der Wohnung verstreut, jedes Regal, jeder Schrank, jeder Tisch war besetzt; dabei gab es feste Orte für bestimmte Zettel, wo Häufchen entstanden, ein System von Häufchen: Eröffnungen, Verteidigungen, Mittelspiele, Endspiele und alles, wenn ich es richtig verstanden habe, noch einmal nach spezielleren Kriterien geordnet und beschwert mit einem Messer, einem Stein, einem Untersetzer, mit allem, was gerade zur Hand war. Philosophie und Antike brachte Gavroche mit Schach in Verbindung. Romane über Schach oder Schachspieler interessierte sie nicht. Ich schenkte ihr Zweigs *Schachnovelle*, sie lächelte nachsichtig und strich mir übers Haar, wie man es bei einem Kind tut, von dem man weiß, daß es sich Mühe gegeben hat. Vielleicht kränkte mich das. Später versuchte ich es noch einmal mit *Lushins Verteidigung*; das Buch zu besorgen war nicht einfach gewesen. Geblendet von dem Wort »Verteidigung« hatte Gavroche es begierig zur Hand genommen und zugleich gestanden, daß ihr ein Spieler namens Lushin noch nie untergekommen sei.

Als Lesezeichen liegt einer ihrer Zettel auf Seite 110, der einzige, den ich noch besitze.

Manchmal richtete sie sich auf, saß einige Sekunden kerzengerade am Rand des Bettes, schaute aber nicht mehr auf das Brett, sondern zum Ofen oder auf das Fenster zum Innenhof. Dann erhob sie sich, langsam, ohne Geräusch, und tastete durch den Flur in die Küche. Sie ging barfuß, nackt, mit vorsichtigen Schritten, als könnte irgend etwas zerbrechen unter ihren Füßen oder als achte sie jetzt besonders darauf, mich nicht zu stören, obwohl ich in der Regel längst wach war, was sie vielleicht tatsächlich nicht bemerkte. Dann das Reißgeräusch, mit dem sie eines der Partieformulare vom Block zog, das graue, stumpfe Papier, die blaßblau gefärbten Linien mit den Tabellen für Schwarz und für Weiß, Partienummer, Brettnummer, Vordrucke, die irgendeiner DIN-Norm folgten und mich an die Quittungen der Kellner in der »Gerichtslaube« oder in irgendeiner anderen HO-Gaststätte erinnerten, die Züge wie einzelne Posten untereinander gekritzelt, Bier, Wein, Schnaps, ein billiges Essen und am Ende *Zeit für Weiß* und *Zeit für Schwarz*; ich hörte das rasche, ungeduldige Geräusch ihres Kugelschreibers auf dem Papier: ein neuer Zettel.

Auch beim Essen, beim Reden, im Bett: Gavroche steht auf und greift in eines ihrer Zettelhäufchen. Sie liest etwas nach und versucht, das Papier dahin zurückzuschieben, wo sie es gefunden hat – leise fluchend, weil der Stapel verrutscht; ein Zettel klebt an ihrem Daumenpflaster.

Ein gelungenes Erwachen: Der ganze Tag konnte davon

abhängen. Trotzdem gerieten wir schnell in Streit, ohne benennbaren Anlaß zunächst, Minuten später aber ging es schon *um alles.*

Wer nicht spielt, muß mich bringen – die ganze Zeit über hatte ich das versucht. Im Trainingswaggon hatte ich Kaffee und Tee gekocht, unaufgefordert, für die ganze Mannschaft; ich war das gesamte Training über im Wagen geblieben, in dem kleinen Kabuff am Ende des Gangs, wo der Topf mit dem Tauchsieder und ein paar Kisten mit verstaubten Selters-Flaschen standen. Meine Anwesenheit und mein Verhalten – niemand schien sich besonders darüber zu wundern. Ich war der Freund von Gavroche, jemand, der praktisch zu ihnen gehörte. Auch während der Schachreise über die russischen Bahnhöfe hatte ich mich nützlich gemacht; ich kümmerte mich um die jüngsten Mitglieder der Mannschaft, zehn und zwölf Jahre alt, ich half ihnen beim Herauf- und Herunterklappen ihrer Betten im Zug und begleitete sie auf ihren Wegen über das Bahnhofsgelände.
Wenn Gavroche spielte, war ich im Saal. Falls sie etwas brauchte, besorgte ich es ihr. Ein Wasser, ein Handtuch, ein Deodorant. Sie trug einen kurzen dunkelblauen Faltenrock, eine Art Mannschaftskleidung, der Anblick war ungewohnt. Alles lief auf andere Weise als in den Baracken, nur eines nicht: Mitten im Spiel zog Gavroche ihre Mütze vom Kopf, und die Lichtverhältnisse änderten sich. Und noch etwas: Sie gewann.
Die Russen hielten mich für den Betreuer der Mannschaft; jeder Bahnhofsvorsteher (dunkle, makellose Uniform) schien zugleich Turnierchef zu sein. Unentwegt

wollte man irgendwelche organisatorischen Dinge mit mir besprechen, überraschenderweise funktionierte mein Russisch. Daß ich selbst nicht spielte, wie ich nach jedem zweiten oder dritten Satz zuzugeben gezwungen war, löste Erstaunen aus, man glaubte mir nicht. Zuerst hielt man es für einen Scherz, dann für falsche Bescheidenheit und lachte noch einmal; der Bahnhofsdirektor von Minsk behauptete, ich *wolle nur nicht* spielen, um nicht gegen »die blonde Bobby«, wie er sagte, verlieren zu müssen.

»Spielen oder verschwinden.« Dabei verstanden wir uns lange gut – Zeiten, in denen es nicht *darauf* anzukommen schien. Und immer gab es auch andere Dinge, über die wir in Streit gerieten, Dinge, die mir damals um einiges schwerwiegender erschienen als die Tatsache, daß wir *ihr Spiel* nicht spielten. *Sie* hatte den Nichtspieler gewählt, und wer sollte wissen, ob es nicht gerade mein Nichtspielen war, das den Ausschlag gegeben hatte ... Und schließlich bemühte ich mich, ich zahlte Tribut, vor allem, um zu beweisen, daß die Dinge sich nicht so verhielten, wie sie vielleicht annahm – nur, weil ich nicht spielte.

Zwischen den Spielen oder wenigstens am Abend, wenn alle Partien absolviert waren, wollte Gavroche duschen, zur Entspannung, wie sie sagte. War eine Partie zu Ende, sah sie sich nach mir um, wir winkten einander, rasch kam ich ihr durch den halben Saal entgegen und führte sie hinaus. Manchmal schien es, als wollte sie dabei ein wenig gestützt werden, wie nach einer großen Anstrengung, was ein Turnier über mehrere Tage und mehrere

Bahnhöfe und jedes Spiel für sich ja auch zweifellos bedeutete, trotzdem lächelte sie tapfer nach links und rechts, wo die »Bobby«-Flüsterer saßen.

Ich geleitete sie durch den für das Turnier mit Bändern und handgemalten Plakaten geschmückten Bahnhof, sie schmiegte sich an mich, sie sagte etwas wie »Ich bin ganz gespannt« und ich etwas wie »Laß Dich überraschen«, und dann brachte ich sie über die von mir ausgekundschafteten Wege und Gänge, durch Unterführungen, über Gleise, hölzerne Stege, an Schutt- und Müllbergen vorbei bis an den Ort. Mal war es die private Banja eines Bahnhofsdirektors, der mir, ohne zu zögern, die Schlüssel überlassen hatte, mal der Waschraum für die Angestellten des Bahnhofs, dann wieder die Duschkabine einer Gemeinschaftswohnung, die mir auf mein beharrliches Nachfragen (ich sagte »für Bobby«, denn längst eilte ihr dieser Name von Bahnhof zu Bahnhof voraus) von irgendeinem der ortsansässigen Spieler angeboten worden war. Ich führte sie nicht nur zu ihrer Duschgelegenheit, zum Ritual gehörte auch, daß ich das Wasser einstellte (schwierig, weil die Mischbatterien selten funktionierten) und daß ich sie auszog: langsam, vorsichtig, auf eine Weise, wie man vielleicht ein krankes, kraftloses Kind vor dem Zubettgehen entkleidet (wobei sie gern die Augen schloß und irgend etwas vor sich hinsummte), während ich selbst möglichst rasch und unbemerkt meine Sachen abstreifte und schließlich mit flachen Händen über ihre Schultern und Oberarme strich zum Zeichen.

»Kannst du mich tragen, bitte.«

Statt des Fensterbretts hatte ich ein paar kalte, kalkige

Fliesen im Rücken, das heiße Wasser prasselte zwischen ihre Schulterblätter, während sie sich bewegte, sehr langsam, wie erschöpft, ihr Auf und Ab beinah unmerklich, nur eine Art Atmen, und in wenigen Sekunden war es vorbei. Dann duschte Gavroche. Abwechselnd drehte sie ihre Schultern in den Strahl, dann das Gesicht, die Augen geschlossen, alles geschieht wie im Schlaf. Obwohl ich seit über einem Jahr mit Gavroche zusammen war, konnte ich mir ihr Leben nicht vorstellen.

Frau Krause – schon im Hof war ihr tollwütiges Geheul zu hören gewesen. Die Alte hatte einen Ellbogen zwischen Tür und Rahmen gestemmt, jetzt drängte sie mit ganzer Kraft ins Innere des Flurs und kreischte »meine Wohnung, meine Wohnung!«. Regelmäßig irrte sich Frau Krause in der Etage. Einiges hatten wir bereits versucht; einmal hatten wir sie eingelassen und ihr die Wohnung gezeigt, unsere mit Zettelhäufchen bedeckten Möbel. Wir zeigten ihr die Duschkabine, das Schachbrett, die Zitronenpflanze – wir veranstalteten eine regelrechte Führung durch unser Reich, wir waren freundlich und verständnisvoll gewesen. Die Alte hatte sich alles genau angesehen, einige Dinge hatte sie berührt und dabei anerkennend vor sich hin geschnieft, sie hatte mit dem Knöchel ihres Zeigefingers auf den runden, glänzenden Tisch geklopft und an den Blättern der Zitronenpflanze gerieben. Daraufhin hatte sie uns mit großen Augen angeblickt und weiterhin behauptet, dies sei *ihre* Wohnung. Es war außerordentlich schwer gewesen, sie wieder vor die Tür zu befördern. Noch tagelang hatte der stechende, modrige Geruch, den Frau Krause verströmte,

in den Räumen gehangen, als hätte sie beim Umherge-
hen und Betasten ihr Revier markiert. Tatsächlich irrte
sie sich seitdem öfter als früher, wenigstens schien es
mir so. Alle drei, vier Tage stapfte sie beim Nachhause-
kommen an ihrer eigenen Tür vorbei und versuchte, ihren Schlüssel in unser Schloß zu pressen – ein paar zittri-
ge, ungeduldige Versuche, dann begann sie sich gegen
die Tür zu werfen.

Gavroche kämpfte stumm gegen den Ansturm der Alten, die sie um mindestens zwei Köpfe überragte und
ohne Unterlaß leise quiekte: »Meine Wohnung, meine
Wohnung...« Es war ein schamloses, beinah boshaftes
Gejammer, mit dem die Alte sich vorwärts schob – nur
zwei, drei Sekunden vielleicht, dann hätte Gavroche
aufgeben müssen. Mit zwei großen Schritten nahm ich
die letzte Treppe – augenblicklich war ich voller Haß.
Erst packte ich die Furie an den Trägern ihrer Schürze,
dann überwand ich mich; ich griff um ihre Hüften und
zog sie in den Flur zurück. »Nein, bitte, Frau Krause,
das ist nicht Ihre Wohnung, bitte, kommen Sie doch,
nur eine Etage tiefer!« rief Gavroche, die Gelegenheit
hatte, Atem zu schöpfen, und wenn ich jetzt daran
denke, bewundere ich ihre Sanftmut, ihre Ruhe, dabei
stand ihr noch immer das blanke Entsetzen im Gesicht,
aber auch eine Traurigkeit, jene für mich unbestimm-
bare Traurigkeit, die ich seit unserer Schachreise schon
einige Male bei ihr gesehen hatte – etwas, das mich weniger für schuldig erklärte als bisher und noch ratloser
machte.

Mein Eingreifen beantwortete Frau Krause mit einem
Hilfegebrüll, das überging in ein seltsames »Huchje!-

Huchje!«-Gekreisch, störrisch und böse warf sie ihren
Kopf herum und krächzte mir ein stinkendes »Huchje!«
direkt ins Gesicht.

Wir hakten uns ein und schleppten die Alte die Treppe
hinunter, bis vor ihre Wohnung, begleitet von ihrem
entsetzlichen »Huchje!«, das sie mal mir und mal Gavroche ins Ohr kreischte. Mir schien, als würde sie dabei über uns lachen, als würde sie es *mögen*, wie wir
sie die Treppe hinunterzerrten, wie ein störrisches Kind
zwischen Mutter und Vater, das die Beine anzieht, weil
es nicht mehr selber gehen will, *nie wieder* – das Treppenlicht verlosch. Die Alte begann zu wimmern, »meine
Wohnung, meine Wohnung«. Jetzt hielt ich sie allein,
ich preßte sie leicht gegen den Ölsockel des Treppenhauses, während Gavroche sich zum nächsten Licht-
schalter vortastete. Hastig griff ich in Frau Krauses
Schürzentasche, wühlte mich durch die zerbröselnden
Klumpen ihrer Taschentücher, durch das Gewirr von
Wäscheklammern und Münzen und Dingen, die unde-
finierbar waren, bis ich schließlich den Schlüssel erta-
stet hatte.

Während der ganzen Zeit redete Gavroche beruhigend
auf die Alte ein und strich mit ihrer Koboldhand über
den hohen, knochigen Rücken, der nicht im mindesten
gebeugt war. Ich fragte mich, ob Frau Krause vielleicht
deshalb immer wiederkam. Wie ein Tier, das dorthin zu-
rückkehrt, wo beim letzten Mal noch etwas Nahrung
zu finden gewesen war.

Während ich Frau Krause im Zaum hielt, öffnete Gavroche die Tür und steckte ihr den Schlüssel wieder in
die Schürzentasche; gemeinsam schoben wir die schrei-

ende Frau ein Stückweit in ihre Wohnung hinein, und rasch, wie man einen Käfig verschließt, zogen wir die Tür hinter ihr ins Schloß, immer in der Angst, ihre Finger oder einen Fuß zu quetschen. Erschöpft verharrten wir dann für einen Moment vor der Tür mit dem nutzlosen Namensschild und lauschten, als könnte die Alte im nächsten Moment wieder hervorbrechen und einen neuerlichen Ansturm auf unsere Wohnung unternehmen.

Aber das geschah nie. Sobald die Tür ins Schloß gefallen war, setzte ihr Selbstgespräch ein. Erst leise, ein zufriedenes Vor-sich-hin-Plappern, dann lauter und anhaltend, übertönt von den Geräuschen aufeinanderschlagenden Geschirrs.

Frau Krause war nicht unser Problem.

3

Dritter Advent 2007: Nur ein Zufall hatte mich auf Schach gebracht, und jetzt schrieb ich über Gavroche. Der schwedische Kulturattaché in Berlin hatte darum gebeten, eine kurze Episode zum Thema »Das letzte Mal« zu verfassen und sie bei einem letzten Salon aus Anlaß seines Abschieds vorzutragen. Der Sieg gegen meinen Vater, dem nichts gefolgt war, keine Revanche und kein anderes Spiel, nur das Ende der Kindheit, wie ich es heute nenne (und darin war es mehr gewesen: zuerst ein Triumph, sicher, zugleich aber auch eine Übertretung, eine Umkehr der Verhältnisse, etwas, das hätte vermieden werden müssen und im Grunde kein Lob verdiente, wie ich es schon damals fühlte, aber nicht wissen konnte – das Wort *Strafe* formulierte ich nicht, genausowenig wie ich – als Dreizehnjähriger – in der Lage gewesen wäre, mir einen Begriff von der Mechanik zu machen, die das an sich harmlose Ereignis im Taschenlampenlicht über die Jahre und von mir selbst nahezu unbemerkt zu einer Zäsur verdichtete), in jedem Fall war es jenes »letzte Mal«, an das ich sofort denken mußte.

Ich schrieb ein paar Seiten, ich trug sie vor und überarbeitete sie dann noch einmal. Erst in diesem Moment, während ich über Schach schrieb und begonnen hatte, über mein letztes Schachspiel nachzudenken, war auch Gavroche wiederaufgetaucht. Ich wußte, daß ganze Abschnitte meines Lebens in ein vorläufiges oder vollständiges Vergessen zurückfallen konnten, egal, ob sie zwei oder zwanzig Jahre zurücklagen – trotzdem war es seltsam, daß ich bei Schach nicht zuerst an sie gedacht hatte. Daran, daß ich mit einer Schachmeisterin gelebt und kein einziges Mal gegen sie angetreten war; mehr noch: daß ich *zu diesem Zweck* gelogen und mich hinter dieser Lüge verborgen gehalten hatte, und genaugenommen tat ich das noch immer. Die Zäsur funktionierte und auch das Verbot, das Tabu, das ihr eingeschrieben war. Inzwischen aber glaubte ich alles besser zu begreifen – ich konnte über Gavroche und unser *Schachproblem* schreiben, und also, warum nicht, konnte ich, wenn ich wollte, *auch einmal mit ihr* darüber sprechen, ich konnte ihr dabei meine Lüge gestehen.

Die gute alte Regel (ein Ausdruck meines Vaters), niemals *bei Verflossenen* anzurufen ... Aber jetzt war es schließlich etwas anderes – ich schrieb über Gavroche, und ich hielt es für richtiger, nicht ohne ihr Einverständnis fortzufahren. Eigenartig, daß ich nicht wirklich mit Widerspruch oder Ablehnung rechnete, im Gegenteil. Insgeheim erschien mir der Anruf als eine Art Rettung, ein Weg, zum Eigentlichen, der Schachgeschichte, die von den Episoden unseres gemeinsamen Wohnens in der Wolfstraße überwuchert zu werden drohte (Frau Krause, die sich mit aller Kraft ins Geschehen stemmte und das Ganze ins Romanhafte trieb), zurückzufinden und den *roten Faden* wiederaufzunehmen. Nach und nach nahm Gavroche Gestalt an in meinem Rücken, und bald war es so, als sähe sie mir über die Schulter und flüstere mir ihr »Warum denn nicht?« ins Ohr.

Seit einem Treffen unseres Jahrgangs an der Universität vor sieben Jahren besaß ich Gavroches Handy-Nummer, aber wir hatten nur zweimal miteinander telefoniert, und das war unmittelbar nach jenem Wiedersehen gewesen. Es ging uns beiden nicht besonders gut in dieser Zeit. In den Dingen, die wir uns damals erzählten, war eine alte Zusammengehörigkeit spürbar geworden, ein Verständnis für die Probleme des anderen, etwas, wofür unsere gemeinsame Geschichte im Grunde kein Beispiel bot, im Gegenteil. Es handelte sich um genau jene Form der Zuwendung, die uns immer gefehlt hatte, jedem von uns. Offenbar genügte, daß endlos viel Zeit vergangen war.

Ich wählte ihre Nummer.

Ich war aufgeregt – vor Freude.

Ich wollte diese Freude mit ihr teilen, die Freude an einer Wiederbegegnung, von der sie, wie ich im Überschwang vollkommen übersah, nichts wissen konnte, einer Begegnung, an der sie nicht teilgenommen hatte und – auch daran dachte ich nicht – vielleicht niemals hätte teilnehmen *wollen*.

Ich wählte und legte sofort wieder auf.

Ich wartete ein paar Tage. Ich hörte bereits unser Gespräch: der Weinbergweg, Café Corso, die Baracken. Ich hatte ihr Lachen im Ohr. Meine Schachlüge, die mir plötzlich kostbar vorkam und zugleich wie ein Scherz. Ich schrieb darüber. Die Vorfreude hielt an. Das Datum meines Vorwands, drei Tage später, war ihr Geburtstag: der 22. Dezember.

Er hätte versucht, mich über den Verlag zu erreichen, aber dort hätte man meine Anschrift nicht herausgegeben ...

Ich hatte seinen Namen nicht verstanden und brachte nicht mehr als ein überstürztes »Ja-hallo-ich-wollte-Gavroche-nur-zum-Geburstag ...« heraus. Im nächsten Augenblick begriff ich, daß ihr Mann am Apparat war. Er wußte sofort, wer angerufen hatte, und redete sehr ruhig mit mir.

»Katrin«, er sagte Katrin.

Noch während er sprach, nahm ich mir vor, angemessen zu reagieren, aber ich fand nicht heraus, was angemessen gewesen wäre. Ich war verwirrt und dann wie gelähmt und dankbar für die Ruhe, mit der er meine Ahnungslosigkeit beantwortete. Er berichtete mir das Nötigste, knapp und ohne abzusetzen. Etwas rauschte in meinen Ohren, und ein So-ist-es-also-wenn-das-geschieht-Gefühl setzte ein. Wie so oft rettete ich mich in eine Art Passivität, während die Dinge mir selbst nur zustießen. Ich wollte auflegen, ich trieb ab und fühlte

mich fad. Was ich hatte erfahren sollen, erreichte mich
erst am nächsten Morgen, im Dunkeln, als die falsche
Zeugenschaft von mir abfiel und ich bloß noch ich selbst
war, und vor mir das Gesicht Gavroches.

»Kannst du mich tragen, bitte?«

»Und ja, wie soll man sagen. Katrin war sofort tot.«

Alles, was ich hätte vorbringen können, war rettungs-
los untergraben von der Unangemessenheit meines An-
rufs, alles, was ich zuvor im Kopf gehabt hatte – die kostbare Lüge, der rote Faden, das eitle Vertrauen in einen
Stoff, den *unser Leben*, wie es ausgesehen hatte, günstig
abzugeben bereit gewesen war, und der Wille, ihn zu
benutzen, so schamlos wie naiv. Und ich hatte sie Gavroche genannt.

Auch über diese Taktlosigkeit war ihr Mann, der den
Ton und die Großzügigkeit eines Witwers angenommen hatte, hinweggegangen. Er wirkte sehr beherrscht;
er sprach von einer anderen Seite her und im Bewußtsein, genau dort zu stehen und nirgendwo sonst. Seine
Frau war vor zweieinhalb Jahren gestorben. Bei einem
Unfall auf der Autobahn. Allein.

»Das ist ja jetzt auch erstmal ein Schock für dich.« Wie
oft, fragte ich mich, war er gezwungen gewesen, die Einzelheiten des Unfalls zu wiederholen. Es mußte eine bestimmte Fassung geben für Leute wie mich, Bekannte
und Freunde dritten Grades, die noch zweieinhalb Jahre
nach ihrem Tod anriefen, um Gavroche zum Geburtstag
zu gratulieren. Ihm fiel es zu, diese Anrufer einzuweihen. Damit auch sie Bescheid wußten, damit sie nicht
mehr anriefen. Ich stellte mir vor, wie er in der Küche

stand, wie er das Essen für die Kinder machte, und ihr Handy lag griffbereit, an ihrem Geburtstag lag es griffbereit. Ihre Nummer funktionierte noch immer, er hatte sie nicht vom Netz genommen, er hatte den Akku aufgeladen, vielleicht nicht nur für diesen Tag, ihren Geburtstag, sondern immer wieder, ununterbrochen über die letzten zweieinhalb Jahre. Er war beim ersten Klingeln am Apparat gewesen, er hatte zu sprechen begonnen, schnell und verständnisvoll. Als wäre mein oder irgendein Anruf erwartbar gewesen.

»Sie liegt auf dem Gertraudenfriedhof in Halle, das war ihr Wunsch.« Ihr Wunsch, warum, möchte ich fragen, aber unser Gespräch ist zu Ende. Im Hintergrund die Stimme eines Kindes. Er redet mit dem Kind. Dann entschuldigt er sich, er müsse morgen geschäftlich nach London und gerade sei die Frau gekommen, die für diese Zeit die Kinder und das Haus ...

4

Das alles stand mir nicht zu, selbst als Geschichte nicht. Als ich Gavroche noch als Lebende sah, Teil derselben Welt, wie entfernt auch immer, war sie bereits tot gewesen. Ich hatte es nicht in Betracht gezogen. Und nicht nur das: Ich hatte auf sie gebaut, ich hatte ihre Existenz vorausgesetzt. Ich hatte mit ihr gesprochen, während ich schrieb, sicher, das war nur ein Selbstgespräch gewesen, aber ein Selbstgespräch mit der lebenden, nicht mit der toten Gavroche.

Ich las den Blog mit der Trauerrede ihres Mannes und den Nachrufen ihres Bruders, seiner Frau und einiger Freunde. Ihre Nächsten, die Botschaften und Omen gesehen hatten: Blitze wie Stufen zum Himmel. Im Internet nur ein einziger weiterer Eintrag, eine Seite, die noch immer ihr Angebot, als Tagesmutter im Stadtgebiet von Dresden zu arbeiten, registrierte: 86 Besucher, »Bisher kein Kommentar«. Vor meinem Nichtwissen wurde die Anmaßung sichtbar, die mein bisheriges Erzählen bedeutet hatte. Aber auch eine naive Hoffnung, daß in den Dingen der Vergangenheit noch etwas steckt, daß sie etwas bereithalten, etwas, wohin wir einmal kommen könnten oder sollten – wichtig war nur, daß man nichts verfälschte, nichts erfand oder das Erfundene, wo es nötig wurde, um das zu Erzählende richtiger werden zu lassen, an keiner Stelle überhandnehmen durfte ... Beim Erzählen über Gavroche hatte ich die Glocken des Roten Turms auf dem hallischen Markt gehört mit seinem Westminster-Abbey-Glockenspiel, ich war beim Erzählen einer Verheißung gefolgt, die dieses Glockenspiel damals und, wie ich zu glauben begonnen hatte, noch immer bedeuten konnte – sicher, nicht mich und Gavroche betreffend, aber *uns* in einem weiteren Sinne, jeden von uns, in dem, was er für sich selbst noch vor sich sah. Aber tatsächlich geläutet hatten nur die Totenglocken, schon Jahre zuvor, und weder ich noch der Erzähler, in dessen Rolle ich derart unbedacht eingetreten war, hatten sie gehört.

Ich schob die Blöcke mit den Gavroche-Notizen beiseite und kehrte zur Arbeit an einem früheren Text zurück. Es funktionierte nicht. Ich beschloß, eine Pause zu machen, und kümmerte mich um andere Dinge: Reparaturen, Einkäufe, Autowäsche. Beim Aussteigen aus

dem Wagen dachte ich daran. Auf der Autobahn starrte
ich auf den Standstreifen, als könnten sich dort irgendwelche Spuren, irgendein Hinweis befinden; ich versuchte, seine Breite zu schätzen. Sie war nachts unterwegs gewesen, allein, auf dem Rückweg nach Hause,
sie kam von einem Besuch bei ihren Eltern in Halle an
der Saale. Ein Reifen war geplatzt, zwanzig Kilometer
vor dem Hermsdorfer Kreuz, der mit Gewalt aus der
Spur brechende Wagen, den ich sehe, schlecht ins Bild
gesetzt von der ganzen Unangemessenheit meines Den-
kens – das geht dich nichts an, das ist nicht deine Tote,
sie gehört zu denen, die im Haus auf sie gewartet hatten (eine Gewitternacht, so las ich es im Trauer-Blog),
zu denen sie unterwegs gewesen war, die es erlitten
hatten von Anfang an und sie noch immer vermissen
mußten – wie aufgewühlt mußte sie gewesen sein, nachdem sie es geschafft hatte, in jedem Schleudern des links
und rechts ausbrechenden Wagens hatte sie sich bereits
einen Schritt weiter gesehen, im Flug gegen die Planke
und darüber hinweg, auf die Fahrbahn gegenüber, in
die Bäume, in den Graben – nicht viel hatte geklappt,
nicht das Lehramt, nicht der Job in der Gehörlosen-
pädagogik, nicht das Kinderhotel (das erste in Dresden
oder das erste überhaupt, ich erinnere mich nicht mehr
genau, was sie mir damals, vor sieben Jahren, dazu erklärte) – aber den Wagen hatte sie zum Stehen gebracht.
Das hatte sie geschafft, sie hatte sich selbst gerettet, aus
einer gefährlichen, fast aussichtslosen Situation. Noch
immer hielt sie das Lenkrad umklammert, ihre Arme zitterten, ein Hämmern in den Schläfen: Vielleicht ein Anfang – dem Tod noch einmal von der Schippe gesprun-

gen, wie man es früher sagte. Sie hatte nicht losgelassen, nicht aufgegeben, sie hatte den verdammten Wagen zum Stehen gebracht, sie hatte gekämpft und gesiegt. Aber jetzt war sie erschöpft. Sie atmete aus, lange, ihre Hände lösten sich langsam vom Lenkrad, sie schaltete den Warnblinker ein, sie stieg aus und war tot.

»Katrin war sofort tot.«

Als gäbe es keine Schwelle. Kein Blick, keine Hand.

Es ist *nicht richtig*, so zu denken, es macht keinen Sinn. Es geschieht, weil die Bilder im Sog übereinandergezogen werden, weil man sie jetzt in ein und demselbem Moment sehen muß, den zerstörten und den unversehrten Körper, die eins sind in der Bilderverwirrung: der fehlende Blick in den Rückspiegel, ihr »Kannst du mich tragen, bitte?«, dann der Aufprall. Dann wieder: »Kannst du mich tragen, bitte?« Der Aufprall ist so gewaltig, daß sie nach vorn, gerade in Fahrtrichtung weiterfliegt, zwanzig, dreißig Meter. Ihr »Kannst du mich tragen, bitte?« und das Fahrerhaus eines heranrasenden MAN. Der Kühlergrill eines heranrasenden MAN und ihr »Kannst du mich tragen bitte?« In der Bilderverwirrung ist es ein MAN, der Gavroche überrollt in dieser Nacht auf der Autobahn, kurz vor dem Hermsdorfer Kreuz.

Ein paar Wochen vergingen, bis ich begriff, daß ich eine Art Abschied finden mußte, einen Schlußstein für etwas, das unter falschen Voraussetzungen und nicht einmal halb aufgerichtet worden war, keinen roten Faden, kein Ende, vielleicht nur ein Bild, das stillstehen konnte in meinen Augen, etwas, woran die Gavroche-Geschichte zur Ruhe kommen konnte.

5

Ihr Tisch und ihr Stuhl vor dem Fenster im Dunkeln, ihre Sachen darauf: schwarze Jeans, T-Shirt, eine Windjacke mit Reißverschlüssen. Es ist besser, wenn ich nichts mehr sage, denke ich. Noch einmal meine Hand an ihrer Schulter, noch einmal mein »Was ist?«. Eine Frage, von der ich wußte, daß sie unbeantwortbar geworden war. *Was* war längst alles, all das, was nicht stimmte zwischen uns. Ich versuchte mich an einer Liste mit Dingen, die festhalten sollte, worin wir uns nahestanden, während aus meinem Denken ringsum ein graues Rauschen wurde, durchdrungen von dem übermächtigen Wunsch nach Schlaf.

»Was ist denn?«

Hörbar: mein Unwille. Der enttäuschte Glaube, noch alles im Leben zum Gelingen treiben zu können. Ich war bereit zu kapitulieren, als erster in den Schlaf zu sinken, was hieß, Gavroche allein im Dunkeln zurückzulassen und damit jenen Mangel an Liebe einzugestehen, mit dem sich alle Vorwürfe und Anschuldigungen dieser Nacht und aller vorigen Nächte, die wir im Streit verbracht hatten, begründen ließen. Jetzt einzuschlafen, mir nichts, dir nichts, nach all den Dingen, die gesagt und abgestritten worden waren, um sie wieder zu sagen und erneut zu widersprechen, in einem anderen Ton vielleicht, betont ruhig oder aggressiver, wobei es sein konnte, daß man plötzlich seine eigene Stimme zu hören begann und sich auf einer Bühne sah, in einem grotesken, endlosen Stück, das auch durch ein überlanges Schweigen nicht zu unterbrechen war – unmöglich, diese Bühne einfach zu verlassen, solange man mit jedem

Atemzug neu in seine Rolle hineinwuchs, man diese Figur beatmete mit dem eigenen Atem, und die Bühne entstand mit jedem neuen Blick zum Tisch, zum Stuhl, an die Decke, zum Fenster mit dem schwach erleuchteten Innenhof ...

»Schläfst du schon?«

Vom Küchenfenster der Bunesen fiel Licht auf die Rückseite des Vorderhauses, die Ziegelsteine, braun und schmierig, die Schritte der Bunesen über uns und unter uns das Selbstgespräch der Alten, das vor einer knappen Stunde begonnen hatte. Es regnete. »Seit wann gibt's Regen als Grund?« oder »Die kommen nie wieder ins Spiel, oder was, Gavroche?!«. Am grün phosphoreszierenden Zifferblatt unseres Weckers verfolgte ich den Fortgang der Nacht, jede weitere verflossene Stunde in diesem traurigen, sinnlosen Stück erfüllte mich mit Wut, ich fühlte einen Haß in mir wachsen, aber es war nicht möglich, einfach für immer den Atem anzuhalten, man konnte nicht fort, niemand hätte das gekonnt, versuchte ich zu denken, vor allem, um mich zu beruhigen, insgeheim aber war ich überzeugt, daß andere nicht in solchen Vergeblichkeiten mitspielen mußten, daß andere einfach schliefen und am nächsten Tag weitermachten mit ihrem unvollkommenen Leben, mit ihrer unvollkommenen Liebe, und trotzdem brachten sie es fertig, zu schlafen. Meine Müdigkeit ließ mich die unsinnigsten Dinge denken: Ich würde mit einem einzigen gezielten Hieb den Wecker vom Ofen schlagen, das war sein Platz, seine Füße verkeilt in dem braunen Abdeckgitter über der Ofenplatte, ein sogenannter Schnellbrandofen, den wir nie benutzten, weil er kaum Wärme abgab, der aber trotzdem rußte und stank, sobald Frau Krause ihr Schlafzimmer beheizte. Oder ich würde aus dem Fenster springen, in den Hof, und mir am Sperrmüll die Knochen brechen, oder ich würde aufstehen, im Bett umherhüpfen und singen, *Ja, wer auch nur eine Seele sein nennt auf dem Erdenrund* . . .; oft setzte die Alte mitten in der Nacht mit ihrem Geplapper ein, erst nur ihre Stimme, ihr endloser, psalmodierender Redestrom, anschwellend und verebbend im Wechsel, und nach einer Weile auch das Schlagen von Geschirr, von Tellern und Töpfen, mit dem sie alles gewaltsam in Absätze und Kapitel zerhackte, und plötzlich einige Worte, die verständlich waren, glasklare Flüche, Zoten, über die Gavroche und ich – unter anderen Umständen – leise gelacht, die – unter anderen Umständen – Begleitmusik waren . . . »Du weißt, du darfst . . .« Wie gut es jetzt gewesen wäre, zu schlafen, einfach einzuschlafen, in den Schlaf *zu fallen*, wie es hieß, wegzusacken, abzustürzen, mitten aus diesem Stück, das uns gefangen hielt, und endlich den Beweis zu liefern: Ich bin schuld.

Im Flur ging das Licht an; vier Uhr, wie immer, Mutter und Sohn kommen die Treppe herunter, der Schimmer auf dem Bett, dem Übungsbrett, auf den Figuren und auch in den Haaren Gavroches, ihr Haarwust, der sich über dem Kissen türmte, der gezittert hatte, während sie tonlos geweint oder versucht hatte, tonlos zu weinen, denn ein paar feine Schluchzer, die äußersten Spitzen ihrer tonlosen Schluchzer waren immer zu hören, so fein und hoch, daß man unweigerlich den ganzen großen breiten unsichtbaren Eisberg ihres Schluchzers vor sich auftauchen sah, wie er auf einen zutrieb,

wie es unmöglich sein würde, diesem Schluchzer auszuweichen … Sicher, ich hatte Mitleid, Respekt, ich
hatte Angst – immer wieder hatte ich während unserer
nächtlichen Auseinandersetzungen versucht, zu verdrän-
gen, daß wir in das Gebiet dieser feinen Spitzen riesiger Schluchzer geraten würden, plötzlich, unangekündigt, oft in genau jenem Moment, in dem eine Einigung,
eine Versöhnung in Sicht gewesen war (oder ich das
geglaubt hatte), tauchten sie auf und jedesmal hatte ich
diese Irritation, und ich fragte mich, im allerersten Moment jedenfalls, woher dieses beinah außerirdische, in-
sektenhafte Geräusch gekommen, aus welcher Ecke des
Zimmers oder des Flurs es aufgeklungen war …
Die Bunesen auf unserem Treppenabsatz, die Einbildung
eines kühlen Luftzugs auf den von Müdigkeit und Tränen entzündeten Augen, das Schließen der Haustür, zunächst leise, durch einen Stopper verzögert, nur ein feines, anhaltendes Stöhnen, dann aber, als entschiede sich
alles im letzten Moment noch einmal anders: ein Don-
nerschlag.
»Spielen oder verschwinden.«
Gavroche richtete sich langsam auf, und ich sah noch,
wie sie eine der Figuren berührte, vielleicht ziehen oder
nur streicheln wollte, das hatte sie öfter getan, die Figuren zur Hand genommen und mit ihnen gesprochen,
ihnen gut zugeredet, so jedenfalls hatte es sich angehört,
wenn ich ins Zimmer gekommen war und sie es nicht
sofort registriert hatte, oft war sie vollkommen versun-
ken in den Anblick des Brettes, so lange, bis ich mich
bemerkbar machte, nicht selten war ich auch einfach
wieder hinausgegangen, in die Küche, um Kaffee zu ko-

chen und dabei selbst etwas mit dem Geschirr zu schlagen, die alte Regel im Ohr: *berührt/geführt* ...

Für einen Moment mußte ich tatsächlich eingeschlafen sein. Ich hörte das schnelle Geräusch ihres Kugelschreibers auf dem Küchentisch, das Treppenlicht war erloschen, und auch der Innenhof lag jetzt im Dunkeln.

»Gavroche?«

Jemand stand am Bett. Ich wollte mich aufstützen, aber im nächsten Moment lag die Koboldhand auf meiner Stirn; sie war angenehm kühl, sie streichelte mich; ich spürte das Daumenpflaster, und ich hörte ihre Stimme.

»Es ist schade, weißt du. Es ist ja nur sehr schade.«

Als ich erwachte, war sie nicht mehr da. Auch das Schachbrett neben dem Bett war verschwunden. Ich ging in die Küche, ich wollte nach dem Zettel sehen, auf den sie in der Nacht geschrieben hatte, in dem Moment, in dem ihre Verwandlung geschehen sein mußte, bevor sie ans Bett zurückgekommen war und mit einer Stimme, die nicht wirklich ihre Stimme gewesen war, gesagt hatte »schade, nur schade«. Aber der Zettel mit der Lösung, jenem entscheidenden Zug, war nicht mehr da; *alle Zettel* waren verschwunden, in der ganzen Wohnung fand sich kein einziger mehr. Und indem ich mich auf den Boden legte, um einen ungehinderten Blick über das Linoleum zu haben, indem ich das Vertiko, unseren einzigen Schrank, von der Wand abrückte, den Hydrotopf mit der Zitronenpflanze anhob und während ich die Regale abtastete und nicht aufhören konnte, nach den Zetteln zu suchen, hatte in mir ein Murmeln begonnen: Schade, weißt du, nur sehr schade ... Es hatte mit dem Wort zu tun, das Gavroche in dieser Nacht für uns erfunden hatte. In diesem Wort stand ich ihr sehr nah, obwohl sie nicht da war, obwohl sie gegangen war und nicht wiederkehren würde.

Der gute Sohn

Ich war beim Angeln am Bach, auf der Eisenbrücke, als ein Mann an mir vorüberging. Er hatte ein Eßgeschirr am Koppel, seine Uniform war zusammengestoppelt und paßte schlecht, aber sonst schien er nicht besonders verwildert. Sein Gesicht war sauber, und einen Moment lang schaute er mich an, aber nur für einen Moment. Etwas später kam jemand vom Dorf am Bach vorbei und sagte: »Junge, weißt du denn gar nicht, daß dein Vater wieder da ist?« Ich packte also mein Angelzeug zusammen, und erst bin ich ganz normal gegangen, aber dann gerannt. Als ich an unserem Haus ankam, waren alle Türen verschlossen.

Nach Kriegsende begann mein Unterricht im Akkordeonspiel. Meine Mutter wollte mich zu einer Art Wunderkind machen, was seltsam gewirkt haben muß in einer Familie, in der die Leute Weber, Tagelöhner, Milchverkäufer waren und ein paar Jahre später Bergleute im Uran. Zu jedem Geburtstag erhielt ich eine Süßigkeit und ein Heft Noten, an jedem Weihnachten ein Pfefferkuchenhaus und ein Heft Noten. Jedes Heft enthielt neue, kompliziertere Stücke. Woher das Geld für die Hefte kam, ich weiß es nicht. Das Akkordeon war gebraucht und der Balg an einigen Stellen gerissen, aber mein Vater hat ihn geklebt mit schmalen, von ihm selbst zurechtgeschnittenen Leinenstreifen – irgendein spezieller Leim und irgendein besonderes Leinen aus der Weberei, das *niemals morsch* werden würde, wie er betonte. Vor dem Krieg hatte er Fleischer gelernt, aber jetzt schlachtete er nur noch schwarz, das heißt an den Wochenenden und dann alles mögliche, vom Hasen bis zum Schwein. Als Weber verdiente er besser, und Webereien gab es überall in unserer Gegend, Webereien und Spinnereien.

Ich war der einzige Junge im Ort, der ein Instrument lernen mußte, bis auf Ralf Rank, in dessen Familie alle Klavier spielen konnten. Der Akkordeonunterricht wurde mit Ziegenmilch oder Ziegenkäse bezahlt und fand bei Scheffels statt, die eine Sattlerwerkstatt hatten. Es war ein dunkelrotes, schwarz marmoriertes *Weltmeister Excelsior*, 32 Bässe, 37 Tasten, 96 Knöpfe und im Kasten so schwer, daß ich es noch nicht alleine tragen konnte, jedenfalls nicht bis zu Scheffels hinüber – jedesmal mußte ich mir etwas einfallen lassen, ein geborgter Handwagen oder jemand vom Dorf, der gerade auf der Straße war und mich dann ausfragte, was das für ein schwerer Kasten sei, den ich da mit mir herumschleppe ... Ich hatte den Auftrag, ein Wunderkind zu werden, blieb damit aber meist auf mich allein gestellt.

Sonntags, wenn wir in Teichwolframsdorf bei meinen Großeltern zu Besuch waren, spielte ich vor. Mein Großvater gab Kommentare. Gelobt wurde ich selten, im Gegenteil, was meine Mutter nervös und beinah unglücklich machte, woraufhin sie wiederum von ihrer Mutter getröstet wurde, die – noch während ich spielte – dauernd etwas flüsterte wie: »Der Junge wird noch, Ilse, der wird.« Meine Mutter hieß Ilse. Meine Großmutter Hulda. Mein Großvater war im Ersten Weltkrieg Trommler gewesen. Ich erinnere mich an einen großen Druck an der Wand über dem Eßtisch mit zwei Trommlern in der rot-blauen Uniform der *Langen Kerls*. Wie zum Vorbeimarsch waren links und rechts der Trommler die Fotografien unserer Verwandtschaft aufgereiht, Verstorbene und Lebende. Die beiden Trommler schauten sich ein wenig an, fast verlegen, wie ich fand. Als Kind war ich sicher, daß sie sich gerade verspielt hatten und nun Angst haben mußten, daß ihre Truppenteile aus dem Takt geraten würden und ein Aufruhr entstünde. Aber die schwarz und braun gerahmte Einheit aus Onkeln, Schwestern, Großneffen und Urgroßmüttern sah eher schüchtern aus. Unter den Stiefelsohlen der Trommler stand die Bezeichnung des Regiments, daneben die Unterschriften dreier Potsdamer Gardekommandeure – unter allem eine Widmung: *Für Emil Seiler*. Wenn wir in der Küche saßen und unsere Suppe aßen, kam mein Großvater meist auf die Trommler zu sprechen, er war ziemlich stolz auf das Bild und besonders auf die Widmung.

Ich verbesserte mich nicht mehr wesentlich, aber ein paar Jahre ging es noch weiter mit dem Akkordeon. Ich wurde Mitglied einer Kulturgruppe der Wismut. Die Wismut hatte innerhalb kürzester Zeit riesige Berge von Schutt rings um unser Dorf aufgetürmt. Bei Wind wehte ein feiner Staub von den Halden und verdunkelte den Himmel, und die Straßenbeleuchtung schaltete sich ein. Dann ging niemand unnötig hinaus, aber der

Staub kam durch alle möglichen Ritzen ins Haus und legte sich auf die Möbel, auf das Bettzeug und sogar auf den Kasten des Radioapparats in der Küche, vor dem ich oft saß am Abend und mit dem Finger über die beleuchteten Namen der Städte fuhr: Kopenhagen, Brüssel, Paris... Das Wismutorchester bestand aus acht Akkordeons, acht Mandolinen und einem Schlagzeug: *Akkordeon- und Mandolinenorchester der Sowjetisch-Deutschen Aktiengesellschaft Wismut / Betriebsteil Seelingstädt.* Geübt haben wir in Katzendorf, im Dorfsaal. Wir bekamen gold- und silberglänzende 80-Bass-Akkordeons und wurden mit SIS-Bussen über Land gefahren, nach Greiz, nach Gera und bis nach Oberschlema zum Wismut-Endausscheid für Akkordeon- und Mandolinengruppen. Wir waren gut. Deutsche und russische Lieder, auch Bergmannslieder, »Kummt Bargbrüder, fahrn mer aus« oder »Wenn schwarze Kittel scharenweis hin nach der Grube ziehn, / so höret ihr bei Hitz und Eis nur frohe Melodien« und so weiter, aber auch Klassik, Bruckner zum Beispiel und Selbstkomponiertes. Die Bergleute haben getobt, Zugaben ohne Ende. Am 17. Juni '53 ist unser Orchesterleiter, der Waldemar hieß und von den Älteren Waldi gerufen wurde, in den Westen verschwunden und mit ihm unsere Noten – auch alle meine *privaten* Noten, die er sich noch kurz zuvor hatte geben lassen: »Bring doch mal deine Noten mit ...« Ich hatte geglaubt, es ginge um ein neues Programm, ich fühlte mich geehrt, und ich war stolz auf meine Noten. Der Verlust der Hefte wog schwer, genaugenommen war er nicht zu kompensieren, nie wieder.

Ich war beim Angeln am Pöltschbach, auf der Eisenbrücke, und ein Mann kam vorüber. Er hatte ein Eßgeschirr am Koppel, in dem irgend etwas klapperte beim Gehen. Es war Frühsommer, Mitte Juni vielleicht, und schon ziemlich warm, seine Uniformjacke stand offen. Bald darauf kam Krausens Käthe vorbei und rief: »Junge, weißt du denn gar nicht, wer das war? Das war dein Vater!« Später mußte mir das immer wieder gesagt werden: Na, Junge, das ist dein Vater! Jedenfalls ist dann noch einmal Zeit vergangen – ich blieb ruhig sitzen auf meinem Platz und hab mich weiter mit meinen Fischen beschäftigt, kleine Weißfische, die ziemlich weit oben im Wasser schwammen und glitzerten in der Sonne, dort wo kaum Strömung war, weil der Bach sich staute vor der Biegung, die auf der anderen Seite der Brücke begann. Ein paar Minuten später bin ich dann doch nach Hause gegangen. Als ich ankam, waren alle Türen verschlossen.

Ab Klasse 6 durfte ich in die Schulbibliothek. Es gab dort ein Extraregal mit einer Reihe schmaler Handbücher, vielleicht vierzig, fünfzig solcher Bücher, die Anleitungen zum systematischen Training verschiedener Sportarten enthielten – fast alles war vertreten: Bodenturnen, Speerwurf, Weitsprung, Handball und so weiter, sogar Cricket und Bandy – niemand wußte, was das sein sollte. Ein paar Nachmittage verbrachte ich vor diesem Regal. Alle Bücher sahen gleich aus und waren leicht zu verwechseln – dasselbe Format, dieselbe Anzahl von Seiten, und alle hatte man in eine braune, abwaschbare Bibliothekspappe gebunden. Auch die Autoren waren immer dieselben, das »Autorenkollektiv«, wie es hieß: vier oder fünf Leute, von denen ich glaubte, daß sie im Lauf ihres Lebens all diese Sportarten trainiert haben mußten.

Ich lieh mir Hochsprung, Schach und Boxen aus – die Auswahl ist schwer zu begründen. Zuerst wollte ich Boxen nicht unbedingt mitnehmen, dann machte ich es mehr pro forma und sicherheitshalber, weil ich nicht ausschließen konnte, daß es doch eine Art Erbteil gab, der vielleicht nur einen gewissen Anstoß brauchte. Am Anfang des Krieges hatte meine Mutter Post aus Kopenhagen bekommen mit einem Foto, auf dem mein Vater als Boxer zu sehen war, in einem echten Boxring, rundherum eine Menge Leute in Uniform mit emporgereckten Köpfen und leuchtenden Gesichtern, wie zur Bescherung. Und über allem ein großer Mann mit Halbglatze und freiem Oberkörper, dem ein kleinerer Mann den Arm hochhob, wofür er sich strecken mußte. Das Bild steckte hinter dem Glas unserer Küchenvitrine, aber solange mein Vater im Krieg war, wurde nie über das Bild gesprochen, jedenfalls nicht mit mir, und also wußte ich lange gar nicht, wer der Boxer war. Erst später wurde das Foto öfter vorgeholt. Auf der Rückseite stand »Ist das nicht schön?«. Ich wunderte mich, was mein Vater für Fehler machen konnte, dachte aber nicht weiter darüber nach. Kurz nach seiner Verlegung von Kopenhagen an die Ostfront wurde mein boxender Vater verletzt, ein Granatsplitter im linken Unterarm. Trotzdem konnte er später noch immer riesige Lasten bewegen. Nachts zog er Feldbahnschienen aus den Wismuthalden hinter unserem Haus. Tagelang zersägte er sie dann in brauchbare Stücke und verkaufte sie als Baumaterial. Er behauptete, seine Kraft resultiere aus dem Splitter, der Splitter sei das eigentliche Zentrum seiner Kraft. Wenn mein Vater über den Splitter sprach, was er mit der Zeit immer öfter tat (in Wahrheit gab es mehrere Splitter, kleinere und größere, die man nicht erwischt hatte beim Ausräumen der Wunde), ballte und öffnete er unentwegt die linke Faust, die »eiserne Faust«, wie er sie nannte, manchmal auch die »Ostfaust«. Der Kreisarzt hatte ihm gesagt, er müsse seine Hand beweglich halten, ansonsten bestünde die Gefahr einer plötzlichen Steife. Am Abend saß er in seinem Sessel am Rauchertisch, der Arm lag auf der Sessellehne, und vor der Lehne in der Luft schwebte die Ostfaust, die sich unentwegt öffnete und schloß. Der linke Hemdsärmel war bis über den Ellbogen hochgekrempelt, und man sah, wo sich die Splitter in den Arm gegraben hatten. Er saß dort einfach, machte seine Übungen und rauchte, eine Zigarette nach der anderen, das niedrige Zimmer war voller Rauch. Ab und zu drückte er mit seiner Rechten auf den goldenen Hahn, der den Boden des Drehaschenbechers zum Rotieren brachte. Der Aschenbecher mit dem Hahn obenauf gab dabei eine Art Kollern von sich, ein dunkles, zufriedenes Rollgeräusch. Irgendwann, ich hatte schon länger an der Tür gestanden, fragte ich ihn, ob ich das *auch einmal* probieren dürfe. Er hatte mich natürlich schon lange bemerkt, aber nicht groß angesehen oder angesprochen – wenn er nichts von mir wollte, gab es auch keinen Grund dafür, daran war ich gewöhnt. Ich drückte auf den Goldhahn, aber nichts tat sich: keine Drehung, kein Geräusch, nur der Boden des Aschers senkte sich ein wenig, und etwas von der Asche rutschte in den Becher. Mein Vater lachte und schlug mit der flachen Hand auf den Hahn: Kollern ohne Ende ...

Der Schlag auf den Hahn ist das, was ich öfter vor mir sehe, wenn ich beginne, an diese Zeit zu denken, meine Kindheit und den Willen, im Leben irgendwie Fuß zu fassen. Keine Ahnung, was mich eigentlich getrieben hat, aber ich war überzeugt, daß man mit irgend etwas herauskommen mußte, aus allem heraus.

Abends vor dem Schlafen nahm ich meine drei braunen Bücher zur Hand und entschied mich ohne weiteres für Hochsprung. Ich glaube, es war das, was ich von Anfang an gewollt hatte. Niemand sollte etwas davon wissen, vor allem mein Vater, aber auch meine Mutter nicht, die sich Sorgen machte um meine ins Stocken geratene Akkordeonkarriere. Mein Erfolg im Hochsprung würde sie überzeugen, was mir augenblicklich als das Verheißungsvollste am Ganzen erschien. Am Bachufer legte ich eine Hochsprunggrube an. Mit einer ausrangierten Waschschüssel schöpfte ich Sand aus dem Bach und trug ihn in eine Kuhle. Es gab Forellen im Uferschatten, aber sie interessierten mich nicht mehr. Ich machte mir zwei Latten mit Nägeln und Markierungen alle zwei Zentimeter und grub die Latten in die Erde. Ich legte einen Strick über die Nägel, an dessen Enden Steine gebunden waren, die ihn straff hielten. Ich las und trainierte: Ausgangshaltung, Anlaufhaltung, Absprungpunkt und Rolle. Wir sagten »Rollstil« oder »Wälzer«. Ich übte den Wälzer. Ich trainierte die Schritte, Schrittfolgen, Schrittlängen, Schrittempo. Sogar die

Atmung übte ich. Diese Hochsprung-Technik ist anspruchsvoll, und eigentlich war alles Technik beim Wälzer. Die besten Springer der Welt sprängen den Wälzer, hieß es im Buch. Der Flop war damals noch nicht erfunden – niemand wäre in dieser Zeit auf die Idee gekommen, eine Höhe mit dem Rücken zuerst zu nehmen.

Ich imitierte also den Mann im Buch – so gut ich konnte. Ein abgemagerter Springer mit einem ärmellosen, verwaschenen Turnhemd und dem Abzeichen des SC Motor Jena auf der Brust. Jena war ein fernes Ziel, eine Utopie. Das Turnhemd war sicher nicht verwaschen, nur die Fotografien im Buch waren blaß und unscharf. Ich sprang, lief zum Buch, starrte auf den Motor-Jena-Mann und nahm wieder Anlauf. Der Bewegungsablauf sei entscheidend, hieß es – leider gab es viel zu wenige Abbildungen davon. Trotzdem steigerte ich mich, von Tag zu Tag: ein Meter, ein Meter fünf, ein Meter sieben und so weiter. Bei jeder neuen Höhe ein kurzer, gedämpfter Siegesschrei mit anschließendem Blick zu den Gänsen im Bach. Ich schrie gern, ab und zu jedenfalls, wenn ich draußen allein unterwegs war, auf den Wiesen am Bach oder zwischen den Halden oder am Atomteich – so nannten die Dörfler den Stausee in den Halden, den wir im Sommer zum Baden und im Winter zum Schlittschuhlaufen benutzten. Eine Weile hing ich bei 1,22 Meter. Dann der Durchbruch, es ging weiter bis 1,31 Meter, aber darüber kam ich nicht hinaus, wochenlang. Ich versuchte es als Etappe anzusehen. Ich diskutierte mit dem Motor-Jena-Mann, ich beschimpfte das Buch. Ich war enttäuscht, aber nicht entmutigt.

Ich sprang, riß und saß in der Grube. Ich hockte in der Grube und pflückte Gänsekot aus dem Sand.

Auf bestimmte Weise ähnelte meine Hochsprungzeit meiner Zeit als Angler: Ich war allein und hörte den Bach. Und ich war müde. Wenn es zu dämmern begann und alles noch einmal stiller wurde um mich herum, brauchte ich nur dem Klang meiner eigenen Stimme zu lauschen, etwas vor mich hin zu summen oder leise zu sprechen, schon hatte ich das Gefühl, niemand mehr sonst, niemand außer mir und meiner Stimme seien noch auf der Welt. Alle anderen waren verschwunden, wie gestorben. Ich dachte daran, wie gut es mir beim Angeln gegangen war. Ich sah in mein Buch und flüsterte etwas wie »Brust nach rechts öffnen, Schwunghüfte vorschieben ...« Es gab nichts Seltsameres als die eigene Stimme. 1,31 Meter. Ich bekam eine Sehnenentzündung an den Fersen, worauf mein Vater mir das Fußballspielen verbot. Beim Schulsportfest kam ich auf 1,25 Meter. In meiner Altersklasse gab es eine ganze Reihe von Kindern, die höher sprangen als ich, ohne Training. Es war nicht schlimm, es rechnete ja niemand mit mir. Die Mädchen kreischten, wenn sie mit steifem Rücken und Trippelschritten auf die Latte zuhüpften und dann irgendeine verquere Scherenbewegung machten mit ihren langen Beinen. Vom Wälzer hatten sie noch nichts gehört. Trotzdem kamen ein paar von ihnen auf diese Weise höher als ich, und nur die Höhe zählte. »Keine Ahnung, wie aus dem Jungen einmal etwas werden soll«, hatte meine Mutter gesagt, als sich abzuzeichnen begann, daß ich es als Akkordeonspieler nicht zum Wunderkind bringen würde.

Ich war beim Angeln, als ein halb uniformierter Mann von der Hauptstraße nach unten auf den Bach zukam. Ich saß auf der kleinen Böschung an der Brücke, es war schon sehr warm draußen, und als der Mann über die Brücke ging, hat er mich kurz angesehen. Er hatte ein Eßgeschirr am Koppel, seine Uniformjacke und auch sein Hemd standen offen. Er hatte nichts auf dem Kopf, seine Halbglatze glänzte in der Sonne, sein Gesicht war groß, hell, und er war rasiert. Jedenfalls schaute ich ihm nicht hinterher, und deshalb konnte ich auch nicht wissen, ob er nach links abbog oder nach rechts, wo er zuerst bei Bäcker Penzold vorbeikommen mußte, der unser Nachbar war und dem wir es verdankten, daß es außer Suppe immer auch irgendwelches Brot zu essen gab. Ein paar Minuten später tauchte Frau Krause auf, ein alte Schulfreundin meiner Mutter, und rief: »Junge, weißt du denn gar nicht, wer das war? Das war dein Vater!« Ehrlich gesagt interessierte mich das nicht so besonders. Ich hatte es gerade sehr schön gehabt mit meinen Fischen – kleine Weißfische, die ziemlich weit oben im Wasser schwammen und glitzerten in der Sonne. Sie versammelten sich dort, wo kaum Strömung war, wo der Bach sich staute. Nach einer Weile hörte ich meine Mutter, sie hatte begonnen, mich zu rufen. Irgendwann kam sie dann und holte mich nach Haus. Ich sollte meinen Vater begrüßen. Ich kannte ihn ja nicht und wußte nicht, daß *er* es war. Und *er* machte auch nichts. Vielleicht war er müde oder sonstwas. Er lag halb auf dem Sofa, nur im Hemd, und rührte sich nicht. Meine Mutter schob mich ins Zimmer, Richtung Sofa, und Clara, meine Großmutter, die ich von allen noch am liebsten hatte und die wegen ihres grünen Stars eigentlich kaum noch etwas sehen konnte, rief in einem fort: »Das ist doch dein Vater, das ist dein Vater, Junge!« Ich war sechs Jahre alt und stand vor dem Sofa, ich weiß nicht mehr, wie lange. Dann gab es Mittag. Zudelsuppe.

Was mich eigentlich getrieben hat, kann ich nicht genau sagen. Ich wollte irgendwie *bestehen*, nicht verlieren. Wenn ich mich gut vorbereitete, nur mit mir allein, mit Ausdauer und Fleiß, dann, so glaubte ich, besäße ich immer eine Chance.

Ein paar Tage nach dem Hochsprungwettkampf trainierte ich Klimmzüge an der Eisenbrücke über dem Bach – das, wofür ich am wenigsten gemacht war. Es war vollkommen aussichtslos. Das höhnische Geplätscher vom Bach und die Klimmzüge, aus denen keine wirklichen Klimmzüge wurden, nur plumpe Versuche mit zittrigen Beinen, zittrigen Armen und einem zittrigen Kinn, das immer wieder scheiterte im Versuch, sich über das rostige Stahlrohr des Geländers zu schieben ... Das war schlimm. Trotzdem begann ich mit dem nächsten braunen Buch: Weiße Dame weißes Feld, schwarze Dame schwarzes Feld und so weiter, all diese Brettregeln. Zuerst war es seltsam – was daran Sport sein sollte, fragte ich mich. Man mußte sich einfach eine Menge Dinge merken, man mußte die Brettregeln beherrschen: Matt, Patt, Rochade und Opposition. Immer wieder gab es eine *Opposition*, und langsam begriff ich, was man darunter zu verstehen hatte. Etwas, das unausweichlich war. Im Schachbuch gab es Erklärungen zur spanischen, indischen und skandinavischen Partie. Ich prägte mir alles ein, so gut es ging. Die Beispiele im Buch waren ganze Geschichten von *hübschen Opfern, feindlichen Annäherungen, Vorstößen* und *Endspielen*. Ich war wie ausgehungert nach diesen Geschichten. Ich löste die Aufgaben am Schluß jedes Kapitels, Abend für Abend, und ich löste auch die sogenannten *schwierigen Aufgaben* am Ende des Buchs: »Daß Weiß mit dem geringen Figurenmaterial ein Matt bereits im 4. Zug erzwingen kann, hält man zunächst nicht für möglich ...« Ich war im Rausch, nächtelang.

Es war der Moment vor dem Sofa, auf dem mein Vater lag und zu mir hinsah – die Zeit verging, aber in meiner Erinnerung geschieht alles rund um diesen Augenblick. Es war, als hätte jemand mein Bewußtsein an dieser Stelle vor dem Sofa angepflockt. Wie eine Ziege, die nur das abgefressene Gras im Radius ihrer Kette hat, solange niemand kommt, sie umzupflocken. Ein paar Jahre jedenfalls kam niemand: Die gemeinsamen Beutezüge über die Halden, und ich stehe vor dem Sofa. Das Schwarzschlachten an den Wochenenden, ich spüle die Därme über dem Ausguß im Hof und stehe vor dem Sofa. Die Bestrafungen mit dem Siebenziemer, wenn ich durchnäßt nach Hause kam. Sieben Lederstreifen über die Beine oder über den Rücken, während ich vor dem Sofa stehe und *es* zugeben soll. Sieben Streifen, von denen ich einen nach dem anderen abschnitt über die Jahre, mit der Nähschere meiner Mutter, die das Leder kaum schaffte. Noch zwei Streifen waren übrig, als ich dreizehn wurde und vor dem Sofa stand. Das einzige Lob: für ein Brett, das ich am Bach aufgelesen und nach Hause gebracht hatte. Mein Vater sagte: »Schönes Brett, Junge, kann man bestimmt mal noch gebrauchen ...« Das war das Lob. Ich stand vor dem Sofa. Und irgendwann ein Nachmittag, an dem er mit mir zum Baden nach Frinnsdorf ging – der einzige Ausflug, den wir je zusammen machten.

Die Culmitzscher Schachgruppe traf sich seit 1948 regelmäßig bei Bäckermeister Trützschler. Trützschler war neben dem Bäcker Fritz Penzold und dem Bäckerehepaar Edwin und Milda Seiler der dritte Bäcker in Culmitzsch. Penzold und Seilers machten guten Kuchen, Trützschler beschränkte sich auf Brot und Brötchen, es hieß, zu mehr fehle ihm das Talent. Dafür war er ein Ausnahmekönner im Geräteturnen und ein hervorragender Schachspieler. In Trützschlers Wohnstube spielten die besten der Alte-Herren-Mannschaft simultan gegen uns, den ›Nachwuchs‹. Auf seinem ausgezogenen Stubentisch standen mehrere Uhren, die leise tickten, und neben jedem Schachbrett lagen sauber die Protokollblöcke, auf denen jeder Zug notiert werden mußte. Jeder Spieler hatte seine eigene Uhr, und die verbrauchte Zeit eines jeden wurde gemessen. Es roch nach Brot. Das leise Ticken der Schachuhren und das Geräusch des Backofens, die dunklen Möbel ringsum und das Fenster zur Straße, die Stores und das Licht, das ins Zimmer fiel, und mein nächster Zug – keine Ahnung, wie ich es anders sagen soll: Mein Leben befand sich das erste Mal im Gleichgewicht. Am Ende jedes Spieltags riß Trütschler die Zettel von den Blöcken und verwahrte sie gemeinsam mit den Uhren und den Brettern in einem seiner dunklen Schränke. Jeder Culmitzscher Spieler hatte eine Pappkiste mit seinen eigenen Zetteln in Trützschlers Schrank. Diese Kiste enthielt meine ersten Erfolge. Jederzeit konnte ich Trützschler um die Kiste bitten und nachlesen, daß es stimmte.

An einem der Sonntage, an denen ich Clara, meine langsam erblindende Großmutter, spazieren führte, war plötzlich der Weg nach Frinnsdorf verschwunden: der Baderschberg, die Schlittenabfahrt bei Fanni Müller vorbei, der Leichenfrau, die sich auch mit Kräutern auskannte – alles weg. Bis in die Gärten lagen die Halden, wie riesige dunkle Gletscher aus Schutt, die sich über Nacht herangeschoben hatten. Langsam wurden wir zugeschüttet.

1952 stellte die Culmitzscher Schachjugend bei den Kreismeisterschaften in Greiz fünf der sechs Endrundenteilnehmer, weshalb in der Ostthüringer Bauernzeitung auch vom »Culmitzscher Schachwunder« die Rede war. Drei der fünf Culmitzscher Endrundenteilnehmer hießen Seiler, woraufhin sie der Greizer Artikelschreiber (»Culmitzsch – eine schachverrückte Welt« war der Titel seiner Reportage) kurzerhand für Mitglieder einer »Ostthüringer Landfamilie mit besonderer Begabung« erklärte, um damit das Geheimnis des Culmitzscher Erfolgs zu begründen – eine Sichtweise, die den unterlegenen Kreisstädtern entgegenkam. Verwandt aber war niemand, soweit ich weiß. Insgesamt gab es fünf, zeitweise sechs Familien in Culmitzsch, die Seiler hießen. Von den Culmitzschern wurden sie nach ihrem Handwerk oder ihrem Wohnort unterschieden: Der Getreideseiler, der

Schneiderseiler, der Bäckerseiler, der Bachseiler, der Wiesenseiler. Der Bäckerseiler und mein Vater, der Bachseiler, nannten ihre Söhne Reinhard, im selben Jahr geboren. Das heißt, der Sohn des Bäckerseilers und ich wurden gemeinsam eingeschult, was die ersten Jahre über immer wieder Verwechslungen nach sich zog. Der Einfachheit halber und damit die Unterscheidung sicherer wurde, sprachen die Lehrer bald nur noch vom *Bäckerseiler seinem* oder vom *Bachseiler seinem*. Als ich, dem Bachseiler seiner, dritter geworden war bei den Kreismeisterschaften in Greiz und dafür als Preis ein handtellergroßes Steckschach gewonnen hatte mit winzigen, glänzenden Figuren, wurde ich von Sportlehrer Barth vor die in Reih und Glied angetretene Klasse gerufen und dabei *der Schachseiler* genannt.

In der Culmitzscher Herren-Mannschaft gab es einige Ausnahmespieler. Bäcker Trützschler natürlich, aber auch Sportlehrer Barth und Helmut Wilke aus Großkundorf und Paul Böttger, dessen Sohn mit mir im Nachwuchs trainierte. Trützschler und Barth waren enge Freunde, ununterbrochen spielten sie gegeneinander – bis Barth etwas mit Trützschlers Frau anfing. Daran ist dann die ganze Culmitzscher Schachwelt zugrunde gegangen.

Der junge Böttger und ich haben noch eine Weile fast täglich trainiert, allein, draußen auf der Wiese am Bach. Böttger ist später groß rausgekommen als Chef der Spinnerei in Teichwolframsdorf, wohin auch wir hatten umziehen müssen, bevor die Wismut Culmitzsch dem Erdboden gleichgemacht hat – ausgenommen die Gräber, die noch einige Jahre bleiben durften, so lange, bis die Ruhefrist für die letzten Toten abgelaufen war.

Ich war beim Angeln am Bach ... Damals saß ich fast täglich auf der Eisenbrücke. Angeln war das Beste, was es gab, aber ich aß keinen Fisch. War der Fang groß genug, brachte ich ihn nach Hause. Meine Mutter machte den Fisch, und ich bekam Kartoffeln mit Salz oder mit Quark und Zwiebeln. Als mein Vater *das ganze Theater*, wie er meinte, nicht mehr mitmachen wollte, zwang er mich, vom Fisch zu essen. Er sagte: »Du wie alle hier an meinem Tisch.« Ich schluckte und mußte mich sofort übergeben, über den Teller, das Tischtuch und seinen ganzen verdammten Tisch. Von da an hat er mich nicht noch einmal gezwungen, Fisch zu essen, aber Angeln wollte ich auch nicht mehr, und ich tat es nie wieder.

Ein einziges Mal noch haben wir alle gespielt – 1967 beim letzten großen Fest von Culmitzsch. Es gab einen Festumzug, zwei Blaskapellen mit Halt vor jedem Haus im Dorf, von denen einige schon leer standen und ein paar schon halb abgerissen waren. Vor der Schule sprachen der Pfarrer und Bäcker Trützschler über Culmitzsch, es war eine Art Verabschiedungsappell, aber ohne Fahne und ohne »Immer bereit!«. Von denen, die das Dorf bereits verlassen hatten, waren fast alle noch einmal zurückgekehrt. Die Männer gingen im Anzug und die Frauen im Kostüm. Manche weinten vor ihrem Haus oder vor dem, was davon noch übrig war. Neben dem Schachturnier gab es ein Radrennen rund um das Culmitzscher Wasserschloß, und am Abend spielte das Elgitta-Sextett auf der Freitanzdiele.

Und jetzt erschießen wir dich, du alter Mann

Es war das letzte Jahr, in dem Bendler seinen Sohn noch regelmäßig zum Training in die Stadt fuhr. Dabei hörten sie immer dieselbe infernalische Zigeunermusik, und spätestens am Brauhausberg begann Bendler mit dem Fäustetanz. Wie die Kolben eines Zweitaktmotors stießen seine Fäuste bis knapp unter die Frontscheibe, während er das linke Knie gegen das Lenkrad gestemmt hielt. Und sofort reckte Paul, der auf der Rückbank schräg hinter ihm saß, seine eigenen Fäuste in die Luft und schüttelte sie im Rhythmus der Trompeten. Damals war Bendler bemüht gewesen, das Ganze für fröhlichen Übermut zu halten, und aus diesem selbstgemachten Übermut hatte er tatsächlich etwas Mut geschöpft.

Die Halle befand sich in einer der breitesten und häßlichsten Straßen der Stadt. In dieser Gegend kannte er nur den Friedhof, wo er gewöhnlich seine Runden drehte, um die Zeit bis zur Heimfahrt zu überbrücken. Manchmal saß er auf einer der Bänke hinter der Kriegsgräberstätte und las. Zum Abholen tauchte er stets etwas zu früh auf. Wenigstens für ein paar Minuten wollte er Paul sehen bei seinen Würfen und Griffen und den die Stunde abschließenden Kämpfen. Obwohl er dabei fast immer in eine seltsame Aufregung geriet und verkrampfte.

235

Auf der Treppe nach unten zum *Dojo*, dem großflächi-
gen, mit Matten ausgelegten Trainingskeller der Halle,
verdichtete sich ein Kampfgeruch, die Luft war verbraucht, und für ein paar Stufen atmete Bendler flacher,
dann gab er auf und sog den Geruch von Schweiß, Tal-
kum und Gummi ein. Zwischen der doppelflügeligen
Tür zum Übungsraum und einem kurzen, unbeleuchte-
ten Flur zum Kraftraum hing ein Pinnbrett mit Termi-
nen für Wettkämpfe und Gürtel-Prüfungen, außerdem
ein paar Angebote: gebrauchte Kimonos und Trainings-
anzüge mit dem Vereinslogo *UJKC*. Auch rund um die
Stützpfeiler des *Dojo* waren Matten gebunden. Es gab
Mütter, die das gesamte Training am Rand der Matten-
fläche knieten, in Strümpfen, da es zu den Regeln gehörte, die Schuhe an der Tür zurückzulassen. Mit den
blauen, roten und weißen Latschen der Judokas bildeten die Schuhe der Frauen einen weiten, unregelmäßig
wachsenden Halbkreis, eine Art Mandala, das sich für
jedes Training neu zusammenfügte. Ein Blick in das braune, ausgetretene Fußbett eines Frauenschuhs genügte,
Bendler erneut vollkommen mutlos zu machen.
Vor einiger Zeit hatte Paul ihn dazu gebracht, mit ihm
bestimmte Würfe zu üben, wobei Bendlers Rolle die
des *Uke* war, desjenigen, bei dem eine Kampftechnik
zur Anwendung kommt. Die mit Steppdecken ausge-
legte Dielung ihres Wohnzimmers geriet dabei ins Schwingen, die Beleuchtung eine Etage tiefer begann sich von
der Decke zu lösen – bei jedem Aufprall erwartete Bendler das Krachen, mit dem auch sie endlich zu Boden gehen würde.
Geduldig erklärte ihm Paul einen *Ashi-Waza* oder einen

Koshi-Waza. In Zeitlupe stellte er die wichtigsten Wurf-
phasen dar und betonte (Bendler wußte, daß er dabei
die Anweisungen seines Trainers Wort für Wort wieder-
gab), wie entscheidend es für den *Tori* sei, das eigene
Gleichgewicht zu bewahren, während er unentwegt damit beschäftigt sein müsse, das des *Ukes* zu stören.
Es fiel Bendler nicht leicht, seine vergleichsweise riesige
Gestalt gegen den schmächtigen Körper des Jungen ein-
zusetzen. *Kesa-Gatame* war Pauls Spezialität unter den
Bodentechniken. Zuerst hatte Bendler es nicht wahrha-
ben wollen – er war mit aller Kraft gegen die Festhalte
angegangen: Augenblicklich bohrte sich Pauls kantiges
Becken in die Gegend seiner Leber, das ganze Gewicht
des Jungen schien auf seiner Brust zu lasten und ihn am
Atmen hindern zu wollen; Bendler bäumte sich auf,
und seine Beine ruderten durch die Luft. Pauls ernstes,
vom Kampf gerötetes Gesicht war unmittelbar über
ihm, die heiße, schweißnasse Stirn des Judokas berührte
seine Wange. Mein Sohn, dachte Bendler, mein Sohn,
dabei begann er zu stoßen, sich aufzubäumen, Gewalt
anzuwenden – es funktionierte nicht. Dann kam der
Moment, in dem seine Panik einsetzte und er sich Paul
um jeden Preis hätte vom Leib schleudern wollen, doch
seine gesamte Kraft genügte nicht.

Die Judomütter wußten es längst: Wegen des bevorstehenden Wettkampfs war für diesen Nachmittag ein zusätzliches *Randori* geplant. Die Sonne stand schon tief,
und Bendler konnte sich nicht überwinden, noch einmal in seine Spazierschleife auf dem Friedhof zurückzukehren.

Mißmutig ließ er sich die Magistrale hinuntertreiben, aber er ging, und im Gehen wurde ihm wohler. Er überquerte die Straße, was nicht einfach war, es gab vier Fahrspuren und zwei Straßenbahngleise, die in einer Vertiefung lagen, fast war es ein Graben. Er strauchelte, fluchte, der Schotter hatte seinen rechten Handballen aufgeschrammt. Im Graben war es warm, eine Strömung, Bendler spürte die laue, fast fettige Abluft der Tram. Eine Weile folgte er dem Gleisbett und paßte seine Schritte den Abständen der Schwellen an, bis ihm davon beklommen zumute wurde. Hastig überwand er die gegenüberliegende Betoneinfassung und gelangte auf eine schmalere, parallel verlaufende Straße mit Kastanienchaussee, Vorgärten und einer Häuserreihe.

Eine ganze Weile strich Bendler im Schatten der Kastanien entlang, begegnete jedoch keinem einzigen Menschen. Die Mauer, die von der zweistöckigen Häuserzeile gebildet wurde, schien endlos. Gerade als er beschlossen hatte, kehrtzumachen, tat sich ein Torbogen auf, ein Tunnel, von dunklem Schnitzwerk eingefaßt, der den Blick auf die Gegend hinter der Mauer freigab.

Der weitere Weg war schmal, stieg langsam an, dann stärker und immer wieder zweigten schmale Pfade ab, die sich, halb zu Höhlen überwachsen, im Gelände einer Kleingartenanlage verloren. Es herrschte eine absolute Stille, als läge das ganze Gebiet weit außerhalb der Stadt.

Bendler, der es schon lange nicht mehr gewöhnt war, einen derartigen Anstieg zu Fuß zurückzulegen, fuhr ein Wandergefühl in die Beine, es ist das *Hohe-Tatra-Gefühl*, dachte er, es erinnerte ihn an die Wanderurlaube seiner Kindheit, das mühsame Immer-weiter-Steigen, das eine beständig wachsende Lust zum Stehenbleiben mit sich schleppte, in der wiederum eine Lust verschlossen war, *für immer* stehenzubleiben und im ganzen Leben keinen einzigen Schritt mehr zu machen – und tatsächlich hob er den Kopf, um zu sehen, ob seine Eltern nicht irgendwo vorausgingen.

Natürlich schaute er nicht wirklich nach ihnen aus, in dieser Gegend hinter der Häuserzeile hatte er sie einfach vor Augen, egal, ob er nach vorn sah oder auf den Weg oder in die winzigen Gärten mit ihren sauber aufgerollten Wasserschläuchen – kleine Wagen, die ihn an Gehhilfen erinnerten, nahmen die Windungen des Schlauches auf, dessen aufgerollte Gestalt einem riesigen Ohr glich, das zu ihm, dem Fremden, hinüberlauschte.

Das Berganschreiten machte ihn ruhig. Eine Ruhe, wie sie in den winzigen Gewächshäusern wuchs und von ihren mit frischer Rostfarbe bearbeiteten Skeletten gestützt und gehalten wurde. Eine Ruhe, die auch von den Plastikstühlen, den Blumenschalen, den Töpfen mit Koniferen und von dem ganzen hingestreuten Zierat selbstverfertigter Keramik ausging und bereitwillig getragen wurde, eine Ruhe, die ihn nach und nach umhüllte, als wisse sie um alle seine Maße und wäre der paßgenaue Behälter für sein Gehen und Denken.

Auf einem Pfahl entdeckte er einen kleinen, aus Ton gebrannten Schädel; jemand hatte ihm etwas Moos und dürres Gras als Haarschopf aufgelegt. Dieser unverwandt zu Bendler hinstarrende Kopf kniff das rechte Auge zusammen und lachte, wobei das Lachen (der lachende Mund, der einen Blick ins Innere des Schädels freigab) nicht vollkommen gelungen war – Augen, Wangen, Nase und Mund waren im Ofen aufeinander zu geschrumpft und gingen ganz unvermittelt ineinander über – alles war zuwenig für sich, zu dicht, fast böse … Sie brennen die Sachen noch im eigenen Herd, wie ihren Kuchen, wie in den alten Zeiten, phantasierte Bendler, oder er keuchte es vor sich hin, die immer noch wachsende Dichte der Ruhe ringsum ließ die Frage nicht zu, *wie genau* es zu diesem Schädel gekommen sein mußte, wie er ursprünglich vielleicht einmal geplant gewesen war, all die Mühen, die nicht belohnt worden waren, die Untauglichkeit des Ofens, für die doch keiner der Mieter etwas konnte, das schlechte Material, die falsche Hitze und also das mähliche Schrumpfen des Lachens zur Häme, im Dunkel der Küche, nur das Herdlicht auf dem stumpfen Linol, welcher Abglanz von Daheim, dachte Bendler, von Hoffnung und Mißglücken … Plötzlich war der Weg zu Ende.

Am Brunnen hieß eine kleinere Straße mit einer neuen Häuserzeile. Ohne weitere Überlegung bog Bendler nach rechts ab, wo sich eine Art Anger mit Bäumen, Bänken und einem Klettergerüst auftat.

Bendler drehte eine Runde um den Platz und wartete, bis sein Atem ruhiger geworden und das Wandergefühl aus seinen Beinen gewichen war; er fühlte sich ausgelaugt, er war müde, erschöpft wie schon lange nicht mehr oder schon seit langem, nur hatte er es bisher nicht bemerkt. Flüchtig sah er auf seine Uhr, dann setzte er sich auf eine Bank. Daß es diese Bank gab, war ein Trost. Ich brauche eine Pause, dachte Bendler, eine Pause *von allem.*

Hinter ihm erhob sich eine kleine Mauer und ein paar Meter vor ihm lag ein öder, von zerbrochenen Gehwegplatten eingefaßter Sandkasten mit einer Schaukel, einer Blechrutsche und einem Klettergerüst. Auf halbem Weg zwischen Bendler und dem Sandkasten gab es ein grünes Schild mit dem stark zerkratzten Schriftzug KINDERSPIELPLATZ, darunter eine ganze Reihe entstellter Piktogramme, die offenbar eine Art Gebrauchsanweisung oder Zutrittsbeschränkung bedeuteten, *Benutzung von 8 bis 20 Uhr / bei Sommerzeit bis 21 Uhr* – es waren dieselben Zeiten, zu denen der Friedhof geöffnet hatte.

Eine Arena, dachte Bendler, und er war allein in ihrer Mitte. Den ersten Kreis bildete eine schmale Pflasterstraße, den zweiten ein Bürgersteig, den dritten ein schmaler Streif von Vorgärten und im äußersten, vierten Kreis standen jene zweistöckigen, sorgsam renovierten Häuser, deren abweisender, aber doch wohnlicher Anblick ihn von Anfang an gefangennahm – vor allem galt das für das Haus am Kopfende des Platzes. Ihm gefiel die grobe, fast plumpe Architektur, das Sichtmauerwerk und die glasierten Ziegel, auf die jetzt das Licht der untergehenden Sonne fiel, so daß Bendler Lust verspürte, hinüberzugehen und eine Wange dagegen zu drücken ...

Bendler behagte die Fremdheit des Platzes. Er kannte das: in einer fremden Wohnung zu erwachen und sich augenblicklich geborgen zu fühlen. Als wäre der unbekannte Ort imstande, ihn vollständig aufzunehmen, zu adoptieren ... Er müßte nur hinübergehen zu dem Eingang des Hauses, an das er gerade seine Wange hatte drücken wollen (er nannte es sein Sehnsuchtshaus), er müßte nur klingeln, bei Deichsel oder Ergenbrecher, Wiechmann oder Blösche – diese Namen, sauber in die Klingelschilder eingefügt, er hatte sie im Vorbeigehen gelesen, weniger gelesen als *erkannt*, denn die Gestalt ihres Wortlauts war ihm vertraut; seit Jahren, seit er seinen Sohn jeden Mittwoch und Freitag zum Training gebracht und auf seiner Spazierschleife über den Friedhof unterwegs gewesen war, hatten diese in Marmor oder Granit gemeißelten Namen in ihm Fuß gefaßt, ja, er konnte sie auswendig, Stein für Stein, und nicht nur das, auch Geburts- und Todesjahre, langes Leben, kurzes Leben, Mädchennamen, letzte Sprüche, nur hatte er bisher nichts davon bemerkt, und plötzlich saß er hier: Wiechmann oder Blösche? Er müßte nur hinübergehen zum Sehnsuchtshaus, das metallische Geräusch der Klingel wäre bis auf die Straße hörbar, nur vier oder fünf Sekunden würde er warten müssen, schon halb gegen die Tür gelehnt, dann das energisch-zustimmende Gesurr des elektronischen Öffners, des *Summers*, wie seine Mutter ihn immer genannt hatte, Drück-mal-den-Summer-Andreas!, hatte sie oft aus der Küche in den Flur gerufen mit ihrer fröhlich-beschäftigten Stimme, und einen Moment hatte Bendler das Gefühl, er selbst stünde dort oben und ließe ihn ein, in sein eigentliches Leben, das sich schon lange bei Wiechmanns oder Blösches abspielte.

Seit einiger Zeit bedrängte ihn die Empfindung, sich an einem bestimmten Punkt seines Lebens *zu weit aus dem Fenster gelehnt* zu haben, wie sein Vater es ausdrückte, hinausgelehnt und abgedriftet, dachte Bendler, verlorengegangen für die Rolle, die er zu spielen gehabt hätte, verloren für den Ort, der ihm zugedacht gewesen war, seine *natürliche Umgebung*, Wiechmanns oder Blösches ... Zunächst träfe er niemanden, keiner, der ihn erwartete, stünde in der Tür, aber der kleine Gong zum Abendessen würde ertönen und aus der Wohnstube käme ein Ruf nach ihm, verbunden mit der Frage, ob er sich die Hände gewaschen habe (Aber-bitte-nimm-Seife-Andreas!) – dann nochmals der Gong, schnell, ungeduldig, mit jenem kurzen, an sich selbst erstickenden Mißton, der ihm so vertraut war aus Kindertagen, nein, er würde nicht zögern, er würde sich gründlich die Hände waschen, das Handtuch benutzen, die Stirn ins steife Frottee gepreßt, einatmen, rubbeln, reiben, so lange, bis alle Sorgen verschwunden wären, er würde eintreten in den Raum, leuchtend der winzige Gong über dem Tisch ... Und kaum hätte er sich auf seinen Platz gesetzt, mit dem Kachelofen gegenüber und dem Glasschrank an der Seite, der seinen gekrümmten Rükken, seine schlechte Sitzhaltung widerspiegelte (Hast-du-einen-Buckel-Andreas? oder Schau-mal-in-den-Glas-schrank-Andreas!), überfiele ihn jene gute, erlösende Müdigkeit, nach der er sich sehnte.

»Die kommen, du alter Mann, und jetzt erschießen wir dich!«

Bendler sprang auf, eine Röte fuhr ihm ins Gesicht.

»Und jetzt erschießen wir dich!«

Das plötzliche Ende der Stille traf ihn wie ein Stoß, so daß er einen kleinen Ausfallschritt machen mußte, um nicht ins Taumeln zu geraten. Etwas zwang Bendler, an sich selbst hinunterzublicken, als müsse er sich zuerst überzeugen, noch unversehrt zu sein. Der Junge vor ihm trug in der einen Hand eine Säge, einen kurzen, rostigen Fuchsschwanz, den er offenbar als Pistole benutzte und der auf Bendler gerichtet war, in der anderen hielt er ein überdimensioniertes Handy aus Plastik. Die untergehende Sonne schien ihm direkt in sein rundes, milchig weißes Gesicht. Entschlossen visierte er Bendler an, die Augen zusammengekniffen, den Finger am Abzug – dabei fiel es ihm schwer, die Säge ruhig zu halten.

Obwohl Bendler in seiner ersten Erregung kaum verstand, was geschah (zuallererst mußte er sich anstrengen, den Jungen mit der Fuchsschwanz-Bewaffnung überhaupt zu *sehen*, es kostete ihn Kraft, die plötzliche Erscheinung dieses Schützen für wirklich zu halten), begriff er, daß es jetzt an ihm war. Daß er das Kind zurechtweisen mußte, um dem Spuk ein schnelles, möglichst überzeugendes Ende zu bereiten. Aber sein Mund war trocken, seine Zunge wie gelähmt; er kam nicht umhin, sich einzugestehen, daß er einen Augenblick lang tatsächlich Angst empfunden hatte, eine nackte, blanke Angst, die ihm schneidend durch Mark und Bein gefahren war. Das paßt, das paßt absolut, dachte Bendler und versuchte einen halb belustigten, halb grimmigen Gesichtsausdruck, während er sich bemühte, Fassung zu bewahren, und auf seine Bank zurücksank.

»Wir sind Kindereinbrecher, und deshalb können wir dich erschießen!« erklärte der Junge mit der Säge, die er im Rhythmus seines Sprechens wie eine Art Taktstock auf und nieder gehen ließ und dabei gegen Bendler gestreckt hielt, als spiele dieser ein besonderes Instrument in seinem Orchester. Bendler spürte seinen Haß. Zugleich war er erstaunt darüber, daß es noch immer Kinder gab, die Kniestrümpfe trugen, Kniestrümpfe, dachte er, rot und weiß und gestreift, die Kniestrümpfe also ... Es war das erste Mal in seinem Leben, daß er als *alter Mann* bezeichnet wurde.

»Fabi, ich bin hier!, hier!, hier!«

Es war ein zweiter, kleinerer Junge. Er schien glücklich darüber, beteiligt zu sein, und hatte Posten auf dem Klettergerüst bezogen, während ein dritter, ein mondgesichtiger Fettwanst, der irgend etwas Großes im Mund hin und her bewegte, einen Batzen Kaugummi vielleicht, mit dem er seine Wangen abwechselnd links und rechts ausbeulte, Bendler zu umkreisen begann. Er folgte dabei den Handzeichen des Anführers mit der Säge und schlich sich in Bendlers Rücken, hinter die Bank. Lächerlich, dachte Bendler, aber sein Herz ging schneller. Noch immer kreiselte der Schreck in ihm und fand keinen Ausgang. Bendler verstand, daß das alles vollkommen absurd war, daß es wahrscheinlich ohnehin längst an der Zeit war, den Abstieg zur Magistrale in Angriff zu nehmen und Fabi seinem Schicksal zu überlassen – dabei spürte er einen leisen Schmerz: Das Idiotenkind mit der Säge hatte ihn aus einer guten, wohnlichen Abwesenheit gerissen, einer Herberge, in der sein überspanntes, nervöses Denken (*es ist zu schwer* – seit Wochen pulsierte in ihm dieser Satz, wenn er an die bevorstehende Trennung dachte) sich einen Moment hatte lösen und strecken können – eine gute, tröstliche Abwesenheit, deren frisch gekappte Enden noch nachzitterten.

»Ich hab Handy!«

Zum Beweis preßte der Wortführer der Gruppe sein Plastikhandy ans Ohr, das halb in seinem blonden Haarschopf verschwand. Obwohl der Tag auch jetzt am Abend noch Wärme hatte, trug er einen Wollpullover, über den ein breiter Gürtel, eine Art Koppel, geschnallt war. Im Koppel steckte ein blankes Stück Holz, das vielleicht ein Messer oder einen Dolch darstellen sollte. Da die Sonne dem Jungen jetzt nicht mehr direkt ins Gesicht schien, bemerkte Bendler die ungewöhnlich dunklen, an ihren Rändern zu einem matten Schwarz vertieften Augenringe, die sich mit den Rundungen der Wangen überschnitten. Ein Mund ganz ohne Ausdruck, dachte Bendler – er hatte ihn kaum entdecken können, so klein, schmal und blaß war er eingebettet in die untere Hälfte des Kindergesichts.

»Wir haben nämlich keine Mama!, keine Mama!, keine Mama . . .!« echote der Posten vom Klettergerüst. Einen Moment lang hielt Bendler auch das für möglich. Schließlich hatte er bis auf die drei minderjährigen Angreifer noch keinen einzigen Bewohner dieser Gegend zu Gesicht bekommen. Und Fabi, der Anführer, schien ihm tatsächlich wie eine künstliche Figur, für diese Minute erdacht und in die Welt gestellt, mit einer Paßgenauigkeit, welche die Absurdität seiner Erscheinung beinahe vollkommen wettmachte und sein Vorhaben (Bendlers Erschießung) zu legitimieren imstande war; in einem gewissen Sinn, das mußte Bendler in diesem Augenblick zugeben, war sein Auftritt *unwiderstehlich*.

»Halt jetzt den Mund, bitte Dschastn!«

Der Junge, der wahrscheinlich Justin hieß, verstummte, und Fabi trat etwas näher an Bendler heran. Dabei

klatschte er mit dem Fuchsschwanz auf den Ballen seiner Hand, das feine, singende Geräusch, das beim Zu-
rückfedern des rostigen Sägeblatts entstand, schien ihm
gut zu gefallen.

»Die Waffen – verdammt, wo sind die Waffen!« krähte
er plötzlich in sein Handy, gleichzeitig machte er einen
weiteren Schritt auf Bendler zu. Der stehende Fabi überragte den stumm dahockenden Bendler, viel fehlte nicht
mehr, dann würde sein fade milchiges Gesicht über ihn
gebeugt sein. Ein paar leere Ermahnungen kamen Bendler in den Sinn, Erwachsenenphrasen, peinlich genug
und längst zu spät, um noch irgendeine Wirkung zu er-
zielen, alles zog willenlos durch seinen Kopf.

Fabi tätschelte seine Säge, der Ballen seiner Hand war
braun von Rost.

»Glaubst du uns auch, daß wir auch Einbrecher sind!«
Es war keine Frage gewesen. Daß Bendler bisher nicht
reagiert hatte, mit keinem einzigen Wort, machte den
Jungen unduldsam. Mit der Säge wedelte er ein paar un-
deutliche Hinweise zu dem Fettwanst hinter der Bank,
offensichtlich nahm er an, daß Bendler seine Zeichengebung und all die anderen Verhandlungen, die zwinkernd
oder mit stumm verzogenem Mund über seinen Kopf
hinweg geführt wurden, nicht bemerkte. Kleiner Idiot,
dachte Bendler wieder, aber er fühlte sich kraftlos und
müde dabei. Ohne es eigentlich beschlossen zu haben,
begann er so zu tun, als bemerke er tatsächlich nichts,
gar nichts. Nicht den Jungen vor ihm mit seiner Säge,
nicht den, der sich in seinem Rücken heranschlich und
dessen Kaugummiatem er bereits im Nacken zu spüren
glaubte, und auch nicht Dschastn auf seinem Turm.

»Soso, achso, tjaja …« Fabis Telefonstimme.

Es war keine besondere Idee, keine Strategie. Wie ein Stachel, der ein lähmendes Gift absonderte, saß Bendler noch immer sein allererstes Erschrecken in den Knochen. Er fühlte eine eigenartige Verlegenheit, eine Art Zwang, dem, was hier auf dieser Spielplatzbank mit ihm geschah, *so und nicht anders* zu entsprechen. Es kam nicht aus ihm und nicht aus Fabi, dem ungeduldigen Kommandeur, es schien, als spräche die Situation selbst etwas aus, das überzeugender war als alles, was Bendler sich über die Lächerlichkeit dieses Ortes, dieser Kinder und ihrer Absichten hätte erklären können – mit seinem immer noch rascher schlagenden Herzen. Ohne weiteres zog er sein Notizbuch aus der Jacke und tat, als schriebe er.

»Ja, und dann, dann können wir dich erschießen!« hob der Junge wieder an, und Bendler schrieb es ins Notizbuch. Fabis Ton hatte sich geändert. Bendler war jetzt nicht mehr nur der *alte Mann*, sondern auch der schwache und der dumme Mann, der sich nicht einmal ansatzweise in der Lage zeigte, eine Abwehr gegen den Angriff aufzubauen.

Abwartend ließ Fabi die Säge kreisen. Dann plötzlich beugte er sich vor, und mit einem Ruck zog er sich seine Strümpfe bis unter die Knie.

Immerhin, dachte Bendler; bisher hatte der Junge ihn weder beleidigt noch beschimpft. Wenn man von der Bezeichnung *alter Mann* einmal absah, die aus Fabis Perspektive sicher nicht falsch war. Augenblicklich wurde Bendler klar, wie seltsam und verdächtig, ja, anrüchig (er dachte dieses Wort) seine Erscheinung auf dem Kinderspielplatz wirken mußte, und es war ihr Gebiet, *Fabis Land* gewissermaßen. Eine schnelle, prompte Reaktion hatte Bendler versäumt, alles, was jetzt geschah, konnte als Folge dieses Versagens angesehen werden.

Fabi seufzte vernehmlich, einmal und dann noch einmal.

Mit einer fahrigen Bewegung führte er abermals sein überdimensionales Handy ans Ohr und starrte dabei angestrengt auf einen Punkt in der Luft, der um einiges über Bendlers Kopf lag. Offenbar erstreckte sich sein Kommando noch auf ganz andere Bereiche, von denen sich weder Bendler noch Dschastn oder der Dicke hinter der Bank eine Vorstellung machen konnten.

»Bist du die Zeitung, Zeitung, Zeitung?«

Die Frage war vom Turm her gekommen, und Bendler notierte sie, und indem er schrieb, bemerkte er, daß es ihm guttat, die Szene, vor allem das milchige Gesicht des Kindes mit der Säge, nicht mehr unmittelbar vor Augen zu haben. Es beruhigte ihn, den Blick auf die feinen blauen Zeilen seines Notizbuchs zu halten, auch wenn er nicht schrieb. Halb gelang ihm auf diese Weise sogar die Rückkehr in seine alte Abwesenheit, die, sanft und kühl, noch einmal ihre Fäden zog und sich verwob mit dem, was geschah auf diesem Spielplatz mit Blechrutsche und Öffnungszeiten ... Müßte ich fliehen, phantasierte Bendler, würde mich dann *das Haus*, würden mich Wiechmanns oder Blösches zu sich nehmen?

Mechanisch schlug er die Seiten in seinem Notizbuch zurück bis auf Tage, an denen ihm *zu schwere* Entscheidungen noch nicht abverlangt worden waren. Dabei blätterte er sehr langsam, sehr vorsichtig, als könne eine einzige falsche Bewegung den Ablauf der Dinge gefährden. Gern hätte er genauer gewußt, wann es gewesen war, *ab wann* er sich zu weit aus dem Fenster gelehnt hatte und abgetrieben war.

»Wann kommt ihr denn mal – okay!?«

Das war Fabi, der erneut in sein Handy brüllte, und Bendler notierte es. Ein singendes Geräusch entstand, dem er entnahm, daß das Idiotenkind beim Telefonieren mit kurzen, schnellen Hieben seiner Säge die Luft vor Bendlers Gesicht zerschnitt.

Bendler kam nicht umhin, es sich einzugestehen: Die von seinem ersten Erschrecken gezündete Vorstellung, das Verletzende, Schmerzvolle könnte ihn aus Fabi, diesem Zwerg in Kniestrümpfen anspringen, war nicht ohne weiteres in die Höhle seiner Angstphantasien zurückzutreiben – eine Höhle, die sich mit zunehmendem Alter nicht geleert, sondern auffällig gefüllt zu haben schien. Nach und nach hatte sein kindliches »Mir-geschieht-schon-nichts!« (was seine besorgte Mutter angesichts der Vielzahl seiner Knochenbrüche und Bewußtlosigkeiten zur Weißglut gebracht hatte) einer infantilen Todesangst Platz gemacht. *Ihm* konnte alles geschehen.

»Verdammt! Da ist noch der Mann, er schreibt auf, daß wir dann in der Zeitung sind – Mist! – Ihr müßt jetzt ganz schnell kommen und ihn dann erschießen!«

Eine kurze Stille folgte.

Vier singende Hiebe der Säge, links-rechts, links-rechts. Bendler spürte den Luftzug an seiner Wange. Dann sprach Fabi wieder in sein Telefon, indem er laut wiederholte, was er gerade von den zur Exekution herbeigerufenen Truppenteilen erfahren hatte:

»Es dauert noch ein bißchen, weil sie ihre Pistolen suchen – Mist! – okay!«
Vier singende Hiebe der Säge.
Bendler ahnte, daß sein Verhalten Fabis Rolle als Kommandeur eines Erschießungskommandos, das erst noch
anrücken mußte, zwar weiterhin möglich, aber nicht ein-
facher machte. Andererseits hatte er noch nie von Fäl-
len gehört, in denen die zu Erschießenden mit den Schie-
ßenden eine Art *small talk* betrieben, bis alles soweit
arrangiert war und man zur Sache kommen konnte.
Links-rechts-links – drei singende Hiebe.
Ein Widerschein der untergehenden Sonne lag auf dem
Sehnsuchtshaus gegenüber. Die Steine, gegen die er seine
Wange hatte drücken wollen, begannen zu leuchten, wie
aus eigener Kraft, und die Fenster färbten sich zu goldenen Tafeln. Einen Moment erinnerte sich Bendler an die
langen kämpferischen Nachmittage seiner eigenen Kindheit, an das gelbe Indianerzelt zwischen den Wohnblök-
ken, an die leichten, großen Knüppel aus Holunder, an
den Geruch, wenn sie das Holz aus dem Gebüsch brachen,
seine Zähigkeit und das weiche, weiße Mark in seinem
Kern ... Stefan Dix, Maik Bock, Jörg-Uwe Schaudinus –
plötzlich fielen ihm diese längst vergessen geglaubten
Namen wieder ein, die Mitglieder seiner Bande.
»Leeeegt an! Leeeeegt an! Leeeeegt an!«
Dschastn wurde ungeduldig und begann auf seinem Posten an der obersten Stange des Klettergerüsts Rollen
zu machen.
Der Kommandeur ist in Schwierigkeiten, ich müßte ihn,
ich müßte *uns* retten, dachte Bendler mit pochendem
Herzen und schrieb es in sein Notizbuch.

Aus dem Mülleimer neben der Bank, einem runden, massiven Behältnis aus Beton, stieg ein süßlicher Geruch. Ein paar Wespen zuckten über seiner dunklen Öffnung, Bendler sah sie aus dem Augenwinkel. Wenn die Insekten mit ihren Senkrechtstarts aus dem Eimer herausschnellten, waren sie einen Moment orientierungslos und kamen ihm unangenehm nah. Bendler haßte Wespen, unternahm jedoch nichts, die verirrten Tiere von sich fernzuhalten – er vermochte es nicht. Tatsächlich konnte er sich nicht mehr bewegen. Eine kurze, scheinbar rücksichtsvolle Stille trat ein; es war genau jene ihn wie ein Futteral umschließende Stille, durch die er vom Tunnel her den Berg hinauf bis zu diesem seltsamen Platz gedrungen war. Eine Stille, der Bendler inzwischen nicht mehr als ein hartes Ausatmen und das feste Verschließen seines Mundes entgegenzusetzen hatte.

Alles schien innezuhalten. Bendler stierte auf die Seiten seines Notizbuchs, auf den zuletzt notierten Satz, und gerade als er, verwundert über seine gipserne Starre (gern hätte er sich darüber lustig gemacht) und wie in letzter Abwehr, hinzufügen wollte: Ganz sah es so aus, als erwarte der Mann auf dem Spielplatz tatsächlich seine Erschießung – traf ihn das Sägeblatt flach auf den Arm.

»Da war – eine Wespe, eine Wespe!«

Bendler hörte es noch.

In der polizeilichen Rekonstruktion, für die es, wie sich bald herausstellen sollte, eine ganze Reihe von Zeugen gab – nicht nur die beiden Jungen, auch drei oder vier Bewohner des *Sehnsuchtshauses* gegenüber hatten den

Fremden auf dem Spielplatz im Auge behalten –, hieß es, der zehnjährige Fabian Blösche sei bereits vom ersten Schlag zwei bis drei Meter zur Seite geschleudert worden. Bendler erinnerte sich vor allem daran, daß das Handy in hohem Bogen bis auf das Pflaster geflogen und sofort zersprungen war.

Sein *Kumikate* war schnell und präzise gewesen; mit der linken Hand hatte er den Ärmel des Pullovers gepackt, dessen viel zu weiter Stoff bis über den Plastikgriff der Säge fiel, mit der rechten hatte er blitzschnell in den V-förmigen Ausschnitt über Fabis Brust gegriffen, ihn mit der Faust umschlossen und angezurrt – schon in diesem Augenblick setzte mit einer Vierteldrehung zum Gegner sein *Tai-Sabaki* ein. Alles war eine gute, fließende Bewegung gewesen, bis aus einem dunklen, regellosen Rückraum, unangekündigt und mit ganzer Wucht eine (seine) Faust geradezu ins Gesicht des halb schon fallenden Fabis geschossen war ... Einmal, und dann mindestens noch einmal, wie es im Protokoll hieß.

Bendler erinnerte sich anders: Als erfülle sie einen letzten Auftrag und nur zur Sicherheit war seine Schlaghand noch lange, noch im Hinstürzen nah an dem runden, verblüfften Gesicht des Jungen geblieben, dessen ausdrucksloser Mund sich zu einem winzigen, tonlosen *o* geöffnet hatte. Sicher, er gab zu, nicht sofort geflohen zu sein; er hatte sein Notizbuch und den Kugelschreiber aufheben müssen. Und er erinnerte sich, daß der fette Junge hinter der Bank – Lenny Wiechmann, wie Bendler später aus dem Protokoll erfuhr – in vollständiger Verkennung der Lage »Angriff! Angriff!« gerufen hatte, wobei er wegen der undefinierbaren Kugel in seinem Mund kaum zu verstehen gewesen war. Und noch im Gehen, bereits auf der Straße, auf der Suche nach dem Abstieg zur Magistrale, hatte er Dschastn gehört, der ihm unablässig hinterherbrüllte: »Unsere Mütter sind nicht tot!, nicht tot!, nicht tot!«

Na?

Als K. am frühen Morgen heimkehrte und mit seinem Wagen auf die kurze, überfrorene Einfahrt bog, sah er den Vogel. Es war eine Amsel. Sie stand auf einem der Pfeiler und bewegte sich nicht. Ihre Vogelfüße steckten in einer dünnen Schneeschicht, weshalb es so aussah, als hätte sie keine Füße, als läge sie nur da, im Schnee, regungslos, wie ein verfranzter, weit verschlagener Tennisball.

Der Motor lief, das nächste war, daß er aussteigen mußte, um das Tor zu öffnen. Er schaltete das Radio ab und hörte auf das angenehm klopfende Geräusch des Motors im Standgas; er war müde, er wollte schlafen, am liebsten sofort. Durch die Frontscheibe sah er zu dem Vogel, und der Vogel sah zu ihm in den Wagen. Er rührte sich nicht.

Bis heute hatte K. keine Vorstellung davon, wie ein Vogel stirbt; tote Vögel tauchten selten auf. Pro Jahr zählten sie höchstens zwei oder drei Kadaver im Garten, und oft war leicht zu erkennen gewesen, daß diese Tiere ihr Leben im Kampf verloren hatten. Jedesmal hatten die Kinder sorgfältig den Fundort untersucht, die Lage des Körpers oder was davon übrig war: die Streuung des Gefieders und die mit den hin und her irrenden Ameisen bedeckten Unterseiten der Flügel. Sie fanden den

Schnabel, oft ohne Kopf, und die abgebissenen Vogelfüße, die manchmal etwas abseits und wie verloren im Gras herumstanden, als warteten sie darauf, daß es mit ihnen weitergeht.

»Sie schnappen die Tiere mitten im Schlaf, wenn der Kopf noch unterm Flügel steckt. Dann können sie gar nichts machen.« Atemlos entwickelte Bruno seine Hypothesen. Bei ihm lief alles auf eine sagenhafte Schlacht hinaus, eine Schlacht, die um Mitternacht stattgefunden hatte, *so seltsame Schreie, weißt du*, und er versicherte, davon aufgewacht, aber dann, irgendwann, doch wieder eingeschlafen zu sein. Clara bedauerte den toten Vogel und wollte ein Begräbnis, mit Trauerrede und Gebet.

»Warum bleiben sie nicht oben, in den Bäumen?«

»Weiß ich nicht, Clara.«

»Ganz oben passiert ihnen nichts, oder?« Wie er Clara in den Arm genommen und dann eine seiner Vogelgeschichten erzählt hatte, *Die Möwen von Fahamore* oder *Der Vogelfütterer vom Wannsee* – das alles schien einem vertrauten, oft gesehenen Film zu entstammen, einem Film, in dem jemand, der ihm ähnlich sah, tröstliche Dinge erfand. Ohne irgend etwas zu wissen von Ornithologie, erklärte K., daß sich die meisten Vögel, wie bei Tieren nicht unüblich, zum Sterben versteckten. Er persönlich nähme an, daß die Vögel sich an ihrem Ende sehr weit, sehr tief in den Wald zurückzögen und dort einen schönen, geheimen Ort hätten, eine Lichtung mit einer Sterbekiefer, von der sie sich ungestört fallen lassen konnten, wenn es soweit war. *Müßten wir andernfalls* – die Kinder gruselte es, wenn er so eigenartig zu reden begann –, müßten wir andernfalls, fragte K., nicht beständig auf ihre Toten stoßen, kleine hohle Knochen, überall verstreut, gerade hier, in unserem Garten am Waldrand, wo Hunderte dieser Sänger jeden Morgen und jeden Abend ihr ohrenbetäubendes Konzert veranstalten?

Die Kinder waren ganz seiner Meinung gewesen. Sie sammelten die Reste des Vogels in einem Plastikeimer und begruben sie unter der Buche, eine Stelle, die sie als Friedhof benutzten. Nur ein paar ausgewählte Federn und den Schnabel trugen sie in den Schuppen, wo sie ein Terrarium hatten mit vertrockneten Blindschleichen, einem Wildschweinschädel und einer Menge anderer Überbleibsel. Die Federn pflanzten sie in den Sand, der den Boden des Terrariums bedeckte, oder sie stellten sie einfach aufrecht in die Ecken. »Die Federn sind die Wächter der Knochen«, murmelte Clara und strich, als spende sie Segen, mit der Innenseite ihrer schmalen Hand über den Federwald, der dort über die Jahre gewachsen war.

Da gerade niemand die Straße herunterkam, vor dem es ihm hätte peinlich sein müssen, mit laufendem Motor vor dem eigenen Tor im Wagen zu sitzen, beließ er es eine Weile dabei; für einen Moment stützte er die Stirn aufs Lenkrad. Es war angenehm so. Er dachte etwas wie: Ein Tier, das es nicht mehr schafft, für sich zu sorgen, und er fragte sich, ob es bereits die ganze Nacht dort gesessen und gewartet haben konnte, vielleicht schon am Abend. K. lauschte auf den Motor, die Kühlung hatte sich eingeschaltet, und ohne das eigentlich geplant zu haben, trat er ein wenig auf das Gaspedal.

Die Kinder – sie hätten ihn längst bemerkt. Sie wären zum Tor gekommen, um zu sehen, weshalb er nicht ausstieg. Bruno hätte sofort das Tor aufgerissen, um mit ihm in die Garage zu fahren. Gemeinsam hätten sie dann den Rückweg, die kurze Strecke durch den Garten zur Straße, gemacht, um es wieder zu verschließen.

»Irgendwie muß es immer weitergehen, mein Lieber.«
Er hatte das halblaut gegen die Frontscheibe gesagt; mit einem gewollten, kraftlosen Schwung stieg er aus und ging rasch auf das Tor zu. Irgend etwas geschah dabei. Es war das Versteinerte, Unverwandte im Auge des Vogels; die fehlende Scheu. K. zögerte und überlegte, ob er nicht doch lieber umkehren sollte, schließlich war es nicht unbedingt nötig, am frühen Morgen in die Garage zu fahren, nicht unbedingt nötig, nach Hause zu kommen, schoß es ihm sinnlos durch den Kopf. Das Auto konnte er auch auf der Straße parken. Linkisch, mit einem hektischen, asymmetrischen Schlagen seiner Flügel und einem unangenehmen, absonderlich lang gezogenen Pfiff stieß der Vogel sich ab und verschwand im Fächer der Tanne, rechts von der Einfahrt.

»Immer weiter, weiter, *mein Lieber*«, sein Geflüster kam ihm jetzt lächerlich vor. Für einen Moment erinnerte sich K., daß er früher schon auf der Einfahrt den Motor abgeschaltet hatte, um lautlos in die Garage zu rollen, und er hatte das Garagentor angehoben, damit es nicht über den Boden schabte; er war am Abend und nicht am Morgen nach Hause gekommen, und er war *leise* gewesen. Obwohl K. alles, was sonst noch geschehen war, immer bei sich trug, kam es ihm selten in den Sinn – es fiel ihm nicht ein. Auch nicht, als er von der Ga-

rage her die Einfahrt zurückging, um das Tor zu schließen und die Amsel sich von der Tanne herunter auf
die kleine Hecke stürzte (ohne Pfeifton) und dort reglos hängenblieb. Sie mußte sich ziemlich grob und ungeschickt abgestoßen haben, vielleicht war sie auch nur
abgerutscht, jedenfalls ging ein feiner Schauer nassen
Schnees zu Boden, von dem ihm etwas in den Kragen
stob – K. erschrak und hob die Hände zum Kopf.
Waren Bruno und er in der Garage aus dem Auto gestiegen, galt es als abgemacht, daß K. ihn fragte: »Kommst
du noch mit bis zum Tor?« Sofort stürmte Bruno voraus, K. blinzelte ins Licht zwischen den Kiefernspitzen,
seine Schritte knirschten kaum hörbar auf dem Schotter der Einfahrt, und bis zum Tor war er frei: Ein Atemholen, ein Aufschub, eine Lücke von zehn, zwölf Sekunden, in der ihm nichts und niemand etwas anhaben
konnte. Dann schlenderten sie langsam nebeneinander
zurück bis zum Haus; dabei schob er seine Hand in Bru-
nos Nacken oder fuhr ihm durchs Haar oder machte
etwas Ähnliches, irgend etwas, das ebenfalls jenem alten, oft gesehenen Film entstammte, wo es eine vollkommene Vertrautheit symbolisieren sollte, und im Grunde
zeigte der Film noch mehr: die Bereitschaft, *alles* zu geben, falls es nötig sein würde. Zusammen gingen sie die
Einfahrt hinunter, K. strich Bruno übers Haar, und was
er dabei sagte, war:
»Na?«
Neben ihm ruckte die Amsel durchs Gestrüpp. Zupfend
und mit einem seltsam gurgelnden Geräusch versuchte
sie – wie nebenbei – die roten Perlen zu fressen, die dort
wuchsen; nicht bei jeder genügte ihre Kraft, fast bei kei-

ner, um genau zu sein. Trotzdem versuchte sie es weiter, gab aber jedesmal sehr schnell auf und ließ den Zweig wieder aus dem Schnabel fahren. Es sah aus, als hätte sie einen irrsinnigen Hunger, aber keine rechte Zeit dafür, solange sie auf seiner Höhe bleiben mußte. Dabei zerriß ihr die Hecke das ohnehin ramponierte Gefieder. Trotzdem schaffte sie es, an seiner Seite zu bleiben, die ganze Hecke bis zum Tor und wieder zurück, ein Vogel wie ein Hund, dachte K., ein Tier, das zu einem gehört.

Zwei Meter vor dem Haus endete die Hecke. K. strich sich sorgfältig die Füße ab auf dem Gitter, er steckte den Schlüssel ins Schloß, und mitten in sein Zögern, mitten in das schabende Geräusch seiner Schuhsohlen auf dem Abtritt endete der Film. Das Licht ging an, er betrat das Haus und war allein.

Die Zeitwaage

>»Leider war es in unserer Familie Brauch,
die Hauptstadt aufzusuchen ...«
Wolfgang Hilbig, *Die Angst vor Beethoven*

Erst die Glocke, dann das Gewisper aus den Vitrinen.
Ich öffne das Armband über dem Puls, mein Handrük-
ken berührt den Verkaufstisch, der Arm gestreckt wie
zur Blutabnahme. Lautlos gleitet die Uhr auf das kleine
Tablett mit der Schrift: *Walinski & Söhne.* Ich massiere
das befreite Gelenk und nehme Platz (mein Stuhl, denke
ich) zwischen zwei mannshohen Kästen aus Glas. Eine
Straßenbahn fährt vorbei, und ich erwarte das Geräusch.

Freunde, die wußten, in welchen Zustand ich damals
nach der Trennung von C. geraten war, hatten mir vor-
geschlagen, nach Berlin zu kommen. Sie hatten das in
einem Brief getan, den ich noch immer besitze und verwahre wie eine alte Eintrittskarte, von der man glaubt,
daß sie vielleicht irgendwann noch einmal verlangt wird.
Am Ende des Briefes ist von einer möglichen Anstellung
»in der Gastronomie« die Rede.
Es handelte sich um eine Souterrain-Kneipe im Stadtbe-
zirk Mitte, Oranienburger Straße. Ein von Bewohnern
des Hauses ausgebauter Keller, kaum Komfort, niedrige
Preise und der Name: *Assel.* Die *Assel* war die erste ihrer Art, später folgten ähnliche und andere Orte, Restaurants, Cafés und in Nachbarschaft der Synagoge einige koschere Läden. Bereits tagsüber gab es viele Touri-

sten, die angezogen waren von den Ruinen und der *Szene*, die sich darin eingenistet hatte mit Schrottskulpturen und großen, an Galgenstricken aus den Fenstern hängenden Puppen. Am Abend kamen die Prostituierten, dann war es ihre Straße. Wenn sie sich ausruhen oder aufwärmen wollten, saßen sie an einem runden Tisch direkt vor dem Tresen der *Assel* und tranken Kakao. Der Tisch – er hatte sich als Personaltisch etabliert, aber das negierten die Frauen, oder sie bemerkten es nicht, und niemand von uns hätte gewagt, sie darauf aufmerksam zu machen.

Die ersten Wochen wohnte ich bei meinen Freunden. In langen Gesprächen, die immer wieder um C. und mein Unglück kreisten, hatten sie mich schließlich überzeugt, daß auch in meiner Lage bestimmte Dinge vonnöten waren: Ernährung, Schlaf – und eine eigene Unterkunft.

Auf mehreren Streifzügen notierte ich mir einige anscheinend leerstehende Wohnungen. Dabei ging es zunächst darum, ob Fenster dunkel, schmutzig und ohne Vorhänge waren. Ob bewohnt oder unbewohnt, war nicht immer leicht zu entscheiden, und oft stand ich lange unten auf dem Gehweg und starrte nach oben. Es konnte geschehen, daß sich dann irgendwann eines dieser leblosen Fenster öffnete und ein Bewohner erschien, der mich wahrscheinlich ebenfalls schon länger beobachtet hatte und nun heftig den Kopf schüttelte und eine drohende Bewegung zu mir und dann die Straße hinunter machte.

Gemunkelt wurde von einer neuen Bestimmung zur »Bekämpfung des Leerstands«, die Wohnungssuchenden maßgebliche Rechte einräumte, wenn sie sich in der

Lage zeigten, stichhaltig nachzuweisen, daß ein Wohn-
raum seit über sechs Monaten nicht genutzt worden
war. Erzählt wurde auch (eines der Hauptgerüchte unter den sich sporadisch formierenden Zuzüglerkreisen),
einzelne Ämter hätten sich *von den Ereignissen* derart verunsichern lassen, daß bereits ein halbwegs ener-
gisches Auftreten unter Andeutung der eigenen Kennt-
nisse rund um die »Bekämpfung des Leerstands« von
Erfolg gekrönt sein konnte. Hintergrund des Ganzen
bildete das »Allgemeine Zuzugsverbot für Berlin«, ein
Verbot, das landesweit bekannt, um nicht zu sagen, be-
rühmt war. Inzwischen aber wußte niemand mehr, ob
es noch galt oder welche Ausnahmen zugelassen wurden oder, wie die Großsprecher unter den Zuzüglern behaupteten, alle Gesetze dieser Art absolut nichts mehr
zu bedeuten hätten und uns jetzt im Grunde *jede Tür*
offenstünde.
Leere Wohnungen waren keine Seltenheit. In manchen
Straßen standen ganze Höfe leer. Dazu kamen die Wohnungen der sogenannten Ungarnflüchtlinge, einige in bester Lage, aber viel schwerer auszumachen. Waren sie
nicht bereits geplündert oder konfisziert, hingen noch
Vorhänge an den Fenstern, und die Fenster selbst konnten kaum länger als ein Dreivierteljahr ungeputzt sein.
Hatte ich genug Mut beisammen, betrat ich ein Haus.
Möglichst geräuschlos stieg ich die Treppen hinauf, wartete, bis sich mein Atem beruhigt hatte, und legte dann
ein Ohr an die Tür. Hatte ich etwas gehört – oder nicht?
Manchmal klopfte oder klingelte ich. Trat jemand aus
einer der umliegenden Wohnungen ins Treppenhaus,
gab ich mich augenblicklich als ein Verwandter oder Be-

kannter aus: »Entschuldigen Sie, ist Herr Treibel nicht da?« »Wozu wollen Sie das wissen?« wurde ich nie gefragt.

Am Ende entschied ich mich für ein Haus in der Rykestraße, das von einem kleinen Wald wild wuchernder Büsche und Bäume halb zugewachsen war. Im Eisenwarenhandel am Rosenthaler Platz kaufte ich Werkzeug und ein Türschloß, und natürlich scheute ich zurück vor diesem letzten, aber notwendigen Schritt.

Die Hilfsbereitschaft war groß. Mieter, die auf mein umständliches, ohrenbetäubendes Gehämmer aufmerksam geworden waren (ein paarmal hatte ich mich vergeblich gegen die Tür geworfen), kamen die Treppe herunter und erkundigten sich, ob ich *für länger* hier bleiben wolle. Bereits im Tonfall ihrer Frage lag meine Antwort bereit: Ja, das möchte ich, möchte ich gern, denn ich finde es *gerade hier* sehr schön, ich glaube, weil das Vorderhaus fehlt und die ganze Fläche ja vollkommen von Büschen – ist das Holunder? – und sogar, wie ich gesehen habe, mit etwas weißem Flieder, altem Flieder bewachsen, und überhaupt, die Gartenbank und die Feuerstelle links vom Eingang, als gäbe es öfter einmal Hoffeste hier, unter den Holunderbüschen ... Daraufhin liehen mir die Mieter ihr Brecheisen aus.

Tatsächlich hielt ich nichts von Hoffesten und den damit verbundenen Verbrüderungen in der unmittelbaren Nachbarschaft, vielleicht aber, dachte ich, würde ich in der Rykestraße anfangen, sie zu mögen – schließlich stand alles auf Anfang und Ende.

Etwas Holz splitterte aus dem braunen Rahmen, und noch einmal hatte ich Glück: Die Tür war nur zugezogen, nicht abgeschlossen gewesen. Der letzte Bewohner, ein Mann namens Alfred Wrubel – ein in kindlicher Schrift beschriebenes Papierschild klebte über der Klingel –, hatte dazu keinen Grund gesehen.

Eine Weile galt mein ganzer Stolz dem neuen, metallfarbenen Schloß, eingesetzt von eigener Hand – mein Schloß, meine Tür, dachte ich. Es handelte sich um eine schattige Einzimmerwohnung mit einem winzigen Flur, von dem auch die Küche abzweigte. Die Toilette lag auf halber Treppe, ihr schießschartenartiges Fenster ging nach vorn zu den Holunderbüschen und zur Straße hinaus – der Fußboden war übersät von Kerzenstummeln und Pappen verbrauchter Toilettenrollen.

In der Wohnung fand ich ein paar Dinge, die offensichtlich von Alfred Wrubel zurückgelassen worden waren: ein Vertiko, ein Doppelbett mit Federkernmatratzen und vor dem Ofen einen Aschekasten voller Asche. In der Küche stand eine Werkbank, ein massives, aus Eichenbohlen und Winkelstahl zusammengeschraubtes Stück, das den schmalen Raum beinah vollständig ausfüllte; sonst gab es nichts. Nur ein paar Kleinigkeiten, Walnußschalen und Bonbonpapier im Ofenloch und unter dem in ungewöhnlicher Höhe angebrachten Waschbecken ein kleiner, schmutziger Hocker, der sich auf den rotbraunen Dielen beinah unsichtbar machte. Die gesamte Wohnung schien durchzogen von einem halb sauren, halb süßlichen Geruch, der mich an das Schlafzimmer meiner Großeltern erinnerte.

Zwei Nachmittage lang strich ich die Wände weiß, und am dritten begann ich, so gut es ging, auch meine Dielen mit einer weißen, glänzenden Farbe (»hochglänzend«

hieß es auf der Büchse) zu übertünchen; weiße Dielen, ein absoluter Coup, dachte ich. Nach dem halben Küchenboden – die Werkbank erwies sich als unverrückbar, weshalb ich ihre stählernen Stützen vorsichtig aussparen mußte – war ich vollkommen erschöpft. Ich ging die Dimitroffstraße hinunter und verglich das Angebot zweier Imbißbuden. Lange saß ich an einem kleinen, mit Weißkraut bestreuten Tisch und starrte auf die Häuserwand gegenüber. Mein Blick graste noch immer nach dunklen, schmutzigen Fenstern.

Alfred Wrubel – eine Ecke des Papierschilds stand ab von der Wand, wie eine Aufforderung, es endlich herunterzureißen und einen eigenen Zettel zu schreiben, aber jetzt fühlte ich mich dafür zu schwach. Die Tür fiel ins Schloß, und augenblicklich empfand ich die wohltuende Fremde des Ortes. Ohne einen Blick auf die halbweiße Dielung ging ich ins Zimmer, zog einige Matratzen aus dem Wrubelschen Bett und legte mich schlafen. Eine Weile suchte ich nach meiner Verzweiflung, fand aber nichts.

Rasch, als gälte es ein Tier am Schwanz zu packen, greift Walinski ein Ende des Armbands und zieht die Uhr auf Augenhöhe. Eine halbe Sekunde, dann schließt sich die Hand um den Fang, dann geht sein Blick zu mir hinüber. Etwas unklar, verzerrt, denke ich, wird meine Gestalt für ihn durch die Vitrinen, aber auch ein verschwommenes Nicken genügt, dann verschwindet Walinski wieder an seine Geräte. Zwei, drei Atemzüge, und obwohl ich vorbereitet bin, überfällt es mich: Der maschinenhafte Ton, klar und stark, als schlüge etwas gegen die Verstrebungen der Zeit, im Grunde kein Ticken und doch das Echo der Uhr, für die ich Sorge trage.

Als ich am anderen Morgen erwachte, fühlte ich mich außergewöhnlich ruhig, beinah leicht. Ich konnte einfache Dinge denken und einfache Dinge tun. Ich dachte an Besorgungen, Einkäufe, ich hatte die Geduld, einen Zettel zu machen.

Von einer Zelle hinter der Grenze telefonierte ich mit meiner Mutter; wochenlang hatte ich sie nicht gesprochen. Ihre Stimme war leise, und auch sie verstand mich kaum. Ich brüllte, daß alles soweit gut verliefe in Berlin, Freunde, Studium, Kurse in Englisch und sogar Latein, was ich jetzt für meinen Abschluß bräuchte... Vielleicht hatte sie mich nicht verstanden, die Verbindung wurde schlechter, fast tonlos am Ende ihre Frage, ob ich nicht vielleicht doch wieder in einem Maurerbetrieb, als Maurer auf dem Bau, nebenbei und vielleicht sogar schwarz, wie früher, *du hast ja noch dein ganzes Werkzeug, Junge* ... Lange konnte ich nicht mehr sprechen. Die Münzen waren verbraucht und das Telefon umlagert, Tag und Nacht gab es Andrang vor den Zellen jenseits der Grenze – aus dem Osten kam man nicht mehr heraus.

Zwei, drei Streifzüge durch die Restbestände geplünderter Wohnungen genügten, zusammenzutragen, was mir noch fehlte. Normalerweise wäre es mir peinlich oder wenigstens unangenehm gewesen, meine Beutestücke am hellichten Tag durch die Straßen ins Haus zu schleppen, aber es war, als schaute ich demjenigen, der das tat, nur zu; nicht ich selbst trug den Stuhl auf dem Rük-

ken und einen Zweiplattenkocher mit Töpfen und Geschirr vor der Brust, nur jemand, der dafür plötzlich
die Ruhe hatte und sie weiterhin haben würde.

Meine Nachtschicht als Tresenkraft begann am frühen
Abend. Um vier Uhr morgens zog ich das Dienstbuch
unter dem Ausschank hervor und löschte sämtliche meiner Tresen- und Kellnerdienste. Seitdem übernahm ich
nur noch Küchendienste: Frühstück bis elf, zu Mittag
Salate, Nudeln und Kartoffelsuppen aus der Büchse. Auf
dem Kühlschrank die Quittungsblöcke und der Zettel-
block, in den die Kellner ihre Essenbestellungen schrie-
ben. Rasch hatte ich mich eingearbeitet. Es gab Vormit-
tage, an denen stundenlang keine einzige Bestellung
einging. Dann trat ich ans Fenster und legte den Kopf
mit einer Wange auf den kühlen, gefliesten Fenstersims.
Es war eine gute, alte, beinah vergessene Müdigkeit, die
mich dort umfing. Selbst war ich fast unsichtbar, mit
den Augen nur knapp über der Erde. Ich sah den Himmel über der Straße und davor die Oberleitung der Straßenbahn, an der seit einigen Wochen gearbeitet wurde.
Ich sah Beine, Schuhe, den Strom der Passanten und am
Abend, wenn mein Dienst zu Ende ging, die Lackstiefel
des Mädchens, das seinen Standplatz vor der *Assel* hatte
und sich Dora nannte. Wenn ich das Fenster einen Spalt
geöffnet hielt, konnte ich Dora hören. Nie fragte sie
»Wie wär's mit uns?« oder wenigstens »Na, Süßer?«, sie
pfiff oder zischelte nur, oder sie knurrte wie ein gelang-
weiltes Tier, wenn ein Wagen auf ihrer Höhe zum Stehen kam.

Es ist nicht die Uhr, nur ihr Hall, es ist die Arbeit der kleinen Maschine. Schon bei meinem ersten Besuch hatte Walinski, der in mir einen verkappten Liebhaber mechanischer Armbanduhren gewittert zu haben glaubte, mich nach hinten gewunken. Offen wie zur Operation lag die Uhr auf dem Stempel mit dem Mikrofon, daneben das halb von einem steifen Staubschutz bedeckte Gerät mit Farbband und Papierrolle, ähnlich einem vorsintflutlichen Rechenapparat oder Lügendetektor. Es gab eine Reihe roter Lämpchen, von denen das oberste zu leuchten begonnen hatte, darüber die Aufschrift *Greiner Vibrograf* und ein länglicher Metallkopf, der auf das Farbband hämmerte – jede Regung des Ankers, jedes Ticken ein Schlag und jeder Schlag ein Punkt auf dem Papier ... Walinski, der redete und dabei den magnetischen Stempel drehte: Fehlerhafter Abfall und schwankende Momente, unrunde Räder und streifender Anker – es ist der verborgene Zustand, *das Geheimherz*, wie Walinski es nannte an diesem Tag. Ich betrachtete die blassen Punkte auf dem Papier, ihre seltsame Streuung. Es war eine Art Blindenschrift, eine einzige Zeile, die mir langsam aus dem Apparat entgegenwuchs.

Meine ersten Monate in Berlin: Besuche bei meinen Freunden in der Linienstraße und einige einsame Ausflüge an einen See im Norden. Sicher ist, daß ich an drei Tagen in der Woche gearbeitet habe, im Grunde jeden zweiten Tag. Nach der Währungsumstellung lag der Verdienst bei sechs Mark die Stunde, anteilig dazu das Trinkgeld, das die beiden Kellner gewöhnlich mit dem Küchendienst teilten. Nach zehn Stunden kam ich auf etwa achtzig Mark – eine Summe, die mir vollkommen stimmig erschien, vor allem, weil sie sofort ausgezahlt wurde. Wenn ich, wie nach jedem Dienst, *meine Runde* machte, durch den Park und über die Museumsinsel und von dort auf verschiedenen Wegen zurück in die Wrubelsche Höhle, tastete ich ab und zu nach dem Geld in meiner Hosentasche.

An freien Tagen schlief ich kaum länger als sonst. In der Küche am Waschbecken wusch ich mich, dann frühstückte ich an meiner Werkbank. Als Unterlage und Teller zugleich benutzte ich eine Konsole aus Marmor. Sie war Bestandteil einer Frisierkommode gewesen, die ich in einer der aufgebrochenen Wohnungen entdeckt und unter Aufbietung aller Kräfte zerlegt hatte. Bei meinen Arbeiten zur weiteren Einrichtung – immer wieder fand ich Dinge, die noch gut zu gebrauchen waren – konnte es geschehen, daß ich mich leise mit »Wrubel, Wrubel« ansprach oder beschimpfte mit »Verdammter alter Wrubel!«. Ein Spaß, falls in diesem Stadium meiner Verpuppung überhaupt irgend etwas als *Spaß* zu registrieren gewesen wäre.

Du alter Wrubel, dachte ich.

Der Sommer wurde heißer; in den von Müll übersäten Innenhöfen herrschte jetzt ein gekörntes, mit feinstem Staub und Schimmelsporen angereichertes Licht. Es geschah, daß ich mich plötzlich mitten in meiner Bewegung durch ein Haus voller aufgegebener Adressen kerzengerade aufrichten mußte und die Empfindung des abwesenden Lebens wie eine Achse in mich einzog, vom Scheitel bis zum Steiß. Minutenlang stand ich dann wie erstarrt vor einem Spülbecken voller Geschirr oder am Fußende eines Doppelbetts, die Decke kaum zurückgeschlagen und im Kissen der Abdruck eines Kopfes.

Was ich zuletzt zusammentrug: Einen Wandteller mit der Aufschrift »Rennsteig 1974« (die stark vereinfachte Gestalt eines Läufers war mit Lötkolben eingebrannt), eine Brotbüchse aus Blech und einige Bronzedisteln, die ich in einem Karton voller selbstgefertigtem Weihnachtsschmuck entdeckt hatte. Das alles landete auf meiner Werkbank, arrangiert wie Fundstücke für einen Altar. Eine kleine Weile vor diesen Dingen genügte, und ihre stumme, verstockte Beredsamkeit versetzte mich in einen Zustand willenloser Andacht. In Gegenwart ihrer sinnlos gewordenen Gesten erloschen die Umrisse dessen, was ich noch vor Wochen ›meine Geschichte‹ genannt hätte.

Es war an einem Freitag im August, als der Arbeiter die *Assel* betrat. Um den sauren Dunst des Vorabends entweichen zu lassen, hatte die Tür bereits offengestanden. Im Halbdunkel sah ich den Mann nur ungenau. Er trug den orangefarbenen Kittel der Gleisarbeiter, im ersten Moment hielt ich ihn für einen Penner. Einen Schritt trat er auf mich zu, und plötzlich leuchteten die silbernen Streifen auf seiner Brust – ein Faschingskostüm, ein Skelett, dachte ich, oder eine riesige Adventsfigur. Ich brüllte mein »Geschlossen!« und breitete die Arme aus, aber noch ehe ich den Leuchtkittel zurückdrängen konnte zur Treppe, sagte er etwas, und seine Stimme kam mir bekannt vor. Als ginge er über Wasser, durchquerte der Mann jetzt den Gastraum und nahm

Platz, genau unter jenem Fenster, dessen Jalousie ich eben geöffnet hatte. Sehr ruhig hielt er sein Gesicht ins Licht der Morgensonne. Als ich, um ihn zurechtzuweisen, an seinen Tisch herantrat, sah ich, daß er die Hebebühne draußen auf der Straße beobachtete. Unter nervösen Klingelzeichen ruckte eine vollbesetzte Straßenbahn heran, und die Männer an der Hebebühne (sie alle trugen den Kittel) fuhren ihren Turm langsam herunter und zur Seite. Vielleicht war es das: dieser geschmeidige Rückzug, der Anblick der langsam absackenden Hebebühne mit ihrer betörenden Mechanik, oder es war der plötzliche Beweis seiner Arbeiterschaft oder das alles in seiner überzeugenden Gleichzeitigkeit.

»Wissen Sie schon?«

So umstandslos er vorgedrungen war, so schwerfällig wendete der Mann sich mir zu. Unter der Leuchtjacke trug er nicht mehr als ein wollenes Unterhemd, seine Unterarme waren gebräunt und behaart, ein wenig lehnte er seinen Kopf in den Nacken.

»Frühstück bitte.«

»Mit Wurst oder Käse? Wenn Sie wollen, gibt es dazu ein Ei, und auf dem Tresen stehen verschiedene Marmeladen, Himbeere, Erdbeere, Johannisbeere ...«

Meine Antwort – vielleicht hatte sie etwas eilfertig geklungen, aber sein Gesicht blieb unbewegt und sein Blick geduldig auf meine Brust gerichtet. Das Gesicht eines Boxers, dachte ich, eines Arbeiters jedenfalls.

»Käse bitte. Und einen Weinbrand bitte.«

Der Arbeiter kaute ausgesprochen langsam, fast mühsam, und fuhr sich öfters übers Gesicht, um eine Strähne beiseite zu wischen, die der Schweiß zu einer altmodi-

schen Stirnlocke verklebt hatte. Nach einem Schluck
Kaffee tupfte er den Rücken seiner Hand gegen die
Lippen, jede seiner Bewegungen war begleitet von den
Reflexen des Leuchtkittels, die mich blendeten wie die
Effekte eines Traums. Er rauchte. Die Hand mit der
Zigarette lag auf dem Tisch, die Tasse erhoben, bewegungslos vor seinem Mund. Aber jetzt trank er nicht,
er drückte nur das Porzellan an seine unrasierte Wange.
Ein Moment verging, für den ich glaubte, ich selbst
hätte das getan. Ich selbst säße dort unter dem Fenster,
ich wäre meiner Herkunft nicht entflohen, dem mir angestammten Platz und Standpunkt einer Klasse, ich hätte
das Recht auf diesen Platz nicht verwirkt, das Recht,
halb bewußtlos oder erschöpft eine Wange an der Tasse
zu wärmen, um dann zurückzukehren in den ewigen
Ablauf: »Dein Spind da hinten, deine Kiste, Helm auf,
Zivilklamotten ins obere Fach ...« Besinnungslos ver-
richtete ich ein paar Dinge am Tresen, etwas mit Glä-
sern und Flaschen, es knisterte in meinem Kokon. Alles,
was er tat, trug die Zeichen jener Gravität, wie ich sie,
das konnte ich eingestehen, selbst nie erreicht hatte.
Nie hatte ich wirklich Eingang gefunden in den inneren Kreis der Arbeiterschaft, ihre heilige Sphäre; in all
den Jahren und über alle Baustellen hatte mich etwas
gehindert, abgewiesen, ohne Bosheit und sogar ohne
Absicht, wie mir schien, es war nur so, als fehle mir ein
bestimmtes, entscheidendes Merkmal, ein Geruch, eine
Tonlage vielleicht ... Ohne meinen Blick tatsächlich ab-
wenden zu können, trat ich zurück, zwei, drei Schritte
vom Tresen in die Küche, zwei, drei Schritte und eine
halbe Drehung zum Kühlschrank, ein beinah eleganter,

traumhafter Rückzug, der alles in einen neuen, erlösenden Zusammenhang brachte: »Der Arbeiter sitzt unter dem Fenster, seine Hand hält eine Tasse in die Luft . . .« Ich schrieb auf den Block für die Essenbestellung; es war mein allererster Satz.

Als der Mann gehen wollte, erschrak ich fast – noch immer wie hypnotisiert von den Reflexionen seines Kittels, zugleich mit dem raschen Schritt eines Kellners, der erkannt hat, daß jetzt unbedingt etwas zu erledigen ist an den Tischen, bewegte ich mich auf den Arbeiter zu. Nur einen Schritt vor seiner breiten Gestalt geriet *das Tablett* ins Schwanken – in meiner Verblendung hatte ich bis dahin überhaupt nicht bemerkt, daß ich mit einem Tablett vor dem Bauch durch den Raum marschiert war, ein Tablett voller frisch gespülter und polierter, bei jedem meiner Schritte leise aufsirrender Gläser, die jetzt mit einem höhnischen Geklirr ineinanderrutschten und kippten . . .

Ein einziger Griff, dann war Ruhe.

Vielleicht für eine, vielleicht zwei Sekunden standen wir so. Seine Hände fest an meinen Unterarmen, darüber das Tablett.

»Immer langsam mit den jungen Pferden.«

Die Zeitwaage läuft, ich bin im Geräusch. Seltenes Zifferblatt, ruft Walinski nach vorn und spricht weiter, ist im Gehämmer der Waage aber kaum noch zu verstehen. Oben im Blatt, in feinster Schrift, steht der Name der Uhr, um die es mir geht: *Glashütte* SPEZIMATIC. Das Gehäuse: Messing, vergoldet. Kaliber: vierundsiebzig. Jahrgang: dreiundsechzig. Aufzug: automatisch. Und

Walinski, der weiß, was nötig ist: Pflege, Wartung, Reinhaltung des Herzschlags. Sein Geräusch und die Nebengeräusche. Wenn aus dem Ticken ein Gehämmer, ein Dampfhammer wird, eine Arbeit mit streifendem Anker und Momenten, die schwanken.

Er kam den ganzen August. Kurz, beinah unmerklich sein Gruß, wenn er wieder hinausging – ein Nicken ins Halblicht am Tresen, hinter den ich getreten war, um ihn zu verabschieden und dann noch einmal einzuholen vor den Treppenstufen, die Tür zu entriegeln und die *Assel* zu öffnen für den Rest der Straße.

Die anderen Arbeiter seiner Brigade saßen draußen, auf dem Gestell der Hebebühne. Sie hatten Thermosflaschen dabei und aßen aus Brotbüchsen. Ab und zu war ihr Gelächter zu hören, eine Art Gewieher, das die Wanne der Hebebühne zum Schwanken brachte, und ein paarmal war es mir so vorgekommen, als deuteten sie dabei zur *Assel* hin, *zu uns* hinüber.

Vor allem empfand ich das Unangefochtene, die Fraglosigkeit seines Daseins, ich schrieb: seine Würde, sein Stolz, seine Haltung – darauf kam es an. Seine Gesten erschienen mir rein und vollkommen. Und ihre Summe, das spürte ich bereits, würde viel mehr ergeben.

Wenn der Arbeiter, nachdem er Platz genommen hatte, seine goldfarbene Uhr abband, mit dem gestreckten Arm dicht über dem Tisch, bot das den Anblick einer schwierigen, aber gelassen und behutsam ausgeführten Operation, mit der ein lebenswichtiges Organ für eine notwendige Zeit entfernt und an einem dafür lange vorbestimmten Ort deponiert wird. Dieser Ort lag neben dem Aschenbecher, halb unter seinem sich wölbenden Rand, als ginge es auch darum, das Gold ein wenig zu verstecken beim Essen. Anders als das Glas mit dem Weinbrand führte er seine Tasse niemals direkt zum Mund; auf ihrem Weg machte sie mehrmals Station in der Luft, um einer großen Zunge genügend Zeit zu geben, gegen die Innenflächen seiner Wangen zu stoßen. Vor dem Rauchen strich er die Hände am Unterhemd ab, mit einer Sorgfalt, als versuche er bei dieser Gelegenheit seinen Herzschlag zu ertasten. Und vielleicht war es so. Jede seiner Gesten schien augenblicklich zum Verständnis meines eigenen Daseins beizutragen, *der verlorengegangenen Ganzheit*, wie es mir sinnlos durch den Kopf schoß, und es gab Momente, in denen ich glaubte, sie würden nur aus diesem Grund ausgeführt, und dann wieder Momente, in denen ich vor Vergnügen in ein kleines, unhörbares Gelächter ausbrach hinter dem Tresen, ein Gekicher in die Tiefe der Küche, bevor ich, frisch gesegnet, an den Kühlschrank trat: Satz für Satz entnahm ich seiner Gestalt und dem schimmernden Treibgut meiner Erregung. Verheißung war das Wort dieser Zeit.

Als die Reparaturen an der Oberleitung den Hackeschen Markt erreicht hatten, blieb der Arbeiter aus. Immer öfter saß ich jetzt an meiner Werkbank, die Marmorplatte als Schreibunterlage. »Sobald es geschieht, die Glocke sich hebt ...« Solche und andere wirre Dinge flüsterte ich vor mich hin, wenn ich einmal aufsah von meinem Blatt, aber nichts führte wirklich über meine Kühlschrank-Notizen hinaus. Noch einmal versuchte ich mir vorzustellen, wie es angefangen hatte. Der Gleiskittel, seine Steife, sein makabres Leuchten – des Arbeiters erste Erscheinung. Etwas verlangte sie von mir, etwas, das von diesem Tag an unabdingbar geworden war.

»Immer langsam mit den jungen Pferden.«

Ich hatte den Klang seiner Stimme nicht mehr im Ohr. Seine Gestalt entglitt. Als könne sie nur vor ihm selbst gelingen – mit ihm oder *nie*, dachte ich.

Im Lokalteil der *BZ*, die täglich in die *Assel* geliefert wurde, stieß ich auf ein Bild der Hebebühne – darauf zwei Männer mit Helmen, die bloßen Arme über Kopf, einer von beiden mußte der Arbeiter sein. Das Bild war sehr klein und der Bericht äußerst dürftig – der Abschluß der Reparaturen sei, wie es hieß, für den Monatsausgang geplant und damit das Ende der Behinderungen endlich absehbar.

In meiner Verzweiflung konnte es angenehm sein, den Stift einfach fallen zu lassen und die Pulsadern gegen den kühlen Marmor zu pressen – es war der Moment, in dem ich mir noch einmal den rettenden Griff des Arbeiters imaginierte, seinen Griff und sein Halten, fest und geübt, genau jene Art, mit der sich alte Gefährten begrüßen, wenn sie sich an den Unterarmen packen und lange einfach nur dastehen, ein Bild zeitloser Verbundenheit, wie ich es schon öfter gesehen hatte in Reportagen über die Treffen sogenannter Veteranen – eine Geste, für die das Wort *unverbrüchlich* erfunden worden war …

»Immer langsam mit den jungen Pferden.« Mein Blick fiel auf den Artikel. Selbst das Zeitungsfoto war geprägt von der ernst und geschlossen wirkenden Gestalt des Arbeiters, die jene Haltung der Einkehr ausdrückte, nach der ich mich sehnte, *eine eigene Schwere*, wie ich sie zweifelsfrei erkannt hatte. Es schien, als existiere kein einziger Ausdruck für diesen, ich nannte es so, Zustand der Gnade.

Als der Abend in den Hof kroch und die Werkbankbeleuchtung eingeschaltet werden mußte, hockte ich noch immer dort, den Puls gegen den Stein gepreßt. Gelänge es mir, zur Ruhe zu kommen, oder zöge es mich doch noch einmal hinunter auf die Straße, zur nächstgelegenen Kaschemme namens *Krähe*, in der all jene zusammenkamen, die Abend für Abend darüber beraten mußten, wie unabdingbar es wäre, *bei sich* zu sein, insbesondere für das, was sie selbst gerade planten, beeindrukkende Vorhaben (»Projekte« – immer wieder dieses in den Raum greifende Wort), die sie bis ins Detail zu umreißen wußten, kraftvoll in den Gesten und nahezu gespenstisch im Leuchten der Gesichter unter den Lampenschirmen.

Erst um Mitternacht betrat eine Kundschaft die *Krähe*, der sofort anzusehen war, daß sie *etwas geschafft* hatte. Manche kamen, wie es schien, direkt aus dem Atelier oder irgendeiner Werkstatt, mit von Farbe fleckigen Hosen und öligen Händen und nur für ein einziges Bier im Stehen, das sie sehr langsam tranken, Schluck für Schluck, wie eine seltene Belohnung. Ihr müder, abwesender Blick ging über die Köpfe hinweg, erschöpft, aber noch immer beinah ängstlich darauf bedacht, nicht in den Dunstkreis der Projekte zu geraten. Die an den Tischen saßen, spotteten über das Getue, wie sie es nannten, und sahen den Ein-Bier-im-Stehen-Leuten verähtlich oder sehnsüchtig nach, wenn diese den Tresen wieder verließen. Angestrengt und bis zuletzt versuchte ich, aus ihrer bereits flüchtigen Gestalt das Geheimnis *ihrer* Aufgabe zu lesen.

Als ich gegen zwei oder drei Uhr heimkehrte, ging ich noch einmal in die Küche zur Werkbank. Eine Weile versuchte ich selbst Haltung anzunehmen – Schwere, Gravität, murmelte ich und kritzelte etwas auf mein Papier, dann schlief ich ein, mit den Armen auf der Marmorplatte. Der Traum war kurz. Obwohl die Abbildung der *BZ* alles stumpf und körnig gemacht hatte, trat plötzlich das südliche Leuchten aus dem Papier: Der Arbeiter bei der Arbeit, mit erhobenen Fäusten an einem überalterten Kabel, in dem ein Höchstmaß an Gnade strömte. Ich sah, wie er mit zum Himmel gerecktem Kopf und anscheinend geschlossenen Augen eine Verschraubung prüfte oder einen Isolator austauschte, zugleich spürte ich die Kraft des Kampfgefährtengriffs an meinen Unterarmen. Noch einmal übermannte mich der Eindruck eines verlorenen, anscheinend unbeschreibbaren Fundus, den ich in seinem Bild erkannt zu haben glaubte – ein ganzer Kontinent des Guten und Richtigen, der abgebrochen und in die Tiefe gesackt, aber nun riesig und dunkelvertraut wieder auftauchte vor meinen Augen, *Rekonstruktion der emotionalen Bestände auf Höhe des Hackeschen Markts* hieß die Bildunterschrift, und unbegreiflich war, daß ich das bisher übersehen hatte.

Das letzte Frühstück machte ich ihm am 31. August, kurz vor Beginn einer meiner sogenannten Doppeldienste, bei dem ich von acht Uhr morgens bis vier Uhr nachts in der *Assel* bleiben mußte. Das Datum verdanke ich meinem Notizbuch, seit Tagen hielt ich es bereit, mein erstes Notizbuch, versteckt unter den Quittungsblöcken.

Die Zahl der Weinbrände hatte sich erhöht, und ein kleines Bier war hinzugekommen. Unverändert die Zeichengebung rund um das Ab- und Anlegen seiner Uhr, die Tasse an der Wange, die Zunge im Mund und das Nikken zum Abschied. Stumm folgte ich ihm zur Tür. Wie gewöhnlich machte der Arbeiter keinerlei Anstalten zu bezahlen, während ich nicht den geringsten Versuch unternahm, ihn abzukassieren – auch das gehörte zu unserem Bündnis, und er zeigte es mir. Schon auf dem Rückweg entdeckte ich den Goldschimmer am Aschenbecher – es ist die Uhr, seine wunderbare Uhr, flüsterte ich, er würde also wiederkommen, jetzt, jeden Moment, und dann – dann vielleicht, bei der Übergabe seiner Uhr, begänne *unser Gespräch*.

Am frühen Abend gab es draußen eine Bewegung. Eine der Prostituierten rief etwas die Treppe zum Tresen hinunter, ein paar Gäste folgten ihr. Die Hebebühne stand am Ende der Straße, am Wendepunkt der Straßenbahn. Passagiere, Passanten, die Prostituierten und ihre ersten Kunden hatten dort bereits eine Art Kreis gebildet, in einem auffälligen, wie gezirkelten Abstand.

Um dem Geschehen noch einmal näher zu sein, möchte ich jetzt mit dem Wortlaut jener ersten Beistiftnotizen fortfahren, die ich damals, nur wenig später, auf dem Kühlschrank der *Assel* machte – eine allererste, grobe Niederschrift, die ich hier ohne Nachbearbeitung wiedergebe:

»Er war bereits verschwunden, als ich kam. Man hörte
Scharren, Strampeln, etwas am Metall der Wanne, das
wie kleines Lagerfeuer knistert, knisterte die ganze Zeit,
hörte man den Strom, die Spannung oder was, dann war
es wieder still. Als die Bühne nicht mehr schwankte und
damit der Kontakt – vielleicht für Millimeter – abgerissen, sah man zuerst den oder etwas wie den Kopf des
Mannes langsam, leiser und wie müde schleichen über
die Kante seiner, den Rand der Bühne steigen und dann
eine Hand: Ich sah, daß er es war, der Mann, der Arbeiter mit seiner Größe, der versuchte jetzt, sich aufzurichten in der Wanne, zweifelsfrei galt sein Bemühen
ganz dem Ziel, den Knopf, den Schalter irgendeiner
Selbstbedienung zu ertasten, doch war der Mann (der
Arbeiter) schon schwer und grau vom Saft der Oberleitung und sein Oberkörper schwankte (sehr) (zitterte)
und wie die Hände, seine Hände (Schrumpelhände) hüpf-
ten wie schlecht gelaunte Vögel (grau gelaunte) auf dem
Rand der Hebewanne hin und her. Das hieß / so daß die
ganze Bühne neu begann zu schwanken und das kleine
Lagerfeuer wieder mit dem Knistern, Knacken und die
graue Plasteline, die, sein Knet-Kopf kippte mit einem
mühsam modellierten, aber stummen Schrei zurück in
die orange Wanne. Man hörte nun auch wie zuvor das
Scharren Klopfen am Metall, dann war es wieder still.
Auch unten, wo wir standen, dort am Rand – das mochte wieder seine Hand, die grau gelaunten Vögel, die erneut, nun langsamer zu hüpfen . . . Ich«
Noch heute, wenn ich versuche, etwas von der Situation
zu begreifen, schieben sich Details in den Vordergrund.
Das Scharren des Arbeiters in der Wanne, sein vergeb-

liches Bemühen, sich dort von seinem Unglück abzustoßen. Das Schlimmste: Sein Wimmern und Stöhnen, sein
Bitten ohne Sprache, nur im Laut, sein langgezogenes,
bittendes *Auuuu-Auu-Auu*, wie ein Kleinkind weint, sein
Unglück herausweint, mit einer Männerstimme.
Ich weiß nicht mehr, wieviel Zeit verging, bis ich begriffen hatte, daß das, was ich sah, tatsächlich geschah,
und dann, daß tatsächlich niemand kam, um zu helfen.
Wo war seine Brigade? Wo der Rettungswagen, die Feu-
erwehr? Es schien, als hätte die auf die Hebebühne über-
tragene Hochspannung eine Unwirklichkeit hervorge-
bracht, gegen die es keinerlei Einwände geben konnte,
nur ein einziges bittendes *Au-Au-Au* . . .
Während ich geschrieben hatte, war eine ungewöhnliche
Zahl von Essenbestellungen aufgelaufen, Salate, Suppen,
Nudelgerichte – und noch immer strömten Zuschauer
aus dem Kreis um die Hebebühne in die *Assel*. Auch
der Hurenbetrieb kam nicht sofort wieder in Gang. Einige der Frauen hatten sich am Personaltisch vor dem
Tresen versammelt, hektisch rührten sie in ihren Ka-
kaos und diskutierten den Tod des Arbeiters. Aus den
Boxen dröhnte ein Titel der Band *U2*. »Hinrichtung . . .
Strafe . . . ewige Qualen« – als ich half, die Schüsseln mit
den Suppen auszutragen, drangen mir einige ihrer hy-
sterischen, sich gegenseitig übertrumpfenden Kommentare ans Ohr – darunter jene Frau namens Dora, die ohne
Unterlaß über den Tisch zischelte »nie bezahlt, nie bezahlt!«

Am Ende gleitet die Uhr auf das Polster, daneben ein
neuer Streifen Blindenschrift. Zuerst verwahre ich die

Schrift. Wie ich dann das Armband verschließe über dem Puls, sorgsam, gelassen, der Arm gestreckt wie zur Blutabnahme und die Hand ganz dicht über dem Verkaufstisch, zeige ich Walinski, daß ich weiß, wie man mit einer Uhr umgeht.

Die halbe Nacht hatte es geregnet. Ich überquerte die Straße, machte ein paar Schritte in den Park hinein und brach in Tränen aus. Mir liefen die Tränen über die Wangen, sie tropften vom Kinn, niemand mehr da, der das hätte sehen können, also ließ ich mich gehen, zugleich vernahm ich ein Geflüster. Ein paar Worte, ein Satz, den ich schon länger, schon beim Verlassen der *Assel*, vielleicht den ganzen Abend über tonlos vor mich hin gesprochen hatte: »Du verdammter, elender ...«
Das Gehen tat gut. Der Wechsel vom Asphalt auf den Rasen, wo meine Schritte augenblicklich stumm wurden. Ich spürte die Feuchte im Gras, das mir weich und fraglos jeden Schritt von den Füßen nahm, und durch den dumpfen Nachhall der Musik, die sich abzukapseln begonnen hatte unter meinen Schläfen, um dort wie das Herz eines Parasiten weiterzupochen, hörte ich endlich den Satz: »Ein Träumer, ein verdammter Träumer bist du, ein elender Träumer.«
Das war kein besonderer Satz. Zeitweise war das vielleicht eine Art *Blablabla* gewesen und für sich genommen lachhaft genug, aber nicht in diesem Moment. Es stimmte, was ich sagte. Ich *hörte*, daß es der Wahrheit entsprach. Und sooft ich es auch im Weitergehen Richtung Fluß und Richtung Insel wiederholte – »ein Träumer, ein elender Träumer« –, der Satz kehrte nicht in

283

die Hülse seiner Bedeutungslosigkeit zurück, es wurde nicht weniger wahr.

Ich kam am Spielplatz mit dem Kletterberg aus Pflastersteinen und der Betonhöhle vorbei; ein Hauch von Urin wehte herüber, Schritt für Schritt wurde mir leichter. Ich überquerte die stählerne Behelfsbrücke zur Museumsinsel, die Brücke hallte unter den Füßen, im Fluß das Licht der Laternen. Worin hatte ich eigentlich nicht versagt? Ich ging nah am Geländer, einige Meter über dem Wasser, das die mit Algen, Unkraut und Birkengebüsch besetzten Rümpfe der Museen umschloß. Bode, Pergamon und das Wrack in der Mitte der Insel – das waren riesige gestrandete Schiffe, mit denen ich sprechen konnte. »Was hat euch hierher verschlagen, welche Stürme, und wie haltet ihr aus?« So redete ich und hörte es kaum, es war nur ein wohliges Dämmern, dem ich mich plappernd hingab.

Wie ein poröses, von den Gezeiten geschwärztes Riff stand den Schiffen am anderen Ufer ein mehrstöckiges Eckhaus entgegen. Es trug das Schild der Universität, das mir noch immer Respekt abverlangte. Ich überquerte die Straße, und ohne zu zögern, schob ich meinen Zeigefinger in eines der Einschußlöcher neben dem Türeingang.

Nur für ein paar Sekunden stand ich dort, allein im Dunkeln, am Sockel des Instituts, und bohrte etwas losen Sand oder Dreck aus dem Loch. Obwohl ich mich unleugbar mitten in der Stadt befand, herrschte eine vollkommene Stille. Flüchtig fragte ich mich, ob es möglich sein könnte, daß die Hülsen der Geschosse noch an den Enden dieser kleinen Höhlen steckten, und ob ich sie auf diese Weise irgendwann ertasten würde. Vielleicht hatte man deshalb das mit Treffern übersäte Haus nicht erneuert, dachte ich – man mußte zuerst das alte Eisen entfernen. Ein Stück rostendes Metall schlägt durch mit der Zeit, durch jede neue Fassade, es *blüht aus*, wie man es sagt unter Maurern, soviel wußte ich noch. Sofort hatte ich den Glanz des Leuchtkittels vor Augen. Er hatte alles für mich getan. Er war in die *Assel* gekommen, er hatte mir Zeichen gegeben und meine Arme gehalten. Ich hob das freie Handgelenk und folgte dem Rucken des kleinen goldenen Sekundenzeigers: *au-au-au* ... Langsam zog ich meinen Finger aus dem Einschußloch. Das erste Mal seit meiner Kindheit hatte ich ernsthaft den Gedanken zu beten. Nicht nur für den Arbeiter, um ehrlich zu sein, auch für den Fortgang meiner Geschichte.

Inhalt

Frank   7
Im Geräusch   17
Turksib   41
Der Kapuzenkuß   59
Die Schuldamsel   109
Der Stotterer   128
Der Badgang   152
Schachtrilogie
   Das letzte Mal   161
   Gavroche   174
   Der gute Sohn   218
Und jetzt erschießen wir dich, du alter Mann   235
Na?   255
Die Zeitwaage   261

Der Autor dankt dem Land Thüringen für die Unterstützung seiner Arbeit an diesem Buch.